다짐문학

글을 쓰는 이유

아침문학 10

2021년 아침문학회 엔솔로지

열 번째 이야기

인문MnB

언제나 아침은 온다

이정이(아침문학회장)

아침문학회는 고덕도서관에서 유한근 교수님으로부터 문예 창작 공부를 하던 문학 지망생들이 만든 동아리입니다. 2005년 '글벗문학회'란 문학동아리에서 '글벗'이란 이름의 동인지를 창간하여 2010년 '아침문학회'로 명칭이 변경되었고, 이번에 열 번째 동인지를 만들게 되었습니다.

오랜 기간 이곳을 애써 지켜 오신 선배님들의 투지와 끈기에 감사함을 표합니다. 아침문학회를 사랑하여 그 자부심으로 꾸준하게 작품을 올려주신 회원들께도 감사의 마음을 보냅니다. 16년이란 긴 시간, 전통을 이어오게 된 아침문학회가 자랑스럽습니다. 지도 교수님은 문학 이전에 인간이 되어야 한다고 늘 말씀하십니다. 이는 글도 사람도 품격이 필요하다는 말입니다. 따뜻한 마음으로 글을 쓰며 서로 배려하고 사랑하는 '아침문학회' 동아리가 되어 그 전통을 이어가기를 소망합니다.

최근 아침문학회의 동향으로는 2021년 이정자 수필가가 《뜸 들이다》수필집을 발간하였고, 김재근 시인이자 수필가는 《사람은 길을 내고 길은 역사를 쓴다》라는 수필집을 발간하였고, 박연희 수필가는 《검은 솥》

이라는 수필집을 발간했습니다. 코로나 기간 중임에도 불구하고 왕성한 활동을 한 세 분에게 격려의 박수와 감사의 마음을 전합니다.

글을 쓴다는 것은 열정이 없으면 할 수 없는 일입니다. 작은 풀 한 포기, 꽃 한 송이, 나무 한 그루를 보더라도 작가는 글감이 아닐까? 머릿속으로 궁리합니다. 이름 없는 돌덩이 같은 사물에도 생명을 불어넣어 살아 있는 듯 글을 생생하게 쓰게 됩니다. 한밤중에 잠을 자다가도 길을 가다가도 뭔가 떠오르면 메모를 하게 됩니다. 이런 한 단면의 조각들이 하나하나 씨앗이 되어 시, 수필, 소설로 탄생합니다. 작가의 삶은 행복하고도 힘든 여정입니다.

그래도 망망한 대해에서도 번뜩이는 생각으로 단어와 문장을 낚아 올린다면 그것들은 보석으로 반짝거리며 빛을 발하고, 모여서 아침문학회의 길로 안내할 것입니다. 드디어 밝은 아침이 붉은 햇살을 드러내며 우리 품에 안길 것입니다. 우리의 글이 모여 아침문학회의 마중물이 되어 유유히 이어질 것입니다.

먼저 '아침문학회'를 지도해 주신 유한근 교수님께 감사의 인사를 드립니다. 책이 나오기까지 힘을 다하신 이노나 인문엠엔비 대표님의 노고에도 감사를 드립니다. 작품을 쓰시느라고 노심초사하신 회원들에게도 감사의 마음을 보냅니다. 아침문학회의 무한한 발전을 기대하며 문학동아리 회원님들께 행복한 글쓰기를 축원합니다.

이 시대에 우리가 해야 좋을 일

유한근(문학평론가 · 지도교수)

1. 문학정신과 창작 지속성

부단히 되풀이하는 우리들의 의혹이다. 왜 나는 글을 쓰는가? 쓰지 않으면 견딜 수 없는지? 그리고 한 발짝 물러서서 나는 내 글을 쓰는가? 왜 문학작품을 읽어야만 하는지에 대해서 우리는 내 자신에게 끝없이 질문한다. 아직도 물러나지 않은 코로나19 팬데믹 속에서도.

그래서 우리는 이번에도 공동 테마를 잡고 스스로 성찰하는 기회를 갖는다. 거시적으로는 문학동호인으로서 혹은 작가로서 자신의 문학정신을 점검하기 위해서이다. 나아가서는 미시적이기는 하지만 각자의 글쓰기와 읽기의 지속성을 유지하기 위해서이다. 어렵고 고통스러운 시절일수록, 또는 창작의 단절과 장애에 봉착할지라도 문학으로부터 멀어지지 않기 위해서이다. 문학에 대한 기대 가치를 잃은 선배들의 절필을 많이 봐왔기 때문이다. 따라서 문학원론적인 답을 구하기보다는 지극히 개인적이고 주관적인 답이 나올 것을 기대하고 화두로 던진다.

그 결과, 곽경옥은 〈떠날 준비를 해야지〉라는 에세이에서 "나는 어디서부터 어디까지 와 있는지? 또 앞으로 가야 할 길은 얼마나 남았는지? 남은 날들을 어떻게 살아야 하는가? 모두가 의문이다. 생각하고 또 해도 답이 없다. 이제 답이 없는 그것! 나는 그것을 써가며 살아가고 싶다. 지나온 세월이 노을에 비치는 그림자처럼 희미하다. 그 흔적을 조금씩, 조금씩, 기억을 더듬어가며 써 본다. 오늘의 나를 써가고, 또 내일의 나를 마음에 쓰고 글로 쓸 것"이라고 진정성 있게 토로하고 있다.

김귀옥은 〈꿈이 사는 집〉에서 "글을 쓰면서 얻는 행복은 까다롭다. 길이 보였다가 사라지고 다시 찾으려면 처음 출발선으로 돌아가야 한다. 출구 없는 폐곡선이다. 어둠 속에서 한 줄기 빛이 나타나고, 그 빛을 따라가면 훤하게 펼쳐진 초원이, 조금만 더 가면 맑은 물이 솟는 샘이 있을 것 같다"라고 시작해서, "가로등이 켜지는 공원의 저녁, 벨이 울리고 바닷가 도시에 사는 시누이의 전화를 받는다. 요즘 글 많이 쓰냐고 그녀가 물었다. 바로 이것, 내가 글 쓰는 사람이란 사실을 상기시키는 누군가가 있다는 사실이 글을 쓰는 이유이기도 하다. 반달은 지나고 보름달은 아직 아닌 뽀얀 달이 구름 속에서 얼굴을 내민다"고 감성적인 비유로 대답한다.

김재근은 〈삶의 무늬에 대한 성찰과 위로〉라는 제목의 에세이 결말 부분에서 "수요나 효용도 없는데 왜 글을 쓰는가? 이 말을 자신에게 생각날 때마다 물어본다. 왜냐하면 글은 내 마음을 치유하고 위로하는 도구이기 때문이다. 더구나 아직 글을 쓰는 노력도 부족하고, 문장력이나 미적 감각의 표현 능력도 수준 미달인 점을 스스로 잘 알고 있다. 앞으로 힘이 닿는 한 더 노력하여 계속 글을 쓰고, 책을 낼 것이라 다짐해 본다"고 글쓰기의 열정을 재확인한다.

신동현은 〈나는 왜 글을 쓰는가〉의 서두에서 이렇게 토로한다. "내가 글을 쓰는 이유는 간단하다. 나는 누구이며 어디서 와서 어디로 가며 지금 서 있는 곳은 어디며 지금까지 살아온 날이 앞으로의 살날보다 훨씬 많은 시점에서 지나온 날들을 되돌아보며 얼마 남지 않은 죽었다 살아 덤으로 살아온 인생 어떠한 마무리를 지을까하는 마음과 생각으로 글쓰기를 시작하였다"고 토로한다.

이인환은 〈결핍에서 건져 올린 보석〉이라는 제목의 에세이에서 "그 이유는 간단하다. 내가 행복하기 위해서다. 나는 글을 쓰려고 컴퓨터 앞에 앉았을 때 행복하고, 쓴 글을 프린트할 때 행복하다. 그리고 또 다른 이유를 찾는다면 결핍에서 찾는다. 성장과정에서 오는 결핍은 글을 쓸 수 있는 원동력이 되고 에너지가 되어 나를 열등감으로부터 회복시켜 주었던 것 같다. 나는 문학을 감히 결핍에서 건져 올린 보석이라고 말하고 싶다. 그 보석으로 인하여 내가 행복하고 보람을 느끼기 때문"이라고 말하면서 자신이 "지향해야 될 문학의 주제"까지도 희망적으로 제시한다.

이정이는 〈불평등과 정체성〉의 서두에서 "나는 왜 글을 쓰는가? 하고 생각해 보다가 또한 왜 '글을 쓰게 되었을까'로 거슬러 올라가 보기로 한다. 나는 억울함과 서러움의 분노가 폭발하는 날, 결단을 내린다. 마음 방황의 역마살이 시작된다. 나는 안정을 좋아하지만, 환경은 나를 가만두지 않고, 상황이 어떤 서열로 나를 핍박하면 견디지 못하고 자유를 찾아 떠나고 만다. 나는 불평등에 굉장히 예민하기에 결코 피하거나 굴복하지 않고 새로운 길을 찾아 나선다. 그것이 내 문학의 시작점"이라고 시집과 수필집을 펴낸 신인으로서 각오를 토로한다.

이정자는 〈한 줄기 빛〉이라는 제목의 에세이 서두에서 "나는 몸이 약하게 태어났다고 한다. 어머니는 내가 어머니 배 속에 있을 때 피죽도 제대로 못 먹어서 그렇다고 했다"고 토로하면서, "지나간 일을 후회하거나 자책하는 대신 '내가 잘못했구나. 다음에는 같은 실수를 하지 말아야지' 하면서, 자신의 잘못을 미래의 교훈으로 삼는 것이 현명한 삶의 자세라고 했다. 그 설명을 듣고 있는데 나는 주체할 수 없이 눈물이 났다. 그러고 보니 나의 글쓰기는 이것의 연속이었다. 내가 잘못했다는 것을 받아들이는 것. 그리고 같은 실수를 하지 말아야지 하고 다짐하는 것. 그것이 나에게 한 줄기 빛이 되어 주었다. 내가 글을 쓰는 이유였다"고 마무리한다.

이렇듯 각자의 문학에 대한 주관적 효용성에 대해서 토로하고 있다. '아침문학회'는 2005년 《글벗》이라는 이름으로 엔솔리지를 창간하면서 동인 활동을 시작했다. 이를 통해서 등단한 작가들이 이제는 100여 명에 육박한다. 그러나 그 중 많은 작가들이 절필했다. 그들의 절필 이유는 개인적 사정에 의해서 그러했겠지만, 나는 그들을 생각할 때마다 내 잘못이 많음을 자인한다. 그들에게 '문학정신'이 무엇인지? 창작의 지속성을 위해서는 어떤 작가정신을 가져야 하는지, 그리고 문학창작의 절대가치를 좀 더 보여주지 못했다는 반성이다. 문학원론적인 가치보다는 실용적 삶의 가치를 창출하여 보여주는데 게을리 했다는 반성이 그것이다.

그러나 만나서 진행되는 문학적 담론의 시간이 많지 않은 데에도 불구하고, 이번 《아침문학》 열 번째 이야기에는 많은 회원들이 참가했다. 그리고 2021년, 금년도에는 김재근 시인·수필가 문화기행에세이집인 《사람은 길을 내고 길은 역사를 쓴다》를 펴냈고, 이정자 수필가는 《뜸들이다》를, 이노나 시인은 《골목 끝 집》을, 박연희 수필가는 《검은 솥》을 펴냈다. 그리고 '신인작품상' 수상으로 등단한 시인은 이정화, 수필가로는 곽경옥, 이영옥이 당선되어 등단하게 되었다. 그리고 신동현 수필가가 등단 소식을 늦게 알렸다. 등단한 모든 신인들의 정진을 부탁한다.

작품집은 그동안 삶의 결과물로 평가받지만 등단은 새로운 삶, 자연인으로서의 삶이 아닌 작가로서의 삶의 시작이다. 그래서 새로운 사람, '신인'으로 지칭한다. 새로운 문학인으로 삶을 보여주기를 기대한다.

2. 글쓰기의 두 갈래와 개인적 모티프

《이침문학》 제10호에 참가한 작가는 19명이다. 시만 출품한 동인은 김희숙, 봉영순, 이노나, 정달막, 정선화이고, 소설은 김귀옥, 이승현, 인선민이다. 그리고 수필만 출품한 동인은 곽경옥, 김상옥, 박연희, 이영옥, 이정화이고, 시와 수필을 같이 출품한 동인은 김재근, 신동현, 이언수, 이인환, 이정이, 이정자이다.

글쓰기의 두 가지 갈래는 말하기(telling)와 보여주기(showing)이다. 다른 방식으로 표현하면 전자는 서술하기, 이야기하기이며 후자는 묘사하기이다. 이 방식은 어떤 문학 장르이든 어떤 글이든 해당되는 기술방식이다. 문장 기술의 네 방식인 설명, 논증, 묘사, 서사 중에서 '말하기'는 편의상 설명과 논증과 서사에 해당되며 '보여주기'는 묘사에 해당된다. 전자는 독자들에게 직접적으로 메시지를 전달하는 방식이고 후자는 간접적으로, 암시적으로 전언하는 방식이다. 따라서 메시지를 전언하는 방식이나 주제에 따라 이 기술방식은 달리할 수밖에 없다.(이 글쓰기 형식에 대해서 이번 호에 게재한 모든 작품에 대해서 언급해야 하지만 지면상 어려움이 있어 임의적으로 선택하여 예를 들어 평설함을 양해 바란다.)

예컨대, 김귀옥의 소설 〈자두〉의 서두 부분 "뜨거운 7월 햇볕이 자글자글 끓는 오후 3시, 도서관 앞 버스정류장에서 열댓 걸음 정도 비켜 올라간 그늘진 바닥에 여자는 서 있었다. 지나가는 사람들을 보기도 하고, 앞에 펼쳐진 자두를 내려다보기도 하며 손님을 기다리고 서 있는 여자의 마음처럼, 진파랑의 돗자리가 깔린 바닥에는 빨간 자두가 미니 소쿠리마다 탐스럽게 담겨 행인들을 유혹했다"에서 자두를 팔고 있는 여자에 대한 묘사는 '보여주기' 방식이다. 그리고 같은 소설에서 "나는 새언니가 우리 집에 와서 같이 음식을 먹는 것도 좋았고, 이야기하는 것도 좋았다. 새언니가 왔을 때, 나는 여덟 살이었다. 집집이 아이들이 많았지만, 나에게는 언니, 오빠가 없었다. 밑으로 남동생만 하나 있는 나는 외로웠고, 언니 오빠가 있는 친구들이 부러웠다. 더군다나 새언니는 큰집으로 시집온 올케인데다, 할머니의 친정 쪽 좀 멀기는 하지만 집안이라는 사실에 누구보다 더 친근감을 가졌던 게 아니었을까"라는 기술은 '말하기' 방식의 기술 방식이다. 이렇듯 소설에서는 말하기와 보여주기 양식을 상황 전개에 따라 혼합해서 쓰게 된다. 보여주기 양식은 하나의 상황을 눈으로 보는 것처럼 해 주는 것이며, 말하기 방식은 스토리를 압축해서 들려줄 때 효과적이라 할 수 있다.

또한 시의 경우, 정달막의 시 〈가을〉의 "창공이/저토록 파랗고/잎새가 저렇게 붉어도//아름다울수록/슬퍼지는 것은//싸늘하게 돌아서던/그날의/그대 뒷모습에//이 가을이/베이는 이유입니다"(전문)는 말하기 방식의 예이다. 시적 대상인 가을을 단풍과 그대의 뒷모습으로 비유한다. 아름다울수록 슬픈 붉은 잎새로 느끼는 그 이유를 이 가을이 베었기 때문이라는 논술적인 시로 표현한다.

그리고 보여주기 양식의 시는 김희숙의 〈그 사내〉 "한동안 쓰지 않아 땅속으로 스미고/상처 딱지 같은 물구덩이/허드렛물 하려고 끌어왔다//마당 한 편에 고무 함지 샘/조붓한 도랑으로 흐르며/텃밭은 자라고 꽃은 흐드러진다//붉은 머리 오목눈이 목을 축이면/참새가 멱을 감는다/웅크렸던 길고양이 새를 놀리고//온종일 오고 가는 숨터/공존의 작은 우주//

허드렛물 허드레일 수 없는/물의/숨//양말 빨러 왔다가/놋대야에 담가만 놓고 그냥/간다"(전문)는 보여주기 방식이 주를 이룬다. 시적 대상인 '그 사내'를 목 축이는 붉은 머리 오목눈이, 길고양이, 새, 그리고 놋대야의 이미지로 유기적으로 그리고 있는 것이 그것이다.

수필의 경우, 이정이의 수필 〈호접란의 눈물〉의 서두에서 "아침에 일어나니 베란다 유리창으로 넘어 온 볕살이 눈부셨다. 초록빛 식물들을 들여다봤더니 호접란 꽃대가 눈물을 흘리고 있었다. 꽃과 봉오리가 떨어져 나간 호접란 꽃대에 눈물방울이 맺혀 있었다. 슬퍼하는 꽃대를 보니 내 마음도 애잔했다"는 말하기와 보여주기 양식을 혼합해서 차용하고 있는 문장이다. 대체로 이렇듯 수필의 경우에는 말하기와 보여주기 방식을 같이 쓰게 된다. 이를 생각의 흐름에 따라 적절하게 사용할 때 그 작품의 생명력을 느끼게 된다. 시나 소설의 경우도 이와 마찬가지이다. 이는 무엇보다는 어떻게 쓸 것인가에 대한 문제이다.

그러나 최근에 들어 나는 어떻게 쓸 것인가도 중요하지만, 다소 새롭지 않지만 이제는 전 세계가 지난 세기동안 소홀히 해왔던 무엇을 쓸 것인가에 관심을 가져야 할 것이라는 생각을 하게 된다.

지난 세기부터 문학은 두 가지 범주로 대별되어 그 담론이 치열하게 진행되어 왔다. 그 하나는 '무엇을' 쓸 것인가이고, 그 둘은 '어떻게' 쓸 것인가이다. 전자는 문학의 내용, 주제의 문제인데 반해, 후자는 문학의 형식 문제인 표현구조 및 문장의 문제이다. 이런 문학인의 고민은 20세기 초, 인간성 말살로 인한 세기말 현상을 겪으면서 이제는 쓸 것이 없다는 작가의 절망감에서 기인한 것이다. 이에 따라 20세기에는 '무엇을' 보다는 '어떻게' 쓸 것인가에 대한 담론과 창작의 화두였다. 이러한 현상을 입증할 수 있는 분야는 비평분야이다. 러시아형식주의, 구조주의, 언어학파, 신비평 그리고 포스트모더니즘이라는 문학들이 '어떻게' 쓸 것인가에 맞추어져 연구되었기 때문이다. 그러나 21세기에 가까워지면서 다른 형태의 세기말 현상이 생기기 시작한다. 21세기에 들어서서 다시 '무엇을' 쓸 것인가에 고뇌가 시작되었다고 보여진다. 이렇게 비확정 어투를 쓰는 이유는 필자의 개인적 견해이고 아직도 21세기가 진행되고 있기 때문이다. 그러나 분명한 것은 이 시대에 우리 문학이 살아남기 위해서는 '어떻게' 쓸 것인가 보다는 '무엇을' 쓸 것인가가 지금 우리에게 중요하다고 판단한다. 그것은 우리를, 인류의 생존을 위협하는 것이 많은 시대에 살고 있기 때문이다. 지구 생태 문제 및 핵전쟁 문제, 코로나로 표상되는 전염병 문제 등 외적인 폭력성이 만연되어 있고 인간 내부의 심리적인 병리 문제 또한 심각하기 때문이다.

이런 문학 외적 문제로 감안할 문학의 내적 문제에서도 이제는 다시 '무엇을'과 '어떻게'의 문제를 환기해 봐야 할 것이다. '무엇을'은 주제와 소재의 문제이고, '어떻게'는 표현구조, 좀 더 구체적으로 말하면 문장 표현의 문제이다.

우리 모두가 알고 있는 사실이지만, 주제(Theme, Thema, Motif, Object)는 작가가 말하고자 하는 그 무엇, 즉 작가의 인생관과 세계관이다. 작가의 삶을 바라보는 태도에 따라, 그리고 작가가 인간을 바라보는 시각에 따라 작품의 주제는 나타난다. 그리고 소재는 이러한 작가가 작품을 통해 말하고자 하는 '그 무엇'을 드러내기 위해 선택한 자료인 셈이다. 따라서 주제와 소재는 결코 떨어질 수 없다. 주제와 소재의 관계는 소재에 따라 주제가 형상화 될 수 있고, 그 반대로 주제에 따라 소재를 선정할 수도 있다. 수필의 경우, 테마에세이의 경우가 아니라면, 일반적으로 소재를 통해서 주제가 나타나게 된다. 그러나 대개의 경우는 먼저 주제를 설정하여 쓰게 된다. 주제가 확실하게 결정되지 않으면 글의 요지는 산만해지고 내용의 통일성을 잃게 되기 때문이다.

웰렉과 워렌은《문학의 이론》에서 "위대한 책을 결정하는 마지막 척도는 사상"이라고 말한 바 있다. 여기에서의 '사상'은 주제를 의미하며 나아가 철학, 종교적 사상 등을 의미한다. 따라서 주제는 신중하게 결정되어야 하며 무리하게 결정해서도 안 된다. 주제는 작게, 그리고 쉽고 재미있는 것으로 잡아야 한다. 작가가 관심을 가지고 있고 잘 알고 있는 주제이어야 한다. 또한 독자의 관심과 흥미가 있는 주제를 선정해야 한다. 이를 위해서는 우리의 생활과 깊은 관계가 있는 것이면 더욱 좋겠지만 그것이 진부한 소재여서는 감동이 반감되기 때문에, 많은 사람의 관심이 집중되는 우리 공통의 사회적인 모티프(Motif)를 잡아야 할 것이다. 모티프는 주제와 같은 의미로 사용하는 용어이다. 모티프는 문학 속에 반복해서 자꾸 나타나는 한 요소 즉 어떤 유형의 사건이나 기법 공식을 의미한다. 그러니까 모티프라는 말 속에는 주제와 표현기법 등이 통합적으로 함유되어 있다. 그래서 모티프에는 앞서 말한 사회적 모티프가 있고 개인적 모티프가 있다. 여기에서 개인적 모티프는 작가 개인이 가지고 있는 인생과 세계관 그리고 주제 의식에 의해서 반복적으로 나타나는, 작가가 말하고자 하는 바 메시지를 의미한다. 이에 따라 표현구조인 유형이나 기법, 문장이 나타나기 마련이다. 그래서 어떤 이는 모티프를 화소話素라는 말로 번역해서 쓰기도 한다.

모티프가 명증하게 드러나는 수필을 쓰려면 고려해야 할 사항이 있다. 먼저 ①집필하기 전에 글감을 염두에 두고 모티프를 설정해야 하고, ②그 개인적 모티프를 효과적으로 나타낼 수 있는 표현구조를 설계하여야 하며, ③말하고자 하는 바가 분명히 전언될 수 있도록 선택한 글감을 정리

배열할 때, 글의 설득력을 얻기 위해 주제를 강조할 수 있는 표현구조를 준비해야 한다는 점이다. 그렇다고 할 때 여기에서 작가로서 문제가 되는 부분은 문장이다. 작가가 진정성 있는 사유와 개인적 모티프가 독자로부터 설득력을 가지려면 그에 맞는 문장이어야 하기 때문이다.

그러나 문장 쓰기가 자유롭고, 문장 쓰기에 능숙한 작가에게는 별개의 문제이지만 보통 작가에게는 고정적인 문장 패턴이 있다. 여러 가지 문체를 구사할 수 있는 작가는 흔치 않다. 그래서 자신이 말하고자 하는 바 메시지나 정서를 전언하는데 적절한 문체를 구사하기 어렵다. 따라서 이를 극복할 수 있는 창작방법론은 하나다. 강한 메시지를 선택하는 일이다. 그럴 때 작가의 개인적 모티프는 설득력을 지닌다.

문학의 소재는 우리의 생활 체험을 통해서 얻게 된다. 그 체험을 통해 작가적 상상력이 촉발되고 확장된다. 하지만 거시적인 안목으로 보면, 우리의 내면세계를 포함해서 이 세상에 우리가 겪는 모든 경험들은 모두 문학의 소재가 된다. 다만 그 경험을 문학작품으로 승화해 나가기 위해서는 깊은 사유와 진정성이 무엇보다 필요하다. 그것만큼 독자를 설득할 수 있는 무기가 없기 때문이다. 그리고 그 다음이 표현구조임을 우리 모두 안다. 이를 우리는 부단히 환기해야 한다. 따라서 생활의 체험이나 간접적인 독서 체험을 통해서 작가적 상상력을 극대화시켜 무엇을 말해야 할 것인가를 고민해야 한다. 여러 국면에서 위기인 우리 인류를 위해서 무언가를 말해야 할 것이다.

유한근

동아일보 신춘문예 평론 당선. 《문학의 모방과 모반》, 《글의 힘》, 《생각과 느낌》, 《현대불교문학의 이해》, 《한국수필비평》, 《원 소스 멀티―유스, 문학이야기》, 《인간, 불교, 문학》 등 다수. 명상언어집 《별과 사막.》 시집 《사랑은 흔들리는 행복입니다》, 《낯선 방에서의 하루》 등. 동화집 《무지개는 내 친구》 등 저서 논문 다수. 만해불교문학상, 한국문학평론가협회상, 신곡문학상 대상, 여산문학상 대상, 동국문학상 등 수상. 디지털서울문화예술대 교수, 교무처장, 학생처장 역임. 《인간과문학》 주간.

아침문학 열 번째 이야기

글을 쓰는 이유

차례

테마 에세이
나는 왜 글을 쓰는가

떠날 준비를 해야지

곽경옥

　'인생의 삶은 여행이다'라는 말을 이번 추석을 계기로 다시 공감하게 되었다. 떠날 때 설렘과 기대가 되는 여행이 있는가 하면, 슬픔과 이별의 아픔을 남기고 떠나는 여행이 있음을 새삼 느끼게 되었다

　구월 달력에는 추석 명절 빨간 숫자 표시가 돋보였다. 이것은 어른, 아이 모두를 기분 좋게 하는 것이었다. 특히 우리 손자들이 손을 꼽으며 기다렸다. 손자들이 서울 오는 것은 연중행사이니 기대가 되는 여행이었다. 오랫동안 만나지 못했던 외가와 친가를 다니고 싶었다. 그리고 친척들의 여러 형제 · 자매들을 만나 이야기하며 놀고 싶었다.

　아들네 가족은 토요일에 포항을 떠나 서울을 향하여 출발했다. 닷새나 서울에 있을 수 있다는 것에 그들은 더욱 기대되었다. 하늘이 유난히 맑고 푸르렀다. 공부와 일에 몰입했던 그들에게는 평안한 안식으로 보듬어주는 쾌청한 날씨였다. 마치 구름 위에 올라앉은 느낌이었다. 바람을 따라 흘러가듯 몸과 마음이 가볍고 여유로웠다.

　포항을 떠나 서울까지의 여행은 짧지 않은 거리였지만 조금도 지루하

지 않고 즐겁기만 했다. 잠깐인 듯했는데 벌써 할아버지 댁에 도착했다. 가까이에 사는 사촌들이 미리 와 있었다. 그들은 서로 얼싸안고 펄쩍펄쩍 뛰었다.

다음 날 아침 주일예배를 마치고 아들네는 며느리의 친정으로 떠났다. 세상에서 며느리를 가장 사랑하는 사람들은 친정 부모님일 것이다.

친정 부모님과의 하룻밤은 아쉽기만 했을 것이다. 시간 가는 줄 모르고 밀린 이야기를 밤새 나누어도 짧았을 것이다. 느지막이 일어나 온 가족이 둘러앉아 담소를 나누며 아침을 먹었다고 했다. 그리고 외할아버지와 손자들은 대추를 따며 밖에서 즐겁게 어우러졌다. 할아버지는 외손자들의 모든 행동이 예쁘기만 했다. 활짝 웃는 할아버지의 모습이 손자들에게 각인되었다.

며느리는 친정아버지와 어머니의 애틋한 사랑의 배웅을 받으며 시댁으로 돌아와야 했다. 조금 더 놀다 가라는 친정아버지의 말씀이 아직 귓가에 들리는 듯했다.

핸드폰에서 벨이 울렸다. 며느리는 안방으로 들어가 전화를 받았다. 손이 떨리고 다리가 후들거렸다. 말문이 막혔다. 눈물이 쏟아졌다. "아냐, 아니야, 아니야"를 반복하며 울부짖었다. 세 아이도 엄마 곁에서 울고 있었다. 아내와 애들을 달래며 어찌할 줄 모르는 아들이 처가에서 확인했다. 심폐 호흡을 시키며 119를 기다리는 중이란다. 나는 며느리에게 괜찮을 것이라고 안심을 시켰다.

잠시 후 호흡이 멈추고 하늘나라로 가셨다고 했다. 둘째 손녀가 핸드폰을 열어 내게 보였다. 조금 전에 외할아버지와 함께 놀던 사진이었다. 손자는 핸드폰을 얼굴에 대고 흐느꼈다. 할아버지의 죽음을 믿지 않았다. 조금 전 외할아버지가 손자들에게 둘러싸여 활짝 웃고 계셨다. 아이들에게는 여전히 그 모습일 뿐이다. 누구도 죽음을 인정할 수가 없었다. 어찌 한순간에 그의 모든 흔적이 지워졌다니 믿을 수 있단 말인가? 그러나 분명히 떠났다. 사랑하는 이들을 뒤로하고 영원히 먼 길로 떠났다.

친정아버지의 극진한 사랑을 받아온 딸이기에 그의 가슴은 미어지는 듯 아팠다. 아버지에게 갚아야 할 사랑의 빚이 너무 많았다. 영정 사진을 찾다가 또 소리 내어 울었다. 사진을 끼운 액자가 딸을 애통하게 만들었다. 대입 시에 딸이 받아온 수석 합격증과 장학 증서였다. 삼십여 년이 되도록 품고 있었다. 딸을 한시도 놓고 싶지 않았다. 눈에 넣고 싶을 만큼 예쁘고 대견스러운 딸이었다. 그 딸을 시집보내고 늘 보고 싶었을 것이다. 잠시도 마음에서 놓지 않았을 것이다. 그러기에 자신의 사진과 딸의 자랑스러움을 앞뒤로 담아 간직하고 있었다. 생명이 끝나는 오늘까지 함께한 것이다. 아니 어쩌면 죽음 후에도 변함이 없을지 모른다. 딸은 그 액자를 안고 또 울었다. 그녀를 바라보는 이들과 유족들 모두가 오열했다.

그녀의 아버지는 이제 꽃 속에 묻혀 있다. 애도하는 많은 무리 앞에 묵묵히 침묵하고 있다. 그러나 아버지는, "딸아! 울지 말라, 사랑한다"라고 말하듯 여전히 웃고 있었다. 생과 사의 아버지 모습을 교차해 가며 며느리는 깊은 슬픔에서 헤어나지를 못했다.

떠나신 고인과 함께하고 가까이하던 조문객들, 저들도 인생 여정에서 이제 곧 생의 종착역에 다다를 것이다. 나 또한 그러할 것이다. 인생 여정을 이웃하며 살아온 한 사람을 보내며 나의 죽음! 내 인생의 종착역을 생각해 보게 되었다.

"나는 어디서부터 어디까지 와 있는지? 또 앞으로 가야 할 길은 얼마나 남았는지? 남은 날들을 어떻게 살아야 하는가?" 모두가 의문이다. 생각하고 또 해도 답이 없다. 이제 답이 없는 그것! 나는 그것을 써 가며 살아가고 싶다. 지나온 세월이 노을에 비치는 그림자처럼 희미하다. 그 흔적을 조금씩, 조금씩, 기억을 더듬어가며 써 본다. 오늘의 나를 써가고, 또 내일의 나를 마음에 쓰고 글로 쓸 것이다.

내가 사랑하는 이들에게 하고 싶었던 이야기, 고맙고 행복했던 이야기, 미안했던 것, 잘못한 것까지도, 나의 인생 여정을 주저리주저리 써가며 살아갈 것이다.

지금까지는 앞만 보고 달리고 달려왔다. 그러나 이제는 지나온 삶처럼 삭막하게 살고 싶지 않아서 글을 읽고 글을 쓰는 것이다. 좀 더 풍성함으로 넉넉한 마음으로 좌우도 살피며 앞뒤도 돌아보며 급하지 않게 천천히 여유롭게 가리라.

곧 종착역에 다다를 것이므로 그날을 위해 준비하리라. 난 글로써.

꿈이 사는 집

김귀옥

글을 쓰면서 얻는 행복은 까다롭다. 길이 보였다가 사라지고 다시 찾으려면 처음 출발선으로 돌아가야 한다. 출구 없는 폐곡선이다. 어둠 속에서 한 줄기 빛이 나타나고, 그 빛을 따라가면 훤하게 펼쳐진 초원이, 조금만 더 가면 맑은 물이 솟는 샘이 있을 것 같다. 그 빛을 잡고 싶지만, 잡히지 않고 잡히는 듯하다가도 응결되지 않고 달아나 버린다. 구름이 바람에 밀려 형태가 변하듯 의미는 의미를 더할수록 변형되어 가장자리가 마르고 중심으로 들어가기에 뒷심이 달린다. 더 자라기를, 더 단단해지기를, 절실함은 절실함에서 한 걸음도 내딛지 못한다. 길바닥에 멈춰선 긴 자동차 행렬 속 애타는 마음처럼 어느 지점에 갇혀 한계만 인정한다. 열정은 쉽게 식어 버리고 다시 데워지는 데에 필요한 적합한 연료를 찾지 못한다. 쉼 없이 도자기를 빚어내는 도공은 흙을, 가마를 탓하지 않는다. 게으름이 의지를 잠식한다. 용기는 게으름에 발이 묶이고, 매번 출발선에 서 있다. 어디선가 나타난 빛은 자라지 못하고 잠시 웃어 주다 약한 바람에도 날아가 버린다.

길을 걷다가, 혹은 버스 안에서, 숲 산책 후 공원에서 맛보는 시원한 바람의 접촉에 행복감을 느낄 때, 주변에서 들려오는 사람들의 살아가는 이야기에 한 쪽 귀를 열어 놓고 3인칭 관찰자 시점으로 이야기를 듣는다. 이야기는 완성되지 않은 채 끝날 때가 많지만, 평범한, 혹은 평범하지 않아 애틋한 일상들이다. 재미있기도, 짠하기도 하다. 대부분 서론 없이 본론만을 듣기도, 본론 없는 서론만 듣기도 혹은 본론의 뒷부분과 결론 부분만 들을 때도 있다. 이야기들 속에 인간의 삶이 있다. 그 이야기 중에는 젊은 나이에 내가 겪었던 내용과 비슷한 이야기도 있어서 '그래, 살다 보면 그럴 때도 있는 거지.' 공감도 한다. 살아오면서 겪은 크고 작은 애환들. 그리고 가득한 빛 속에서 즐겼던 시간들.

바닷가 마을이 배경인 요즘 드라마에 빠져 있다. 바닷가 집, 어머니와 – 지금은 돌아가셔서 안 계신—우리 가족은 여름휴가로 해변 도시에 사는 시누이 댁에 갔었다. 시누이는 나와 동갑이고, 조카들은 우리 아이들보다 한 살씩 적다. 대문 밖이 바다인, 대문을 열고 나가면 길이고, 그 길 아래쪽 벽에 바닷물이 철석이며 부딪쳤다. 어두움이 내려앉는 저녁이면 먼바다로부터 밀려오는 거대한 형체가 바람을 타고 넘실댔고, 햇살이 쏟아지는 낮에는 그 눈부신 빛살들의 화려함에 눈이 부셨던 바닷가 마을. 바다 바로 앞집을 대여해 며칠을 그곳에서 보냈다. 물질하고 나오는 해녀들을 보았고, 해녀가 갓 잡아 오는 전복을 통째로 사 먹었다. 바다에서 신나게 놀던 아이들은 며칠간의 놀이로 정이 들었다. 휴가를 끝내고 떠나올 때쯤엔 헤어짐이 서운해, 아쉬운 표정으로 손을 흔들던, 쓸쓸함이 가득한 어린 질녀들의 표정을 기억한다. 이제 그 아이들은 어른이 되었고, 우리는 아이들이 자란 만큼 나이가 들었다. 긴 코로나로 만남이 제한되어 형제간에도 만남이 뜸해지니 더욱 지난 시간이 값지게 느껴진다. 전화로 안부를 묻고, 잘 지낸다는 말들로 현재를 알리지만 지난 시간만 있고, 현재는 존재하지 않는 것처럼 자꾸만 과거의 시간에만 매몰된다.

가을 하늘에 떠 있는 여러 형태의 구름이 아름답다. 형태는 금방 바람이라는 배에 난파되어 흩어지거나 변형되지만, 날마다 새로 생성되는 다른 구름의 미세한 움직임에 감동한다. 높은 산에 쌓인 눈 같은 흰 구름을 보고 있노라면 변신의 빠르기에 놀란다. 때로는 5분, 혹은 1분의 유지도 불가능한 이 아름다운 조형물은 변신을 즐기는 마술사 같다. 사라지기 쉽게 발 없이 몸으로만 태어난 극히 자유로운 생물. 사라지는가 싶으면 다시 밀려오고, 밀려오는가 싶으면 또다시 사라진다. 글을 쓸 때 몇 문장을 써 내려가다 흔적도 남기지 않고 지워버리고 난 뒤, 빈 화면에 커서만 깜빡일 때, 잡히지 않는 구름 같다는 생각을 한다. 분명 무언가를 감각하고 있는데, 그게 무엇인지 형체가 만들어지지 않아 힘 빠지는 감정, 그런 것들. 좋은 글을 읽은 후면 감동의 물줄기가 전신을 흐르며 나도 이렇게 쓸 수 있으면 좋겠다는 기대로 뜸을 들여 컴퓨터 앞에 앉는다. 매번 초라한 결과물에 실망하고 한계를 느끼지만, 그래도 뭔가 쓰고 있을 때면 시간을 허투루 보낸다는 생각이 들지 않는다. 여기 혹은 저기, 자주 혹은 가끔, 얕은 삽질을 해 보지만 깊이 파 보지 못하고 허리를 편다. 어디서도 무엇 하나 찾지 못할 거라는 불안감. 그나마 다행인 것은 무엇을 찾지 못하더라도 쓰는 즐거움이 있다는 것, 결과물에 흡족함을 느끼는 경우는 극히 드물지만, 아무것도 하지 않는 것보다는 나을 거라는 믿음이 나를 버티게 한다. 단어와의 유희가 가져다주는 행복감이 좋다. 강한 집착이 없으니 전투적이지 않아 좋고, 욕심이 없으니 스트레스 없이 즐길 수 있다.

나에게 글쓰기는 하늘에 떠 있는 구름을 마음에 담아 문자로 옮기는 것이다. 머릿속에 있는 지나간 시간을 마음의 활자로 바꿔 되돌아보는 것이다. 아름다움은 정리되어 더 아름다운 옷을 입고 웃어 주면 좋겠고, 아물지 않은 상처는 시간이라는 약으로 치료를 했거나 할 것이고, 오지 않은 시간들을 잘 다스려 의미로 피어나도록 마음을 돌볼 것이다. 물론 모두 희망 사항이다. 나는 오래 바람의 결을 느끼며 계절이 변해가는 모습을 바라볼 것이다. 문학을 하는 사람의 긍지로 어디서든 헤매다 보면 어느 어둡고 외진 곳에서 누군가 나를 맞아줄지 아는가. 모래집을 짓다가 허물고, 다시 짓는 초보 건축가 아이처럼—글을 쓴 기간이 제법 되었음에도 언제나 초보다—내 작고 소박한 집에도 따뜻한 햇살이 비치고 일곱 난쟁이, 혹은 보물을 가득 든 자루를 맨 도깨비나 변신하는 백여우라도 들어와 살았으면 하는 꿈을 꾼다. 꿈이 사는 집, 그 꿈이 현실이 되지 못한 채 꿈으로만 남더라도 꿈꾸는 자는 행복하니까. 꿈은 마음을 따라가는 것. 마음을 따라 어쩌면 오지 않을 고도를 기다리는지도 모르겠다.

　가로등이 켜지는 공원의 저녁, 벨이 울리고 바닷가 도시에 사는 시누이의 전화를 받는다. 요즘 글 많이 쓰냐고 그녀가 물었다. 바로 이것, 내가 글 쓰는 사람이란 사실을 상기시키는 누군가가 있다는 사실이 글을 쓰는 이유이기도 하다. 반달은 지나고 보름달은 아직 아닌 뽀얀 달이 구름 속에서 얼굴을 내민다.

삶의 무늬에 대한 성찰과 위로

김재근

잡지 《월간문학》을 가지고 월드컵 공원 벤치에 앉는다. 많은 작가들의 문학작품이 한 권의 책에 담겨 있다. 시, 수필, 소설, 희곡, 동시, 동화. 평론 등 각 장르에 걸쳐 다양한 작품들이 저마다의 특징적인 문체로 감동을 주고 있다. 이렇게 많은 문인들이 심혈을 기울여 지면이 좁도록 글을 쓰는 이유는 무엇일까?

요즈음 대학에는 문예창작이라는 학과가 개설되어 있고 문학에 뜻이 있는 사람은 일찍부터 신춘문예나 각종 문예지에 등단하여 촉망받는 문학도로서 각광을 받고 있다. 그리고 문단에서 명성을 얻은 문인들의 경우를 보면 대개 20—30대의 젊은 나이 문학에 뜻을 두고 등단이란 난관을 극복하고 끊임없는 노력의 결과로 문단의 대들보로 성장한 경우다.

그런데 나는 직장에서 40년을 근무 후 정년퇴직을 하고 늦깎이 나이로 수필로, 시로 등단했다. 이제 겨우 문단 경력 7년에 불과한 내가 하루라도 글을 쓰지 않으면 안 될 정도로 습관화된 것도 아니고, 문장력이나 감성이 뛰어난 것도 아니다. 이런 내가 글을 쓰는 이유는 무엇인가에 대해

자문해 본다.

어린 학생 시절에 기차 통학을 하는데 학교 수업이 끝나면 열차 시간을 맞추기 위해 도서관에서 여러 종류의 책을 읽은 적이 있다. 하지만 취업이 우선이었다. 스무 살 때부터 직장 생활을 하고 군 입대와 복직을 하면서 책을 놓았다. 그러다가 20대 청년 시절 서울에 올라와 자취를 하면서 혼자라는 외로움에, 달빛에 취해 서점에도 들르고 월급을 쪼개서 시집과 문학 전집 등 책을 사서 읽어 본 적은 있으나 직장 일에 매달려 글을 쓰지는 못했다. 그러다가 정년퇴직을 하고 나서 무언가는 해야 했다. 사군자를 비롯한 그림도 연습하고, 원예에 대한 관심도 가지고 하다가 도서관 문예창작 강좌 공부가 눈에 들어왔다. 그래서 오늘에 이르렀는데, 이때부터 본격적인 수업을 받고 문학에 대한 관심을 갖게 되었다. 되지 않은 글이지만 써서 합평도 받고, 글을 쓰는데 정성을 들이기 시작했다. 왜냐하면 그동안 잊고 지냈던 일을 찾았기 때문이다. 내가 할 수 있는 일이라 생각되었다. 이렇게 시간이 가고, 글을 쓰면서 알게 된 일이 몇 가지 있다. 글이 나에게 주는 메시지다.

첫 번째는 자신에 대한 성찰과 위로를 준다는 것이다. 글을 쓴다는 것은 이미 지나간 시절에 대한 자신의 모습을 되돌아보고 성찰할 수 있는 기회가 된다. 글감은 자신의 체험과 상상력을 바탕으로 한다. 글을 쓰면서 보니 과거 잘못한 일의 반성과 어려웠던 시절에 대한 위로를 글로써 표현하게 된다. 글을 쓰는 고통도 있지만 한 편의 글이 완성되었다는 기쁨도 있다. 한 마디로 나 자신의 만족감을 위해서라도 글을 써야 하는 것이다.

두 번째는 창작의 심리적 욕구다.

창작과정에서 생각해 보니 나 자신의 살아온 경험과 자연에 대한 느낌을 표현하고 싶어 하는 욕구가 내 안에 숨어 있다는 걸 발견할 수 있었다. 자연이나 사회현상 등 인간의 삶에 대한 생각을 글자라는 매체를 통해서 독자들에게 전하고 싶다. 또한 쓴 글을 모아 책으로 펴내는 일도 성취의 기쁨이다.

세 번째는 세상에 왔다간 흔적을 남기고 싶은 일이다. 다산 정약용은 일생 동안 5백여 권의 책을 썼다고 한다. 조선 제22대 왕인 정조는 한 나라의 임금으로 바쁜 정사에도 불구하고 100여 권의 책을 저술했다고 하니 그 열정이 어떠했는지 짐작하지도 못하겠다. 소설가 이호철도 250여 편 이상의 글을 썼다고 하는데 이렇게 위대한 저술가들의 노력에 비하면 나는 시간이 넉넉한 백수이면서 이제 겨우 5권의 책을 출간했으니 미물에 불과한 수준이다. 이런 수준의 내가 책을 발간하는 일은 하찮은 일일 수도 있다. 책은 내가 세상에 온 흔적도 되겠지만, 내가 쓴 글은 어떻게 보면 한 시대를 증언하는 역사물이다. 따라서 이 시대의 상황을 반영하고자 하는 뜻도 책 속에 담으려 한다. 그리고 내 보잘것없는 글이지만 활자화 되면 책이 없어지지 않는 한, 계속 존재하기 때문이다. 더구나 내가 발간한 책이 독자들에게 조그마한 즐거움이나 감동, 그리고 삶의 지혜가 된다면 더 바랄 것이 없겠다.

에이브럼즈는 《거울과 램프》에서 문학을 예술의 형식으로 정리하는 방법 4가지를 제시했다.

우주와 독자, 작가, 작품의 4가지 좌표를 설정하고 그 내용으로 모방론, 효용론, 표현론, 존재론이 그러하다. 생각해 보면, 글을 쓰고 책을 발간하려는 이유가 여기에 모두 포함되어 있다.

요즈음은 글자를 매체로 하는 문학작품들은 영상이나 음성으로 전해지는 작품에 비해 독자들의 접근이 날로 저조해지고 있다. 그럼에도 불구하고 각종 문학지에 실린 수많은 작가들이 쓰는 작품들, 모두 나름대로 목표와 이유가 있을 것이다.

　수요나 효용도 없는데 왜 글을 쓰는가? 이 말이 생각날 때마다 스스로 물어본다. 왜냐하면 글은 내 마음을 치유하고 위로하는 도구이기 때문이다. 더구나 아직 글을 쓰는 노력도 부족하고, 문장력이나 미적 감각의 표현 능력도 수준 미달인 점을 스스로 잘 알고 있다. 앞으로 힘이 닿는 한 더 노력하여 계속 글을 쓰고, 책을 낼 것이라 다짐해 본다.

나는 왜 글을 쓰는가?

신동현

 내가 글을 쓰는 이유는 간단하다.

 나는 누구이며 어디서 와서 어디로 가며 지금 서 있는 곳은 어디며 지금까지 살아온 날이 앞으로의 살날보다 훨씬 많은 시점에서 지나온 날들을 되돌아보며 얼마 남지 않은, 죽었다 살아 덤으로 살아온 인생 어떠한 마무리를 지을까하는 마음과 생각으로 글쓰기를 시작하였다.

 나는 믿음의 어머니로부터 모태신앙으로 태어나고 아버지까지 예수를 영접한 독실한 기독교 집안에서 태어나 나 중심의 생활을 하지 못하고 하나님 중심의 삶을 살아오다가 젊은 시절 나의 삶이 내 인생 내가 주인이 되어 살아가는 것이 옳고 내가 없으면 하나님도 없고 세상도 없다는 생각에 나 중심의 믿음이 되었다. 하나님 중심이 아닌 나 중심의 믿음으로 살아가다 보니 내가 대학 졸업 후 좋은 직장의 기회도 놓쳐 버린 것도 결혼이 늦추어진 것도 하나님 떠난 나 중심 삶에서 생긴 일이라 생각되었다. 그래도 예수님을 모르는, 믿지 않는 여자와 결혼하여 예수를 믿는 사람으로 변화시켜 함께 믿음의 가정 이루었다. 아내는 나보다 더 하나님을 섬기는 믿음생활 열심이었다. 나의 잘 되어가는 모든 것이 아내의 열심 있는 믿음임을 깨닫지 못하고 나의 힘으로 되어가는 양 하나님께 감사하는 믿음생활이 되지 못하고 차일피일 미루는 결단력이 부족한 성격 탓에 가정에 큰 슬픔을 겪고 나서 자포자기 상태로 지내다 생활 기반도 말아먹었다. 하나님 은혜 감사할 줄 모르는 나를 대신하여 징계하셨음을 깨닫고도 하나님을 전심 다한 믿음으로 섬기지 못하고 어렸을 때부터 익숙한 믿음으로 예배에 참석하여 말씀은 듣지만 말씀을 읽고 기독교 신앙의 근본인 하나님과의 교제와 소통인 기도로 하나님께 묻고 모든 일을 행해야 하는데도 하나님 최우선하지 않고 내 생각 우선으로 살아갔다. 어느 날 내게 들려주시는 하나님의 미세한 음성, "네가 너의 출생의 비밀을 아느냐"는 말씀이 들려왔다. 곰곰이 생각하다 보니 하나님의 기묘하고도 놀라운 하나님 섭리임을 깨달음으로 주시어 하나님 중심의 믿음으로 돌아오게 되었다.

그래도 아직까지 내 생각이 앞서 사회생활 중에 알게 된 친구가 더 큰 세상으로 나가기로 꿈을 가지고 제조업하기를 바라는 생각이 간절하나 자금이 없어 주저함 보고 그 꿈은 내 생각으로도 괜찮은 것 같아 나의 신용으로 은행에서 대출 받아 시작한 일이 실패로 끝나고 은행 빚만 떠안고 일도 접고 신용불량자가 되었다.

이 모든 되어진 일들이 하나님께 묻지 않고 내 생각대로 행하였음을 깨닫고 하나님께 돌아와 내 인생 끝자락에 하나님께서 나를 포기치 않고 붙잡아 주신 사랑과 은혜 그제야 감사하며 모든 것 잃었지만 하나님 내게 주신 평안으로 근심 없이 하고픈 일하며 살아간다.

그러므로 나는 육신으로는 하나님의 섭리로 양친 사이에서 태어난 부모님의 자녀이나 영靈으로는 하나님 나라 백성으로 확고한 정체성을 가진 하나님 뜻 안에서 지음 받아 이 세상에 보내진 하나님 자녀다. 하나님 보내주신 이 세상 삶의 여정에서 하나님 떠나 절망과 좌절의 시간을 겪고 돌아와 하나님 나라 소망하는 믿음으로 덤으로 살게 하신 은혜에 감사하며 지금의 자리에서 나의 자화상 거울에 비춰 보고 하나님 오라 부르실 날 얼마 남지 않은 시점에서 나의 저주와 실패의 삶이, 지금의 나의 나 된 것이 하나님 은혜임을 감사하는 마음으로 나의 지나온 삶의 궤적을 짧게 나누어 수필 형식을 빌어서 글을 쓰려 한다.

신용불량자로 떠돌이 생활할 때 나를 글 쓰는 길로 이끈 수필 작가이며 시인인 친구에게 감사한다.

살아가면서

하늘 아버지가 사랑하는
내 아들아! 딸아!
가끔은 하늘을 우러러 보라
너희를 하늘처럼 여기는
하늘 아버지가 거기에서
너희를 항상 지켜보고 있다

기쁠 때는 나도 활짝 웃고
슬프고 힘들 때는 눈물을 감추고
하늘을 우러러 바라보며
언제나 나를 찾고 부르면
메아리로 회답하는 하늘 아버지가
너희를 살뜰히 지켜 주리니

결핍에서 건져 올린 보석

이인환

나는 산골 마을에서 태어났다. 초등학교 다닐 때도 제대로 읽을 책이 없었다. 어느 날 총각 선생님이 부임을 하셔서 바로 위 학년이던 언니의 담임을 하셨다. 그 선생님은 일주일에 한 번씩 《소년동아일보》를 볼 수 있게 해 주었다. 신문에 실린 만화를 비롯하여 동화 등을 보는 재미를 느끼며 지내던 중, 그 선생님이 학교를 떠나게 되었다. 지금 기억으로는 군대에 입대를 했던 것 같다. 그 선생님은 세계명작을 비롯하여 위인전 등 아이들이 볼 수 있는 책 몇 질帙을 학교에 선물로 남기고 떠났다. 그 때 보았던 책들이 《알프스의 소녀》, 《목장의 소녀》, 《십오 소년 표류기》, 《톰 소여의 모험》, 《페스탈로치》 등이었다.

시간이 날 때마다 언니와 같이 집 뒤 동산에 올라가 놀면서 서로의 꿈을 이야기하였다. 언니는 교육자가 되는 것이 꿈이었고, 나는 작가가 되는 것이 꿈이었다.

그런데 꿈은 꿈인지라 그냥 세월이 흘러갔고 흐르는 세월에 맡기고 지냈다. 살면서 어떠한 목적이나 목표도 없이 비가 오면 비를 맞고 눈이 오면 눈을 맞았다. 거기에는 내 태몽도 한 몫을 했다. 어머니는 내 태몽이 하늘에서 무명끝이 한도 없이 내려오더라고 하였다. 나는 그 말씀을 들을 때마다 가느다란 실 가닥이 하늘에서 내려온다고 생각하면서 속으로 이런 생각을 하였다. '쓸데없이 명은 길겠구나. 별 볼일 없이 그저 그렇게 살겠구나.' 그렇지 않아도 열등감이 많고 무엇 하나 내세울 것도 없는데다, 배운 것도 없는 상황이라 자신감도 없었다. 그렇기에 글을 쓸 엄두도 못 내고 지냈다.

오십이 넘은 어느 날, 형제들이 모여 태몽 이야기를 하다가 어머니께 여쭈어 보았다. 그런데 무명끝 몇 가닥이 하늘에서 내려오더냐고 여쭈니, 어머니 말씀이 무명 가닥이 아니라 무명 자락이라고 말씀을 하셨다. 그래서 왜 이제야 그런 말씀을 하시느냐고 안타까운 듯 말씀을 드렸는데, 그 후 생각이 달라지는 거였다. 그 무명 자락을 화선지로도 생각해 보고 원고지로도 생각해 보면서 다시 새로운 꿈을 꿀 수 있게 되었다. 그러나 꿈을 간직하고 지내면서도 막상 글을 쓰기까지는 오랜 시간이 필요했다.

사람이 어떤 일을 결심하고 실천에 옮기기까지는 많은 용기가 필요한 것 같다. 삶을 평탄하게 사는 사람들도 많지만 살다 보면 예기치 않은 시련이 닥칠 경우가 있다. 이런 경우 신앙이 좋은 사람들은 '시련은 곧 믿음을 낳는 축복'이라고 믿으며 고통을 은총으로 받아들인다. 내 경우는 은총으로 받아들이지는 못했지만, 가장 힘든 시기에 삶을 지탱할 수 있는 인물을 책을 통하여 만나게 된다. 그 인물은 《사기史記》를 집대성한 사마천司馬遷이다.

사마천은 억울하게 누명을 쓴 이릉李陵을 변호하다가 한 무제의 노염을 사 궁형宮刑에 처해진다. 궁형을 당했을 당시 사마천의 나이가 장년으로서 한창이라 할 수 있는 48세였다고 한다. 사마천이 임안에게 보낸

편지[報任安書]에는 사마천의 처절한 심정이 잘 나타나 있다.

"하루에도 아홉 번 장이 뒤집히며, 집안에 있으면 정신이 몽롱해지고 집을 나서면 어디로 가야할지 알 수가 없습니다. 이 치욕을 생각할 때마다 식은땀이 등줄기를 흘러 옷을 적시지 않은 적이 없습니다."

이렇게 힘든 나날을 사마천은《사기》를 집필하는데 온 힘을 들였다. 만약 사마천이 궁형을 당하지 않고, 결핍된 삶을 살지 않았더라면《사기》가 역사에 남아 있었을지 모를 일이다. 사마천 또한 결핍된 삶을 극복하기 위해《사기》저술에 전념했을 거라는 생각이다.

이런 상황에서 사마천은 본기本紀 12권, 표表 10권, 서書 8권, 세가世家 30권, 열전列傳 70권 등 130권의 역사서를 집필했다. 이 글은 그냥 죽간에 먹물로 쓴 글이 아니다. 이는 사마천이 모든 치욕을 견디며 사관으로서 사명감을 가지고 땀과 피로 쓴 역사서다. 사기는 역사서로서의 가치뿐 아니라 문학으로서의 가치 또한 높은 평가를 받는다.

일본작가 시바 료타로가 사마천을 흠모하여, 필명을 시바 료타로[司馬遼太郞]로 쓴 이유도 자신은 사마천을 따라가려면 멀었다는 뜻이라고 한다. 그러나 나는 그런 생각조차 할 수 없는, 사마천을 언급하는 일조차 언감생심焉敢生心임을 잘 알고 있다.

고덕에 처음 왔을 때 교수님께서는 이런 말씀을 하셨다.

"글로 쓴 모든 것이 문학"이라고, 그리고 "문학을 하는 사람의 가장 큰 덕목이 지속성"이라는 말씀을 하셨는데, 그 말씀을 가슴에 새기게 되었고 지금까지 잊지 않고 글을 쓰는 일을 지속하고 있다.

나는 왜 글을 쓰는지 생각해 본다. 그 이유는 간단하다. 내가 행복하기 위해서다. 나는 글을 쓰려고 컴퓨터 앞에 앉았을 때 행복하고, 쓴 글을 프린트할 때 행복하다.

그리고 또 다른 이유를 찾는다면 결핍에서 찾는다. 성장과정에서 오는 결핍은 글을 쓸 수 있는 원동력이 되고 에너지가 되어 나를 열등감으로부터 회복시켜 주었던 것 같다.

나는 문학을 감히 결핍에서 건져 올린 보석이라고 말하고 싶다. 그 보석으로 인하여 내가 행복하고 보람을 느끼기 때문이다.

내가 앞으로 지향해야 될 문학의 주제는 무엇일까?

1. 살아있는 모든 것을 사랑하는 것.
2. 산, 들, 하늘, 구름, 나무, 꽃, 풀 한 포기도 미세한 떨림으로 바라보고 생명을 부여하는 것.
3. 많이 보고, 많이 웃고, 많이 감동하는 것.

결론은 존재하는 모든 것에 의미를 부여하고 사랑하고 존중하는 것.

불평등과 정체성

이정이

나는 왜 글을 쓰는가? 하고 생각해 보다가 또한 왜 '글을 쓰게 되었을까'로 거슬러 올라가 보기로 한다. 나는 억울함과 서러움의 분노가 폭발하는 날, 결단을 내린다. 마음 방황의 역마살이 시작된다. 나는 안정을 좋아하지만, 환경은 나를 가만두지 않고, 상황이 어떤 서열로 나를 핍박하면 견디지 못하고 자유를 찾아 떠나고 만다. 나는 불평등에 굉장히 예민하기에 결코 피하거나 굴복하지 않고 새로운 길을 찾아 나선다. 그것이 내 문학의 시작점이다.

그 시작점은 언제 어디서였을까? 과거로 돌아가면 초등학교 때 오 남매의 둘째 딸이었던 나는 늘 막내 남동생을 등에 업고 다녔다. 등에 지린내가 마를 날이 없었다. 언니는 장녀라 귀했고, 남동생은 장남이라 금지옥엽이었다. 중간에 끼인 나는 엄마의 구박 대상이었고, 언니와 남동생에게도 위, 아래에서 치었다.

봄빛이 따사로운 어느 날, 나는 막내 남동생을 업고 집을 나와 뒷집 대청마루에 내려놓았다. 빈집 화단에 검은 흙을 뚫고 올라오는 삐죽삐죽 연두색 난초 싹을 쪼그리고 앉아 쳐다보느라 시간 가는 줄 몰랐다. 동생은 축담으로 뚝 떨어졌다. 이마에 혹이 생기고, "앙" 울음을 터트렸다. 나는 겁이 났다. 엄마에게 혼날까 봐 얼른 동생을 업고, 나무 꼬챙이로 흙 마당에다 "빨리 어른이 되고 싶다. 엄마에게 꾸중도 듣지 않아도 되고, 어떤 간섭도 받지 않고, 내 마음대로 살고 싶다"라고, 마음속의 불만을 글로 썼다. 최초의 자유를 갈구한 글쓰기였다. 나는 그때 도서 선생님의 꽁무니만 따라다녔다. 책이 너무 읽고 싶었다. 그때는 동화책과 만화책을 주로 읽었다.

여고 시절, 우리 고장에서는 현충일 날이면 충혼탑에 가서 조사를 읽고 위령제를 지냈다. 우리 반에 6·25 때 전사한 대위의 딸이 있어, 이 친구가 조사를 읽었다. 우리 담임인 국어 선생님은 그 글의 초안을 나에게 써 보라고 시켰다. 나는 자신이 없었지만 써 보았다. 그게 최초의 글쓰기 시도였다.

그리고 중학교 때 물상 시간에 있었던 일을 여고 시절에 콩트를 써서 교지에 발표했다. 처음으로 내 글이 지면에 발표된 날이었다. 중학 시절 나는 수업 시간에 졸다가 긴 자로 머리통을 맞았고, 너무 속상하고 부끄러워서 점심시간에 먹은 음식을 다 토하고 말았다. 그 이야기를 제법 재미있게 썼다. 그때의 나는 어렸지만, 자존감이 강하고 예민했던 것 같았다. 나는 시인이었던 국어 선생님의 영향을 받아 문학에 눈을 뜨게 됐다.

이십 대 초반 나는 결혼했다. 사방이 적이었다. 부모 형제도, 남편까지도 사랑과 인정을 받지 못했다. 왜냐하면 또 둘째 아들이었다. 온통 집안의 관심은 큰아들에게만 가 있었고, 남편은 효자였다. 친정에서와 똑같은 일이 벌어졌다. 예전엔 엄마가 호랑이같이 무서웠고, 결혼해서는 남편이 호랑이같이 성깔이 드셌다. 호랑이를 피해왔더니 또 호랑이를 만난 셈이었다. 나는 아이들을 위해서 참고 견뎌야만 했다. 세 명의 아이를 주렁주렁 매달고 사는데, 어느 출판사에서 어머니 독후감을 공모하였다. 대상 작품은 심훈의 《상록수》였다. 나는 써냈고, 장려상과 상금을 받아서 아이들 장난감으로 목마를 샀고, 한참이나 아이들을 태우고 다녔다. 그 시절엔 책 한 권도 볼 수 없는 처지였다.

나는 학창 시절에 국어 시간이 재미있었고, 그 공부가 참 좋았다. 삼십 대 후반 못다 한 공부를 하고 싶어 대학의 국문학과를 가고 싶었다. 살아온 날의 쌓인 서러움과 한도 많았고, 내 삶의 모습은 진정한 내가 아니었다. 바보가 된 것 같았다. 내 존재성과 정체성을 찾고 싶었다. 그런데 애들에게 일이 생기곤 해서 기회를 놓쳤는데, 그 후 사는 일이 바빠서 이십 년 세월을 흘려보냈다. 나는 비로소 오십 대 끝자락에 여태 하던 부동산업을 접고, 국문학과를 갔다. 졸업하자 바로 육십 대 중반쯤 수필 공부를 시작했다. 국문학과에 다닐 때, 채만식의 《태평천하》와 현진건의 《운수 좋은 날》의 아이러니 소설 공부가 나를 매료시켰다. 그러나 늦은 나이라 자신이 없어 수필 공부를 시작했다.

나는 속상함을 토로하고 싶어 고백문학으로 수필을 선택했지만 수필 쓰기는 쉬운 게 아니었다. 세상과 상대를 비판하는 글을 쓰더라도 우회해서 아름답게 품격 있게 써야 한다. 세상을 풍자하며 지혜의 글을 써야 한다. 또한 적확하게 표현해야 한다. 수필은 이 대상에서 저 대상으로 순발력 있게 이동해야 한다. 치고 빠지는 건 수필의 언어이다. 수필의 언어는 절제와 차분함이 있어야 한다. 정제된 언어, 우아하게 잘 닦은 언어는 나직이 속삭이거나 아니면 혼자서 중얼거리게 된다. 수필은 관조의 문학이고, 자기 성찰의 문학이다. 수필은 경험 문학이지만, 경험만 써서는 기록물에 불과하다. 그것을 의미화하고, 자기화하여 재구성하여 자기만의 것을 창작해야 한다. 그것을 철학적으로 해석하고, 문학적으로 상상하여 형상화하여 독자들을 공명의 세계로 불러들여야 한다.

　나는 글을 쓰면서 혼란스러운 내 정서와 생각을 정리하게 되었고, 내 안의 질서를 부여하게 되었다. 처음엔 나를 핍박한 주위 사람들 때문에 마음이 편치 않아 쓴 수필은 그들을 곱게 표현하게 되었고, 결과로 미움은 사라졌다. 그들은 내 글 속에서 아름답게 다시금 새로운 모습으로 태어났고, 나도 그들을 사랑하게 되었다. 내 사랑의 결핍은 반대로 수필 속에서 따뜻한 글로 표현되었다. 결국은 내 속의 아픔이 글로써 위로받았고, 치유되었다. 수필 쓰기는 인간적, 문학적으로, 좀 더 높은 차원의 성장, 성숙 길로 나를 인도했다. 글쓰기 속에서 나는 자아를 찾았고, 이것이 내 삶을 지탱하는 힘이 되었다.

　에세이는 문학적 정확성을 달성하면서 동시에 전체를 통찰하고, 보편성을 추구하는 문학이다. 수필에서는 상대적으로 주제와 제재의 비중이 크다.

　나는 아직도 나를 찾아서 떠나는 글쓰기의 여행, 수필 쓰기를 멈출 수 없다. 내 마음 방황의 역마살은 글쓰기에서 멈추었다. 이 수필을 쓰는 일이 타인을 통해서 또는 사물을 통해서 나를 깨닫게 하고, 좀 더 나은 사람으로 발전시켜나간다고 생각하며 수필 쓰기를 완주하고 싶다. 나는 글쓰기에 어떤 욕심도 부리지 않는다. 쓰고 싶은 내 안의 잠재력과 그 열정만으로 만족한다. 수필 속에서 나의 정체성은 되살아났고, 나의 존재성은 길을 찾았다. 문학, 글쓰기는 나의 인생길의 길잡이가 되었다.

　그렇다면 나의 시 쓰기는 무엇 때문일까?

한 줄기 빛

이정자

나는 몸이 약하게 태어났다고 한다. 어머니는 내가 어머니 배 속에 있을 때 피죽도 제대로 못 먹어서 그렇다고 했다. 어찌나 작고 약했던지 태어난 아기를 보고 괜찮다고 하는 이가 하나도 없었단다. 체격이 왜소하고 볼품이 없어서인지 인물조차 형편이 없었다고 했다. 걸음도 늦게서야 겨우 했단다. 아버지 말씀으로는 앞에서 자분자분 걸어가면 아버지 걸음에 밟힐 것 같아서 그 불안감에 나를 앞세우고 걷게 하지도 못했단다. 아버지는 그 당시로는 상당히 키가 큰 편에 속해서 180cm 가까이 되는 장신의 소유자였다.

그렇게 병약하게 심약하게 커서인지 나는 무슨 일이든 야무지게, 똑 부러지게 하지 못했다. 무슨 일이든 그저 편한 대로, 대강대강 하다 보니 마무리를 짓지 못하는 일이 많았고 아쉬운 일이 많았다. 나중엔 모든 일이 후회의 연속이었다. 학교 공부가 그랬고 직장 생활이 그랬고 삶이 그랬다. 언제나 후회하느라 밥도 잘 먹지 못하고 끙끙 앓는 일이 많았고 잠을 못 이루고 뒤척이던 시절도 많았다.

가정 경제가 어려웠을 때는 나는 근심 걱정으로 몸져누워 있는 날이 많았는데 그럴수록 몸과 마음의 건강이 더욱 나빠졌다. 보다 못한 고향 친구가 구당 할아버지의 무극보양뜸을 알려주었다. 나는 그 친구의 도움으로 뜸을 배울 수 있었고 내 몸에 스스로 뜸을 뜨면서 겨우 몸과 마음을 가다듬을 수 있었다. 그리고 누워서 텔레비전만 보고 있던 자리에서 일어나 내가 무엇을 할 수 있을까를 생각했다. 일기 쓰듯이 글은 쓸 수 있을 것 같은 생각이 들었다. 내가 학교 다닐 때 가장 칭찬을 받고 즐거워했을 때가 백일장에 나가서 상 받은 일이었다.

가만히 일어나 아들 책상에 앉아서 글을 쓰기 시작했다. 내가 쓴 글에는 내가 실수한 일에 대한 많은 후회가 담겼다. 그러다 보니 우주나 철학을 논하는 차원 높은 글은 되지 못하고 내 주변의 사소한 일이 주가 되었다. 이렇게 부끄러운 글을 써도 되는가 생각을 하면서 주저하기도 했지만 그 조잡한 글쓰기가 내 안에 쌓인 서러움을 해소하고 내 마음의 건강을 찾아주는 작은 방법이 되었기에 그만둘 수가 없었다.

나는 마음이 건강해지면서 몸도 건강을 되찾았다. 어디에선가 읽은 글이 생각났다. 쥐를 깜깜한 상자에 가둬 두면 3시간 안에 죽는다고 한다. 그러나 그 상자에 작은 구멍을 하나 뚫어 그 안으로 빛이 들어오게 하면 3일 이상을 버틴다고 한다. 온 세상이 깜깜하게 느껴지던 나에게 글쓰기는 그 한 줄기 빛이 되었나 보다. 나는 그 힘든 시절을 버티고 또 버틸 수가 있었다. 내가 느꼈던 그런 효과가 검증이 되었는지 요즘에는 글쓰기가 심리 치료의 한 방법으로 사용되기도 한다는 말을 들었다.

나에게는 왜 이렇게 후회가 많은가 생각하고 있을 때 유명한 스님의 설문을 들었다. 지난 일을 되돌아보며 잘못을 뉘우치는 것을 후회라고 하는데 지난 실수가 잊히지 않고 그것 때문에 괴로움이 지속된다면 그것은 반성이 아니라 잘못을 한 자신을 아직 인정하고 싶지 않은 것이란다. 그 말을 듣는데 갑자기 나의 머릿속으로 번쩍하고 무언가 빛이 스치고 지나가는 느낌을 받았다.

스님의 설명은 이어졌다. 후회로 괴로워하는 것은 자기 자신은 그런 잘못을 할 리가 없는 현명한 사람인데 그런 잘못을 저질렀다는 사실을 받아들이지 못하는 것이란다. 후회란 잘난 나에 비추어 잘못한 과거의 자신을 미워하는 것이라는 내용. 남의 잘못을 용서하지 못하는 게 미움이라면 자기 잘못을 용서하지 못하는 것이 후회란다. 나는 가슴이 멍해져서 듣고 있었다. 그러고 보니 후회가 많은 나는 내 자신의 잘못을 용서하지 못하고 살고 있던 거였다.

후회하면서 자신을 미워하지 않으려면 먼저 인간은 누구나 완전하지 않다는 것을 알아야 한단다. 과거 자신의 잘못을 깨닫고 그때 그런 수준이 나라는 현실을 인정하고 받아들이면 후회하며 괴로워하지 않는다는 설명이 이어졌다. 지나간 일을 후회하거나 자책하는 대신 "내가 잘못했구나. 다음에는 같은 실수를 하지 말아야지." 하면서 자신의 잘못을 미래의 교훈으로 삼는 것이 현명한 삶의 자세라고 했다. 그 설명을 듣고 있는데 나는 주체할 수 없이 눈물이 났다.

그러고 보니 나의 글쓰기는 이것의 연속이었다. 내가 잘못했다는 것을 받아들이는 것. 그리고 같은 실수를 하지 말아야지 하고 다짐하는 것. 그것이 나에게 한 줄기 빛이 되어 주었다. 내가 글을 쓰는 이유였다.

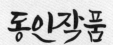

동인작품

곽경옥 김귀옥 김상옥 김재근 김희숙
박연희 봉영순 신동현 이노나 이승현
이언수 이영옥 이인환 이정이 이정자
이정화 인선민 정달막 정선화

곽경옥

창작 노트

해가 뉘엿뉘엿 저물어가니
농부의 마무리 일손이 분주하다
허리를 펴고 넓은 들녘을 바라본다
넉넉한 여유로움과 풍요로움이
평안과 안식과 쉼의 공간으로 안내한다

개구리 올챙이 적 생각

아들네 식구가 가방을 줄줄이 끌고 피난민이 되어 들어왔다. 아파트 사는 처가에서 하루 묵어서 오기로 했지만, 코로나 시대에 모여서 시끄럽게 한다면서 아래층으로부터 혼이 났다고 했다.

요사이 공동주택에서는 층간 소음으로 인해 크고 작은 사건들이 자주 일어나고 있다. 고소·고발은 아주 점잖은 일이고 주먹다짐 칼부림 살인 사건으로 이어지는 일도 뉴스를 통해 쉽게 볼 수 있다. 이웃사촌이란 말이 맞지 않는 시대가 아닌가 싶다. 층간 소음은 오늘날에만 있었던 것은 아니다. 우리 아이 4남매를 키웠던 70년대에도 그런 일은 있었다.

우리는 돌이 갓 지난 막내와 연년생으로 네 자녀를 두었다. 그리고 할머니, 우리 부부 일곱 식구가 열 세평 아파트에 살았다. 두 살, 세 살 애들은 걷는 것이 늘 콩콩콩 뛰어다니는 것이었다. 노는 것도 네 명이 어우러지면 쿵쾅거렸다. 조용하라고 자주 일러도 그때뿐이었다.

아래층에는 딸만 둘인데 조신하고 다소곳하고 조용한 아이들이었다. 나는 아랫집에서 말하기 전에는 우리가 어떤 피해를 주는지 전혀 몰랐다. 당시에는 구슬치기가 집안과 밖에서 즐겨하는 아이들의 보편적인 놀이였다. 당시 아파트 거실이 나무 마루였다. 애들이 여럿이니 저희끼리 친구가 되어 밤낮없이 구슬치기하며 신나게 놀았다.

어느 날 밖에서 들어오다 일 층 엄마를 만났다. 나는 반갑게 인사를 하였다. 그녀는 몹시 어렵게 무슨 말을 하려고 하면서 더듬거렸다. 나는 무슨 말인데 그러냐고 캐물었다. "○○ 엄마는 그렇게 애 키우면서 미안하지 않대요." 하며 뜸을 들이더니, 이 층 우리 집에서 또르르 또르르 구슬 구르는 소리, 애들 뛰는 소리에 남편이 힘들어 한다고 했다. 그러면서 내 손을 잡고 오히려 미안하다고 했다. 나는 그의 표정에서 내가 죄인인데 미안하다고 하니 오히려 죄스러웠다. 참고 참다 말하는 것 같았다. 나는 우리가 아랫집에 그러한 피해를 주고 있다는 것은 생각조차 못 했다. 이제라도 말해주어 감사하다고 깍듯이 인사를 하며 조심하겠다고 했다.

그 후 나는 애들에게 신경을 썼지만, 큰애 둘은 조금 커서 말을 듣는 것 같은데 작은애 둘은 반복되는 일이 많았다. 늘 미안한 마음에 나는 가끔 음식을 나누며 미안한 마음을 전했다. 아래층도 고맙게 이해해 주었다. 우리는 가까운 이웃사촌이 되어 전보다 더 살가운 사이로 지내게 됐다.

이제는 철없던 네 아이가 자식을 낳아 모두 아빠, 엄마가 되었다. 그들 또한 아파트에서 자식들을 키우며 이웃들에게 불편을 주고 불편함을 받으며 살아가고 있다. 그들 또한 층간 소음 문제 속에서 살고 있다.

아들이 세 번째 아들을 보면서, 나는 아들 집에 상주하며 살게 되었다. 아파트 8층이었다. 한 살 터울로 다자녀를 두었다. 갓 낳은 아기, 세 살, 네 살, 별로 소리가 날 것 같지 않았다. 그러나 아래층에서 애들 뛰는 소리와 의자 끄는 소리에 짜증이 난다고 했다. 아이들과 온 식구가 신경을 썼지만 어린애들은 그때뿐이었다. 나는 음료와 과일을 사다 주며 양해를 구했지만 세대 차이인지 시대 차이인지 쉽지 않았다. 아들과 며느리는 그들을 보면 죄인 같다면서 만나게 될까 두렵다고 했다. 손자들이 커갈수록 부담스러웠다. 결국 일 층으로 옮겼다. 마음이 홀가분하고 자유롭다고 했다. 그 후로 지금까지 지방이든, 서울이든, 매입이든 세입이든 그들에겐 일 층이면 되는 것이었다. 천방지축이던 세 자녀도 이제는 의젓한 중·고 등학생이 되었다. 그래도 그들은 일 층을 고수하고 있다.

아들 집은 아빠·엄마를 비롯한 다섯 식구가 모두 책을 보며 공부하는 분위기이다. 주변의 잡음을 싫어한다. 아들 내외는 온종일 일을 하고 귀 가하여 조용히 쉬고 싶다고도 했다. 이 층에서의 쿵쿵 쾅쾅 소리에 민감 했다. 밤에도 낮에도 분별없이 뛴다 했다. 나는 아이들 방에 있어서인지, 둔해서인지 잘 들리지 않았다. 웬만하면 참고 살아야 하는 것이라고 다독 였다. 애들은 내가 답답했나 보다. 어머니가 직접 들어야 한다고 손을 잡 고 거실로 데리고 갔다. "쿵쿵" 하는 소리가 보통 애들의 노는 소리가 아 니었다. 어른이 뛰는 것처럼 들렸다. 천장에 달린 등이 흔들렸다. 나중에 알고 보니 약간 정신 질환이 있는 아가씨가 살고 있었다. 몸집이 유난히 컸다. 경비실에도 이층집에도 여러 번 말했지만, 변화가 없었다. 답답하 고 안타까운 일이었다. 주로 거실과 안방에서 일어났다. 특히 아들이 예 민하게 신경을 썼다. 안쓰럽고 딱한 일이었다. 천장을 치며 신호를 보내 지만, 헛일이었다. 이 층에도 할머니가 계셨다. 어쩌면 그 부모들도 미안 해서 우리 식구를 피하고 있었는지 모르겠다.

어느 날 이 층 할머니가 내려오셨다. 미안하다며 우리와 집을 바꾸어 살면 어떻겠느냐고 했다. 황당한 말이었다. 얼마나 답답했으면 그럴까 생 각하니 마음이 아팠다. 이날까지 일부러 일 층만을 고수하고 살아가는 아 들네다. 앞으로도 그럴 것이라고 했다.

우리 네 남매는 모두 다자녀를 두었다. 모두 층간 소음에 어려움을 경 험하고 살았다. 이제 세 자녀는 일 층에 살고 있다. 둘째만 11층이다. 아 들만 셋을 키우는 그의 애로사항을 알만하다. 옮길 기회가 있다면 일 층으로 바꾸겠다고 벼르고 있다.

이번 여름 아들 집에 내려갔다. 아들의 눈치를 살펴보았다. 이 층에 대한 불평이 없었다. '웬일일까?' 궁금했지만, 묻지 않았다. 체념을 한 것일까? 너그러우므로 이해를 하는 것일까? 하지만 모르는 척했다. 오히려 긁어 부스럼이 될까 싶어서였다.

어차피 공동주택 생활을 하려면 이웃사촌이 되어 살아야지 개구리 올챙이 적 생각을 하며 살아가기를.

밥맛이 꿀맛

건강한 사람이라면 먹는 것이 즐겁고 행복할 것이다. 나도 건강을 증명하려는 듯 무엇이든지 맛있게 잘 먹었다. 금강산도 식후경食後景이라는 말은 나를 두고 하는 말인 것 같다. 배고픈 삶을 살아서일까 먹는 것, 특히 밥을 빨리 먹는 습관에 길들었다. 여럿이 모여 먹을 때는 늘 조심스럽다. 집에서 가족들과 함께 밥을 먹을 때면 가장 늦게 앉아도 제일 먼저 먹고 일어섰다. 남편은 내게 꼭꼭 씹어 천천히 먹지 무엇이 쳐들어오는 것처럼 먹는다고 잔소리를 했다. 나도 다른 사람과 맞추어 먹었으면 좋겠는데 내겐 참으로 힘든 일이다.

남편은 나와는 정반대이다. 밥 한 수저에 삼십 번을 씹어야 한다고 열변을 토했다. 남편의 위와 장은 할 일이 없을 것 같았다. 입안에서 곱게 갈아 보내니 말이다. 당신 입은 월권행위를 하는 것이라고 했다. 장에서 해야 할 일을 왜 입에서 하는 것이냐고 억지를 부렸다. 장에서 일감 좀 달라고 밥 먹기 전에 내게 연락이 왔다고 했다. 우리는 한바탕 웃었다. 나는 한입 잔뜩 넣고 우물우물 혀를 슬슬 서너 번 돌리면 저절로 꿀꺽 넘어갔다. 밥이 오래 씹도록 입 안에 남아 있지 않았다.

나는 노인들을 오랫동안 모시고 살아왔다. 연세가 높아지면서 공통되는 것이 밥맛, 입맛이 없다는 것이었다. 왜 입맛이 없는지, 왜 입이 쓰고 깔깔하다는 것인지 이해할 수가 없었다. 마치 노인들끼리 서로 입을 맞춘 듯했다. 이제 생각하면 죄송스러울 뿐이다.

내 입은 항상 꿀맛이고 달기만 한 줄 알았다. 그런데 내게도 입이 쓰고 입맛이 없고 밥맛이 없어서 고생하던 때가 있었다. 먹을 것을 앞에 놓고 먹을 수 없는 것은 고통이었다. 많은 병 중에 제일 무서운 병은 밥맛 없는 병이라고 생각했다. 나는 오래전 폐암 수술을 했다. 수술 후 반년 이상을 밥을 먹지 못해 힘들게 살았다.

영양이 좋고 맛이 좋은 것으로 매일 메뉴를 바꾸어 가며 만들어 주었다. 하지만 먹을 수가 없었다. 음식을 보면 구미는 당기지 않고 싫은 생각부터 났다. 더욱 비위가 상하고 짜증스러웠다. 입맛 없고 기력이 없을 때 도움을 준다는 녹두죽도 싫었다. 특이한 냄새가 비위를 상하게 했다. 수저 끝으로 조금 떠서 입에 넣었다. 따뜻한 향이 코끝으로 스며드는 순간 수저를 놓고 머리를 돌렸다. 정성껏 만들어온 분에게 미안했지만 어쩔 수 없었다. 입안에서 맛을 보기도 전에 싫은 생각부터 났다. 전복죽, 고소하고 맛이 있다고 했다. 보양식이니 억지로라도 먹으라고 했다. 역시 구미가 당기지 않았다. 하지만 먹어야 산다고 한 수저 입으로 가져갔다. 비릿하고 물컹거리는 전복죽은 내 속을 뒤집어 놓았다. 이러한 날이 매일이었다. 하루하루가 견디기 힘들었다. 수술 후 약해진 상태에서 면역력을 회복시키지 않으면 다양한 질환이 생긴다고 했다. 암 재발과 전이 등에 위험하다고 했다. 스스로 노력해야만 한다고 겁을 주었다. 암 수술은 강한 항생제를 사용하여 몸속에 좋은 유산균 효소가 파괴된다고 했다. 빨리 공급해 주어야 입맛이 돌아온다고 했다. 먹어야 회복이 된다고 했다. 나는 억지로라도 먹으려 애를 썼다. 임신부가 입덧하듯 구역질이 나고 오장육부가 뒤틀렸다. 밥도 죽도 먹기 싫은 것을 억지로 먹으니 속에서 받지를 못해 더욱 힘이 들고 괴로웠다. 하지만 먹어야 살 수 있다는 것을 알기에 또 먹어 봤다. 역시 속에서 받지를 않았다. 이러한 날들이 이어지니 고통스러웠다. 과일도 먹어 보고 이것저것 배를 채워 보려고 했지만 여전했다.

아들이 의사 선생님과 상의하고 의학 식품이라는 캔 한 상자를 사 왔다. 음식보다 쉽게 먹을 수 있다고 했다. 캔 하나를 마시면 하루에 필요한 열량이 충분하다고 하였다. 눈 딱 감고 마시라고 했다.

급속도로 기력이 떨어지며 우울하고 울적한 하루하루가 이어졌다. 이제는 절망과 낙심으로 하루하루가 힘겨워졌다. 삶 자체가 무의미한 것 같았다. 움직이는 것조차 귀찮았다. 무기력함에 일상생활조차 버거웠다. 삶을 포기할 수만 있다면 차라리 포기하고 싶었다. 가족들의 걱정조차도 내게는 밉상이었다. 수술 전에는 수술만 끝나면 되는 줄 알았다. 수술이 문제가 아니었다. 회복하는 것이 더욱 중요하다는 것을 알게 되었다. 회복한다는 것은 먹느냐 안 먹느냐에 있는 것이었다. 마치 생과 사의 전쟁 같았다. 캔을 한 모금 먹었다. 죽도 아니고 물도 아닌 미음 같았다. 속이 또 느글느글했다. 먹으면 살고 안 먹으면 끝이다. 마음을 굳게 하고 한 모금 마셨다. 역시 역겨워 토할 것 같았다. 밥보다 더 어려웠다. 하지만 이것이 나의 하루를 살게 하는 것이라 생각했다. 평상시 좋아하는 참외를 얼른 입에 넣었다. 죽을 먹어도 밥을 먹어도 여전히 고통스러웠다. 하지만 먹고 기운을 차려야 한다는 생각에 조금씩 아주 조금씩 먹고, 조금 쉬었다 다시 먹기를 반복하였다. 가족 눈치를 피해 무거운 다리를 끌고 집 앞동산을 올라갔다. 소나무 숲과 솔 향이 좋았다. 솔 사이에 앉았으니 솔 향기가 싱그러웠다. 머리를 들어 하늘을 보니 솔가지 사이로 푸른 하늘 흰 구름이 뭉게뭉게 피어올랐다. 솔 향기를 맡으며 시간을 보냈다. 도우미 아줌마가 신경을 써 주었다. 가지를 도톰하게 팬에 구워 토마토를 갈아 새콤달콤한 소스를 만들어 가지 위에 얹어 주었다. 먹을 만했다. 단호박을 쪄서 꿀과 희석하여 먹는 것도 괜찮았다. 이렇게 조금씩 먹기 시작하였다. 팔 개월이 지나면서는 무엇이든 먹을 수 있었다. 만 5년이 지나며 완치 판정을 받았다.

지금은 밥 한 입 넣고 혀 서너 번 돌리면 꿀꺽 넘어간다. 내게 영원한 보약! 밥맛이 꿀맛이다.

김귀옥

창작 노트

잘 익은 천혜향 속살 같은
노을이 진다
켜켜이 추억이다
추억은 내게 글을 쓰게 하고
살아가게 한다

자두

　뜨거운 7월 햇볕이 자글자글 끓는 오후 3시, 도서관 앞 버스정류장에서 열댓 걸음 정도 비켜 올라간 그늘진 바닥에 여자는 서 있었다. 지나가는 사람들을 보기도 하고, 앞에 펼쳐진 자두를 내려다보기도 하며 손님을 기다리고 서 있는 여자의 마음처럼, 진파랑의 돗자리가 깔린 바닥에는 빨간 자두가 미니 소쿠리마다 탐스럽게 담겨 행인들을 유혹했다. 자두 앞에서 걸음을 멈춘 나는 열기에 달아올라 붉어진 여자의 동그란 얼굴이 빨간 자두를 닮았다고 생각했다. 여자의 얼굴은 빛에 그은 대로 맑았다. 가로수 그늘은 펼쳐 놓은 과일들의 쉼터가 되어 행인의 발길을 잠시 멈추게 했는데, 나도 그중 한 사람이었다. 여자는 행인의 멈추는 발걸음에 반응하며 웃음을 지었고, 멈추는 발걸음이 판매로 이어지지만은 않아 실망하기도 했다. 여자의 얼굴에 나뭇잎들 사이로 침투한 햇살이 눈을 찌르자 미간을 살짝 찡그리며 위를 쳐다보고는 한 걸음 옆으로 물러섰다. 해가 서쪽으로 조금씩 옮겨가며 그늘도 옆으로 조금씩 이동하고 있어 나뭇잎 사이로 새어 들어오는 빛이 여자의 얼굴에 무늬를 만들었다.

　자두는 노란 속살을 얇은 막으로 감싼 겉껍질의 붉은 색깔 자체가 유혹이었다. 5,000원이라고 큰 글씨로 써 붙인 가격표, 날짜마다 가격이 달라지는 마트의 5,900원이나 6,900원, 어쩌면 7,900원일 수도 있을 대형마

트의 자두와 비교해 보다 사고 싶어졌다. 여러 바구니 중, 가장 색이 투명하고 예쁜 바구니의 자두에 시선이 멈추었다. 빨갛고 투명한 자두를 뽀드득, 뽀드득 씻어 입안에 넣으면 그 새콤달콤한 맛에 행복해지리란 느낌이 침샘을 자극했다. 시선이 멈추었던 바구니를 가리키며, 저것도 오천 원이냐고 묻자, 여자는 그건 만 원이라고 했다. 고의로 가격표를 붙이지 않고 손님의 발걸음을 멈추게 할 의도임을 알았지만, 물건을 팔기 위한 수단이겠거니 생각하자 의도는 중요하지 않았다.

단지 도서관에서 빌린 책이 든 무거운 가방이 신경이 쓰였다. 게다가 교우가 준 적양파가 든 쇼핑백까지 있었다. 무게를 가늠하며 망설이는 내 마음을 읽었는지, 여자가 웃음 띤 표정으로 말했다.

"우리 거 정말 맛있어요."

여자의 표정에서 진정성을 느낀 나는 만 원짜리로 달라고 했다. 무게의 부담을 알면서도 자두를 사는 건 정말 맛있다는 여자의 말을 믿고 싶기도 했고, 여자에게 실망감을 주고 싶지 않은 마음이기도 했다. 옛날이야기 속 한낮에 여우에게 홀린 나그네처럼 여자의 빨간 자두에 홀려 이미 무거운 짐에 또 무게를 보탰다. 여자는 표정이 밝아지며 까만 비닐봉지에 바구니의 자두를 조심스럽게 부었다. 비닐봉지를 바닥에 놓고 바구니를 밀어 넣고는 바구니를 살짝 기울여 조심스럽게 빼냈다. 행여 서로 부딪쳐 멍이라도 들세라 갓난아기 다루듯 조심하는 여자의 모습, 자두를 담아 옆에다 놓고는 흘러내린 머리카락을 귀 뒤로 꽂는 여자의 동작에서 오래전 기억의 한 사람이 스쳐 지나갔다. 계산하려고 카드를 꺼내다 왠지 현금을 주어야 좋아할 것 같아서 여자에게 물었다.

"현금이 있으면 좋을 텐데, 현금을 잘 안 가지고 다녀서 아마 없을 것 같아요. 카드도 되나요?" 혹시나 하고 가방 안 속주머니를 다 뒤져봐도 오늘따라 만 원은커녕, 천 원짜리 지폐 한 장도 없다. 신용카드를 사용하는 일이 일상화되다 보니 현금을 챙기는 일은 별로 중요한 일이 아니라고 생각해 신경을 쓰지 않았고, 오늘도 예외는 아니었다. 가방 속 주머니에서 현금을 찾아본 것은 드물긴 해도 만 원짜리 지폐가 속주머니에서 발견될 때도 있기 때문인데, 그런 요행은 자주 일어나지 않았다. 내가 현금을 찾지 못하자 여자가 말했다.

"그냥 가져가시고, 계좌로 입금해 주세요."

나를 믿느냐고 나는 물었고, 여자는 당연하다는 듯 고개를 끄덕이며 웃음으로 답했다.

"고마워요. 그럼 이름과 계좌번호 불러주세요." 내가 말했고, 여자는 은행과 계좌번호와 이름을 또박또박 불렀다. 이름이 김미리였다. 이름이 예쁘다는 말과 함께 미리 씨가 불러주는 폰 번호를 입력하고 누르니 폰이 울렸고, 미리 씨가 웃었다. 그 웃는 표정에서 기시감을 느꼈다. 왠지 낯설지 않은 언젠가 알았고 익숙했던 오래전 기억 속 누군가의 웃음을 닮았다. 그렇게 웃었다고 생각했다. 그녀는 단순히 자두를 팔아 기분이 좋거나 예의상 손님에게 지어 보이는 웃음일 수도 있을 것이다. 나만이 느끼고 싶은 다른 의미의 소리 없는 웃음을 생각하는 것일지도 몰랐다. 단지 닮았다는 이유만으로 아무런 연관이 없는 사람일 수도 있는 여자에게서 과거의 큰집 새언니가 떠올랐다. 새언니의 웃음이 생각났다. 마음은 웃고 싶은데, 속마음 깊이까지는 웃을 수 없는 웃음. 웃음 뒤에 어린 슬픔의 잔영. 웃으면 좋은 일이 생길지도 모른다는 가느다란 희망, 간절한 소망을 담은 웃음.

집에 오자마자 만 원을 송금했다. 송금했다는 문자도 잊지 않았다. 미리 씨에게서 감사하다는 답문이 왔다. 거래는 끝났지만, 나는 미리 씨와 작은 인연이 된 느낌을 받았다. 자두를 한 입 베어 물며 말했었다. "아유, 시어." 가는 눈을 감았다 뜨며 웃던, 맞았다. 내가 거기서 멈춘 이유, 미리 씨에게 자꾸만 끌리는 이유가 이것이었구나 하고 생각했다. 미소 띤 얇은 눈, 동그랗고 희지 않은 작은 얼굴, 웃을 때면 눈이 감기는 듯한 모습이 귀여웠던 여자.

내 어릴 적 가까이에 살던, 큰집 새언니라고 부르던 육촌 올케언니. 새언니는 마음씨가 고왔고, 외모도 고왔다. 어른들을 대할 때는 지극히 공손했고, 아이들을 길에서 만나면 언제나 먼저 웃었다. 말없이 웃으며 표정으로 하는 인사에 사랑이 담겼고, 사랑은 온기로 번져갔다. 하루에 몇 번이라도 만나면 무심히 지나치지 않았다. 빈 물동이를 이고 샘에 가려면 우리 집을 지나가야 했는데, 낮은 담장으로 우리 집을 넘겨다보다 눈이 마주치면 웃었다. 물이 가득 든 물동이를 이고 흐르는 물을 손으로 훑으며 지나가면서도 나를 보면 웃었다. 웃음이 인사였다. 멀리서 새언니가 보이면 손을 흔들어 친근함을 나타냈고, 새언니도 웃으며 손을 흔들어 주곤 했다.

새언니가 시집오던 날, 잔치 마당엔 커다란 차일이 쳐졌고, 하객들은 차일 밑에서 국수와 전과 콩나물 휘집을 먹었다. 나는 콩나물 휘집을 좋아해, 할머니가 집으로 가져와 집에서도 먹은 기억, 그 후로 겨울이면 할머니가 손수 키운 콩나물로 휘집을 자주 만들었다. 내 생일이 겨울이어서 할머니는 그날은 빠지지 않고 콩나물 휘집을 만들었고, 그럴 때마다 새언니를 불렀다. 갓 시집온 새언니가 콩나물 휘집을 맛있게 먹으며 말했다.

"정이가 콩나물 휘집을 좋아한다며? 나도 좋아하는데."

나는 새언니가 우리 집에 와서 같이 음식을 먹는 것도 좋았고, 이야기하는 것도 좋았다. 새언니가 왔을 때, 나는 여덟 살이었다. 집집이 아이들이 많았지만, 나에게는 언니, 오빠가 없었다. 밑으로 남동생만 하나 있는 나는 외로웠고, 언니 오빠가 있는 친구들이 부러웠다. 더군다나 새언니는 큰집으로 시집온 올케인데다, 할머니의 친정 쪽 좀 멀기는 하지만 집안이라는 사실에 누구보다 더 친근감을 가졌던 게 아니었을까. 무뚝뚝한 말투에 무표정인 다른 어른들과 달리, 그 언니의 파릇한 젊음과 상냥함이 좋았다. 예뻤고, 비누 향인지, 화장품 냄새인지, 좋은 향기가 은은히 났던 것 같았다. 시간이 지나면서 점점 웃음 뒤에 숨겨진 어떤 근심 같은 것, 어떤 공허가 언니를 막막하게 할 거라는 생각에 나는 조금 슬펐던 것 같다. 나는 꿈을 많이 꾸었고, 꿈 이야기를 하면 엄마는 쓸데없는 생각을 많이 해 꿈을 많이 꾼다며 핀잔을 주었다. 큰집 새언니가 멀리 사라지는 꿈을 꾸고, 꿈속에 엄마를 잃어버린 아이처럼 가위에 눌렸다.

자두가 빨갛게 익은 여름날, 새언니는 물을 길러 가는 길에, 옹기로 된 물동이 안에 빨간 자두를 담아왔다. 큰집에는 터가 넓어 과실나무가 여러 종류 있었는데, 그중에서도 당시에는 귀해 과수원에나 있었던 자두나무가 한 그루 있었다. 자두나무에 자두가 빨갛게 익으면, 당숙은 자두를 한 바가지씩 새언니 편으로 보냈다. 할머니는 잘 익은 자두를 보며, 그 선명한 빛깔이 참 예쁘다며 감탄했다. 새언니는 가져온 자두를 뽀드득뽀드득 씻어와 툇마루에 앉아 나물을 다듬는 할머니께 드렸다. 새언니는 내 할머니의 친정 쪽 먼 친척이어서 할머니를 고모님이라 불렀고, 할머니는 큰집 아가라고 불렀다. 물이 듣는 자두 바구니를 바가지에 받쳐 활짝 웃으며 다가오면, 언니의 손에서도 몸에서도 자두 향기가 나는 것 같았다. 투명한 물방울이 매끄럽고 싱싱한 자두의 몸을 타고 흘러내리던, 보기만 해도 침이 돌던 새언니의 자두. 한 입 베어 물면 노란 속살이 달콤하게 입안에 퍼져, 그 새콤달콤한 맛에 짜릿한 기쁨을 맛보았고, 그 맛이 새언니에 의해 전달된 것에 더욱 좋았던 날들에 대한 기억. 할머니는 자두를 한 알 집어 베어 물며 말했다.

"잘 익었구나, 달콤하다. 너도 하나 먹어봐."

"저는 집에서 먹었어요. 고모님 드세요." 새언니는 말하고 웃었다. 할머니는 짐짓

"먹었어도 어서 먹어봐"하고 권했고,

"괜찮은데" 하며 받아 한입 베어 문 언니는 시다고 눈을 감았다. 할머니의 표정에 아쉬움이 어렸다 지나갔다. 할머니는 혹시나 새언니에게 좋은 소식이 있나 시험을 해 본 것이었을까. 신맛 느끼지 않고 잘 먹기를 내심 기대했을까.

"저 착한 것이 복이 없어 어쩌나? 속이, 속이 아닐 긴 데." 하며 한숨을 쉬었다. 시집올 때는 푸른 벼 이삭에 맺힌 이슬처럼 싱싱하던 언니. 할머니의 염려 섞인 말을 들으며, 겉으로는 웃어도 속으로는 웃을 수 없는 새언니의 마음이, 어린 마음에도 조금은 헤아려졌다. 새언니보다 나중에 들어온 이웃 색시들은 배를 볼록하게 하고 다니거나, 큰아이가 있고, 둘째를 가진 집도 있었으니까.

"엄마, 제발 제가 알아서 합니다요."

내가 딸 지수에게 너는 아이 안 가질 거냐고 물으면 성가시다는 투로 하는 말이었다. 딸 지수는 올해 서른다섯이다. 결혼한 지 3년이 지났는데 아이가 없다. 결혼 후 직장을 그만둔 것이 실수였나 싶을 때가 있어, 내가 딸에게 자주 했던 말이 있었다. 너는 결혼 후에도 일을 계속하라고, 진급도 하고 커리어우먼으로 성공했으면 좋겠다고. 딸이 다 자라기 전에 했던 내 말이 영향을 준 건지 딸은 잘 자라 좋은 직장에 들어갔고, 결혼도 했

고, 진급도 했다. 일을 계속하는 건 괜찮은데 일 때문인지 아이 가질 생각이 없는지 내가 아이 얘기를 꺼내기만 하면 말을 잘랐다. 지수는 엔터테인먼트 회사에 다니다 일이 너무 많아 작년에 이직했다. 전 회사는 일이 너무 많았다. 잦은 해외 출장에, 기획안에, 능력 너머를 원하는 회사가 딸을 미치게 한다고 불만이 많았다. 머리에 쥐가 난다면서도 밤을 새워가며 일을 했고, 인정을 받았다. 덕분에 아이를 가질 생각을 못 했으리라 이해를 했다. 이직한 딸은 이직 전에는 바쁘다는 핑계로, 지금은 새로운 직장에 적응을 핑계로 무심히 말했다.

"꼭 아이가 필요한가? 요즘은 자식 키우느라 힘든 것보다 부부가 즐기며 사는 것도 중요하게 생각해. 일도 해야 하고. 필요를 느낄 때 생각해볼게요. 아직은 아닌 것 같아."

"김 서방도 너와 생각이 같니?"

안타깝고 답답한 표정으로 내가 묻자,

"그럼."

너무도 아무렇지 않게 말하는 딸의 생각을 도무지 알 수가 없다. 알아서 하겠다는 딸에게 자주 말하면 엄마의 잔소리쯤으로 흘려들을까 봐 눈치를 보면서도 마음으로는 간절했다. 나도 다른 친구들처럼 손주를 안아봤으면, 산간도 해 주고, 폰에 사진을 찍어 톡에 올려 봤으면, 손녀를 낳으면 딸을 닮아 예쁘고 똑똑할 테고, 손주면 사위를 닮아 마음이 넉넉하고 푸근하겠지. 어제 한 겉절이에 밑반찬을 몇 개 만들어 퇴근길에 가져가라고 딸에게 전화했다. 내 전화에 주말에 오겠다던 딸이 잠시 후 전화를 해서는 지금 가겠다고, 엄마 집에 가서 저녁 먹겠다고 했다. 나는 신이 나서 딸이 좋아하는 굴비를 냉동실에서 꺼내 녹이고, 저녁을 준비했다. 딸은 사위가 부서 회식이 있다고 했다며 저녁을 먹고 느긋하게 앉아 있는 딸에게 낮에 산 자두를 씻어 내놓으며 말했다.

"자고 내일 갈래?"

딸은 몇 초의 망설임도 없이 말했다.

"아니. 내일 출근해야 하는데 무슨 소리야?"

"알았다 알았어. 그냥 한 번 해 본 소리야." 나는 머쓱해져서 그냥 해 본 소리라고 둘러댔다.

딸은 시집간 후로 지 집이 편한지 친정에서 자고 가는 일이 극히 드물다. 나는 오늘 낮에 보았던 자두 파는 여자의 배려와 그녀가 큰집 새언니를 닮았더라는 이야기를 하고, 큰집 새언니 이야기를 꺼냈다. 딸은 엄마 이야기를 들어주겠다는 큰 선심이라도 쓰듯이 휴대폰에서 눈을 떼지 않은 채 말했다.

"길지 않지? 짧게 해 주세요."

딸은 짧게 해 달라고 한 지 말에 미안했던지 나를 보며 웃었다. 나는 들어줄 상대가 있다는데 기쁨을 느끼며 관객 많은 연극무대의 배우처럼 신이 나서 들려주었다.

큰집 새언니는 시집와서 몇 년이 지났는데도 아이가 없었다. 큰집에서는 장손이 아이가 없어 어떻게 하느냐고 걱정이 많았다. 새언니의 시할머니는 아이가 생기지 않는다고 손부를 구박하는 며느리가 못마땅해 늘 우리 집에 와 나의 할머니에게 며느리 흉을 보았다. 새언니의 시어머니는 시어머니대로 당신의 고충을 털어놓았다.

"그것이 생각이 있는 건지 없는 건지, 대놓고 싫은 소리를 해도 삐지지도 않고 한결같으니 어쩌면 좋답니까? 참 하늘님도 야속하시지, 부부 금실은 좋은데, 왜 얼라가 안 들어서는지 모리겠어요. 내가 그 아 걱정에 밤에 잠이 안 와요. 지 시할머니 팔자 닮을까 봐서요. 이번 달에나 다음 달에나 시어미 속 타는 심정은 모르고, 지는 숨긴다고 숨기는데 며칠 전에 눈치가 또 달거리를 했는가 보더라고요. 지 속도 속이 아닐 거지만 이러다가 내가 생병 나지 싶네요."

당숙모가 긴 한숨을 쉬며 기다리는 일이 힘들다는 속내를 드러내면 내 할머니는 안쓰럽기도 하고 미안하기도 해서 조금만 더 기다려 보라고. 아직 젊지 않냐고. 삼신할미가 때를 기다리는 건지도 모르지 않냐며 달랬다. 당숙모는 한약을 지어다 먹이고, 절에 가 불공을 드리고, 용한 점쟁이를 찾아다니는 등 아무리 애를 써도 소용이 없었다.

큰집에는 큰할머니가 계셨다. 내가 태어나기도 전에 돌아가셔서 얼굴은 모르지만, 깔끔한 성격을 가진 분이라고 했다. 큰할머니께서는 소생이 없었다. 큰할머니는 음식을 잘하셨고, 종가의 며느리답게 인품이 좋았으나 대 이을 자식이 있어야 했기에 작은할머니를 들여 자식을 보았다. 인품이 좋은 큰할머니도 시앗에게는 너그럽지 못해 크고 작은 분쟁이 생겼고, 내 할머니가 중간 역할을 많이 했다고 들었다. 지금 큰집 할머니는 작은할머니였다.

"엄마, 잠깐만." 이야기를 끊으며, 딸이 말했다.

"뭐가 그렇게 복잡해. 당숙모는 누구고, 작은할머니, 큰할머니. 지금 엄마 친정 큰집 족보, 얼굴도 모르는 분들의 이야기를?"

"어쩔 수 없잖아. 엄마의 어린 시절 이야기니까."

"결국은 큰할머니가 아이를 못 가져서 작은할머니가 들어와 대를 이을 아들을 낳았다는 이야기네. 그 아드님이 엄마의 당숙, 부인이 엄마의 당숙모? 아유, 복잡해."

"복잡해? 너도 당숙이 계시잖아. 멀지도 않아. 아빠 사촌, 너도 잘 아는 압구정동 아저씨."

"아, 그렇게 되는구나. 지금은 당숙이라고 부르지 않잖아."

"그렇긴 하지. 엄마도 다른 분들이 안 계실 땐 '큰집 아재'라고 부르기도 했어. 그러면 훨씬 다정하게 들렸어. 그러니까 당숙은 예의 있게 다른 어른들 앞에서만 쓰는 호칭이었다고나 할까. 요즘은 다들 바빠서 집안의 경조사 때나 만나지만 그때는 한 마을에 모여 살아서 아주 가깝게 지냈어. 당숙은 볼일이 없어도 문안차 아침마다 다녀가셨어. 마당으로 들어서며 기침을 하면, 방에 있든 바깥에 있든 할머니는 "아침밥은 들었는가?" 하며 반겼어. 당숙을 낳은 작은할머니가 착해서 까다로운 큰할머니 비위 맞춰가며 함께 사셨는데 작은할머니가 염려하시는 건 요즘—그 당시의 요즘도 시대가 변하고 있었으니까. 2천 년 전에도 요즘 젊은이들은 하고 말했다잖아, 소크라테스가.—젊은이들은 그렇게 살겠느냐는 거지."

"못 살겠지. 그분들도 아무리 자식 때문이라지만 힘드셨겠네." 딸이 말했다.

"그래, 힘드셨겠지. 근데, 당시 엄마가 살던 마을에는 그런 분들이 있었어. 자식이 없는 큰엄마와 한집에서 사는 작은엄마의 딸인 선배도 있었고, 아버지가 아들이 없다고 작은댁을 들여 이웃 마을에 살아 등굣길에 용돈을 타러 작은엄마 집에 가곤 했던 엄마 친구도 있었어. 요즘이야 이해하기 어렵지만, 그때는 그렇게도 살았단다." 내 얘기는 어린 시절 속으로 들어갔고, 딸은 묵묵히 들었다.

새언니에게 아이가 생기지 않자 대물림도 아니고 언제까지 마냥 기다려야 하나, 할머니는 자신의 책임이 가볍지 않아 고민이 많았다. 이런저런 어른들의 속마음을 모르지 않는 새언니의 소리 없는 웃음은 어떤 방어기제 같은 것이 아니었을까? 자두처럼 말간 빛깔로 여린 속살을 싸 보호하는, 자신을 지키고자 애쓰는 보호막. 무표정이나 화난 표정으로 말을 못 붙이게 해 어려운 사람과, 웃음으로 방어막을 쳐 상대방이 나쁜 말을 하고 싶다가도 스르르 사그라들게 하는 사람이 있다면, 사람들은 누구에게 더 호감이 갈까. 새언니는 후자였다. 사람들에게는 웃으며 애써 괜찮아 보이려고 했을 것이고, 자신은 괜찮지 않아 누군가가 던지는 위로의 말마저도 서러움이었을 것이다. 착한 마음씨도 순한 기질도 새언니에겐 도움이 되지 않았다. 인고의 시간도 소용이 없었고, 부부간의 금실도 자식이라는 큰 명제 앞에서는 너무 작고 한없이 가벼웠다. 조선 시대에나 있을 것 같은 칠거지악이라는 악법이 엄연히 존재했다. 장손이어서 대를 이을 아들이 꼭 있어야 한다는 고정관념은, 나무랄 데 없는 인품을 가진 며느리에게라고 관대하지만은 않았다.

가족의 품에 진정한 구성원으로 뿌리를 내리고자 했던 언니의 바람, 아이를 가지고 싶었던 간절함은 시한의 만료가 있었다. 새언니는 슬픔을 감춘 웃음으로 자신을 보호하려던 아픈 시간을 보내다 결국, 떠나고 말았다. 조금만 더 기다려 보자던 엄마와 할머니의 당숙모 달래기도 소용이 없었다. 내가 여덟 살 때 연지곤지 찍고 가마 타고 큰집에 온 언니는 중학교 1학년 겨울, 바람이 많이 불던 날에 떠났다. 겨울만 나고 보내자는 내 할머니는, 겨울 나면 봄이 되고 봄이 되면 또 한 해만 더 기다려 보자고 할 거 아니냐는 당숙모 말에 아무 말을 못 했고, 침묵은 동의의 의미로 이해되었다.

내 이야기를 들어주던 딸이 메시지를 확인하더니 말했다.

"결국, 엄마 큰집 새언니는 아이를 낳지 못해 쫓겨난 거네. 안 됐다. 2편은 다음에 들을게. 민혁 씨 벌써 왔대."

'30분만 더 있다 가지.'

아쉬움에 작은 소리로 중얼거리다가 말했다.

"그래, 가서 쉬어. 피곤할 텐데. 내가 너무 오래 붙잡아뒀구나."

시계를 보니, 아홉 시였다. 딸은 두 시간을 머물렀는데, 저는 세 시간이라고 느꼈을지 모르겠지만, 나에게는 삼십 분처럼 지나갔다. 김치통과 반찬통이 든 가방을 챙겨 엘리베이터를 함께 타려는 나를 딸은 가방을 받으며 내려오지 말라고 했다. 자주 오는 딸이지만 돌아갈 때면 번번이 서운했다. 반찬 가방은 딸이 들었는데도 엘리베이터를 같이 타고 내려갔다. 딸이 차의 시동을 걸고는 차 창문을 열고 말했다.

"엄마, 이제 나 주려고 힘들게 반찬 만들지 마요. ○○컬리에서 배달해 먹어도 맛있어. 들어가요, 또 올게."

"그래, 운전 조심해."

나는 아쉬움에 손을 흔들며 말했고 차는 출발했다. 딸의 자동차 후미등에 빨간 불이 켜지고 아파트 마당에 주차한 차들 사이로 조심스럽게 빠져나가는 모습을 바라보며 짧은 기도를 했다. '딸이 엄마의 기쁨을 누릴 날이 빨라졌으면, 그래서 내 행복이 딸에게로 이어지기를' 하고 바라는 기도였다.

딸이 가고 난 뒤 새언니의 모습을 떠올려 보았다. 보통보다 조금 큰 키, 까무잡잡한 피부에 얇은 눈까풀, 웃을 때 작아지는 눈, 낮에 본 자두 파는 여자 김미리 씨와 큰집 새언니의 모습이 신기할 정도로 자꾸만 겹쳐졌다. 그 언니가 어디 가서 딸을 낳았으면 여자와 비슷하지 않을까 상상해 보았다. 지금은 어디서 살까? 살아는 있을까? 아이 못 낳고 죽은 귀신이 쓰였다고 굿을 할 때, 무당을 따라다니는 대잡이 여자가 새언니에게 다가와 다그치던 끔찍한 모습이 떠올랐다. 대잡이는 점을 배우는 작은 무당인데 큰 굿을 할 때면, 꼭 따라다녔다. 처음에는 멀리서 새언니 주위를 빙글빙글 돌던 대잡이는, 점차 흥이 오른 무당이 빠르게 놋쇠 양푼을 두드리자,

그 소리에 흥분되어 죄인을 심문이라도 하는 것처럼 목소리를 높였다. 달도 없는 바깥은 어둠이 점점 짙어지는데, 촛불이 그을음을 내며 타오르는 방안은 무당의 목소리와 놋 양푼의 울림이 죽은 혼을 부르기라도 하듯이 화음을 맞추고 있었다.

"너, 이년. 어디서 누구 집안을 망하게 하려고 가로막고 서 있냐? 썩 물러가라. 썩 물러가라."

학교에서 쓰는 먼지 터는 총채처럼 생긴, 하얀 습자지 종이를 길게 잘라 만든 대를 흔들어 대며 소리를 질렀다. 대잡이의 악을 쓰는 듯한 앙칼진 목소리는 귀신을 쫓는 게 아니라 꼭 새언니가 귀신이라도 되는 것처럼 톤을 높였다. 무당보다 더 무당 같은 행동으로 마치 신이 대잡이에게 내린 것 같은 무아지경에 빠져 스스로 기이한 풍경을 만들어가고 있었다. 굿을 구경하려고 모여 있던 사람들마저 숨을 죽였다. 그 공포 분위기에 압도되어, 꼭 무슨 일이 일어날 것 같은 불안감에 머리카락이 곤두섰다. 나는 새언니가 걱정되어 가슴이 쿵쾅거렸고, 그 험악한 공포 분위기에 견딜 수 없었던 새언니가 결국, 기절해서 넘어지는 광경이 벌어지자, 당숙모는 며느리에게 물을 먹이며 당황해 어쩔 줄 몰랐고, 밖에서 돌아오다 현장을 본 당숙은 방으로 뛰어 들어가 굿판을 엎어 버렸다. 새언니는 잠시 후 깨어났지만, 가족은 물론 구경하던 사람들도 적지 않은 충격을 받았다. 무당은 굿을 마무리도 못 하고 벌벌 떨고 있는 대잡이를 끌고 허겁지겁 자리를 떴다. 새언니는 음식을 먹지 못 한 채 며칠을 앓아누웠고, 겨우 회복해서도 한동안 핏기 없이 창백한 얼굴은 꼭 환자처럼 보여 보는 사람들을 안타깝게 했다. 끔찍했던 굿은 상처에 상처를 더해 감당할 수 없는 마음이 몸을 넘어뜨렸을 것이다. 어릴 때의 기억인데도 흥분한 대잡이 여자의 끔찍한 장면이 떠오르며 몸서리가 쳐졌다. 굿을 하고 일 년 후,

새언니는 시어머니에 의해 친정으로 보내졌다. 혹시나 하고 굿의 효과를 기대했던지 일 년은 기다려준 셈이었다. 그 후로는 다시 굿을 하지 않았다. 새언니가 떠나기 전, 떠나려고 마음을 굳힌 날, 우리 집에 와서 할머니 손을 잡고 눈물을 흘리다가 내가 집안으로 들어서자 멋쩍었던지 나를 보며 웃으려고 하던, 서러움을 삼키며 씩씩함을 가장한 어색한 웃음. 나는 그날, 새언니가 떠날 것이라는 눈치를 챘고, 언니를 안고 펑펑 울고 싶은 기분이었다. 분위기를 느낀 언니가 서둘러 마루에서 내려서며 또 한 번 나를 향해 미소를 지어 보였다. '정아, 괜찮아.' 하는 표정을 읽은 나는 서러워서 방으로 들어가 울었다. 새언니는 나에게 긴 시간이 지났어도 이십 대 후반의 젊은 여인으로 남아 있다.

　매일은 아니지만, 부러 그쪽으로 산책을 하며 김미리 씨가 나타나기를 기다렸다. 한 달쯤 되었을까? 미리 씨가 자두를 팔던 그 자리에 난전이 펼쳐져 있었다. 내심 반가웠다. 오늘도 자두를 살까? 생각하며, '왜 그동안 오지 않았어요?' 할 말을 미리 입속으로 연습했다. 괜히 옛날 큰집 새언니라도 다시 만난 것처럼 기분이 좋아졌다. 가까이 다가가 여자를 봤다. 물건은 비슷한데 물건을 파는 여자는 다른 여자였다. 키도 그녀보다 컸고, 화려한 문양의 긴 원피스를 입은 살집도 더 있고, 얼굴 윤곽도 더 도톰한 다른 여자. 실망감에 물건은 건성으로 보았다. 자두가 있기는 한데, 파는 사람이 달라서인지 색이 어두웠다. 살 마음이 사라졌다. 어떤 할머니 손님과 이야기를 나누는데, 그 할머니 역시 현금을 잘 안 가지고 다닌다는 이야기. 그런데 오늘은 현금이 마침 있어서 다행이라는 이야기를 등 뒤로 들으며 큰집 새언니를 닮은 미리 씨를 생각했다.

　이 세상엔 닮은꼴의 사람들이 많다. 뒤통수가 닮은 사람, 걸음걸이가 닮은 사람, 어떨 땐 지나가는 사람의 뒷모습을 보고 혹시나 내가 아는 사람이 아닐까 싶어 훔쳐보는 경우까지 있다. 그 언니는 아이를 못 낳는다고 했으니까, 여자의 이모? 지나친 상상력일까? 그 언니가 덜 착해서 죽어도 이 집 귀신이 되겠노라고 버텼으면, 큰집 당숙모도 씨받이 여자를 들여, 대 이을 자식을 보았을까? 아니면 양자를 데려왔을까? 아이가 없어도 금실 좋게 잘 사는 부부를 아이가 생기지 않는다는 이유로 억지로 떼어 놓아야 했던 어른들, 사랑이 떠나는 걸 보면서도 속수무책 말리지도 못했던 오빠. 장손으로서 책임감이 사랑보다 우선이었을까. 당숙모는 새로 들어온 며느리에게서 손자가 태어났을 때, 자신이 한 일이 잘한 일이라고 좋아했었다. 손자가 태어난 일은 기뻐할 일이었지만, 세상사 다 좋은 것만은 아니어서 새 며느리는 아이를 낳았다는 유세로 시어머니께 한마디도 지지 않고 대들어 고부간에 분란이 끊이지 않았다. 당숙모는 보낸 언니를 두고 그만한 아이도 없었다며 가끔 미안한 마음을 내 엄마에게 내보이기도 했었다.

　장마는 길었고, 코로나는 여전했고, 미리 씨는 오래 오지 않았다. 목이 길어진 기린처럼 내 기다림도 길어졌다. 미리 씨를 만나면 무엇부터 물어볼까? 집은 어디냐고 묻고, 자연스럽게 외가가 어디냐고 묻고, 말을 조금 트면 혹시 이모가 계시느냐고 묻고? 아닐 수도 있을 것이다. 전혀 관계없이 닮은 사람도 많으니까. 나는 장마 중에도 해가 나는 날이면, 혹시나 하고 멀리서부터 미리 씨가 과일을 펴 놓았던 장소에 시선이 갔다. 그 자리는 물 빠짐이 좋아, 비 온 후 갠 날이면 금방 말랐다. 장마에도 마트에는 과일이 잔뜩 쌓였지만, 비를 맞으며 전을 펼칠 수 없는 미리 씨가 올 수 없는 환경은 계속되었다. 마트에서 여러 번 자두를 샀고, 자두를 씻으면서도, 먹으면서도 미리 씨의 자두만큼 싱싱하지 않은 것에 대해, 새콤달콤한 맛의 느낌에 대해 미련을 떨쳐버리지 못한 채 여름을 보냈다. 다른 여자가 왔을 때, 물어볼 걸 그랬나? 그녀에 대해 아는 것이 없을 것 같아서였는데, 지금껏 이렇게 떨쳐버리지 못하고 연연해 할 줄 알았으면, 밑져야 본전인 셈 치고 물어나 볼 걸. 뒤늦은 후회가 스멀스멀 약한 불에 뜸들일 때 나는 김처럼 조금씩 올라왔다. 그녀의 전화번호를 찾아 몇 번이나 들여다보았다. 전화할 만큼의 명분도 용기도 없어 끝내 하지 못한 채로 생각했다 잊어버렸다, 반복하며 장마가 끝나기만을 기다렸다. 미리 씨를 만나지 못하니 궁금증은 사라지지 않았다. 한 번 궁금증이 일면 혼자 삭이기보다 누군가에게라도 말하다 보면 해소될 때가 있다. 그다지 중요한 일이 아닌 쓸데없는 일이라고 해도, 나쁜 마음이 아니라면 심심한 사람에게는 화젯거리가 되기도 하는 것이다. 대상은 엄마였고, 바로 전화해 물었다. 몇십 년 전의 일도 몇 년 전의 일처럼 선명히 기억하곤 하던 엄마는 오래된 기억이어서인지 잊고 지낸 사람의 이야기여서인지 얼른 이해가 되지 않는 모양이었다. 더군다나 백 세가 된 올해부터는 가끔 현재와 과거를 넘나들기도 해 신빙성이 떨어질 때도 있다. 엄마는 무슨 소리냐는 듯 되물었다.

"누구? 경석이 에미?"

"아니 말고, 그 왜 경석 엄마 들어오기 전에 아이 못 낳아 친정으로 쫓겨 간 여자 있었잖아."

"으. 그래. 있었지. 근데 그 사람은 왜? 어디서 보기라도 했어?"

"아니. 닮은 여자를 내가 봤거든. 혹시나 해서."

"아. 어디서 그 사람 보면 너 알겠어? 그때가 언젠데. 에고, 고 참한 사람이 자식을 못 낳아서, 참 지금은 죽었는지 살았는지 모르겠다."

"요즘은 광수 아재 잘 안 오셔?"

광수 아재는 할머니 친정 조카다. 가끔 부모님 산소가 있는 고향을 왕

래하고, 올 때마다 거리가 조금 있는데도 엄마에게 들렀다. 내 물음에 생각난 듯이 말했다.

"으, 가끔 와, 작년 봄에 왔다 갔어."

"그 후론 안 오셨지? 광수 아재는 그 언니 소식 알까?"

"글쎄. 고향에 살지 않으니 만날 일이 없는지 그 집 말은 하지 않던데. 그 사람 친정이 딸만 셋이고 아들이 없었잖아."

친정엄마와 통화를 끝낸 후 나는 피식 웃음이 났다. 꼭 만나야 하는 절실함이 있는 것도 아닌데, 잊어버리고 산 사람들까지 생각나는 건 나이가 든 탓일까, 괜한 망상에 사로잡혀 미리 씨를 기다리고 게다가 큰집 새언니와 연관 지으려는 자신이 우스웠다.

이른 아침, 잠은 깼지만 일어나지 않고 몸을 뒤척일 때, 전화벨이 울렸다. 딸 지수였다. 출근 준비에 바쁜 시간에 전화할 아이가 아니어서 살짝 불안감을 느끼며 전화를 받았다.

"으, 지수야, 웬일이야?"

"엄마!"

지수의 목소리는 평소와 달리 기운이 없었다. 무슨 일이냐고, 왜 그러느냐 물었고, 지수는 엄마가 보고 싶다고 했다. 사위가 지수 전화기를 받아서 지금 병원이라고 말했다. 지수에게 아니 저희 둘에게 불행한 일이 생겼다고 했다. 택시를 타고 병원으로 달려갔을 때는 딸도 사위도 조금은 안정을 찾은 듯했지만, 나를 보자 지수는 울음을 터뜨렸다. 지수는 아이를 가질 마음이 없었는데 생명이 만들어졌고, 이를 늦게서야 안 지수는 보호할 시간도 없이 유산이 되었다고 했다. 생명이 생기기 전에는 마음의 준비가 필요했고, 준비가 안 된 상태에서 아이가 생기자 고민을 했지만,

유산이 되고 나니 어쩔 줄을 모르는 내외. 작은 생명이 꼬물거리다 사라졌다고 생각하니 내 마음도 딸 못지않게 아깝고 속상했다. 딸을 안고 등을 쓰다듬으며 말했다. "괜찮아, 괜찮아. 생명은 또 찾아올 거야. 지수야, 사람은 섭리대로 살아야 하는 거야. 이제 언제든 아이가 올 수 있게 문을 열어 놓고 오게 해." 지수는 고개를 천천히 끄덕였던 것도 같았고, 아닌 것도 같았다. 사위는 지수의 머리를 쓰다듬었다. 내 뺨에 눈물이 흘러내렸다. 지수는 퇴원해 며칠 쉰 후 회사에 정상 출근했다. 씩씩한 척하는 지수가 안쓰러웠다. 자식이 꼭 있어야 하냐며 무관심하던 지수가 생각이 바뀔지는 알 수 없지만, 그 일로 자식에 대한 애착이 조금은 생겼기를 바랐다.

목덜미를 스치는 바람결에 여름의 끝이 느껴졌다. 가로수는 조금씩 봄에 짙어지던 만큼의 반대로 변해갈 것이고, 시간은 끊임없이 지금을 과거로 만들 것이다. 구름 사이로 내민 파란 하늘의 투명한 속살을 마냥 바라보고 서 있을 때, 전화기가 울렸다. 엄마였다. 자식을 못 키워 한이 많았던, 그래서 자식이라면 끔찍한 엄마는 내 위로 낳은 자식 다섯을 잃었다. 삼십 대 중반에 간신히 붙잡은 딸이 나였고, 딸과의 통화가 행복한 시간이었다. 딸과의 통화는 심심한 노인에게 언제나 활기를 만들었다. 어떤 내용이건 상관없이 딸의 관심사는 당신에게도 관심사였다. 통화할 때마다 손녀딸 지수에게는 아직 좋은 소식 없냐고 묻는 엄마가 오늘은 대뜸 본론부터 말했다.

"너, 그 사람 소식 궁금하다고 했지? 광수 아재가 어제 다녀갔어. 산소에 왔다가 들렀대."

"으, 엄마. 그래서 물어봤어? 그 언니 안대?"

내가 물었고, 엄마는 길게 언니 이야기를 했다.

"으, 내가 물어봤지. 아재는 '아, 순영이.' 하더라. 이름이 순영이래. 집 안이기도 하고 아재 또래라 안대. 경기도 어디서 살았다는데, 어디라더라? 구리시라던가? 정확히는 모르겠고, 죽었단다. 얘기 들어보니 참 불쌍하게 살았어. 아버지 죽고 서울로 이사 가서 막냇동생과 친정엄마 셋이 살다가 막냇동생이 시집을 가고, 친정엄마가 죽고, 애가 둘 있는 홀아비한테 시집을 갔더란다. 남편이란 자가 술을 마시지 않을 땐 그런 호인이 없다가 술만 먹으면 주사가 있어, 제 새끼들을 패고, 말리는 마누라도 패고 했대."

"어머 어쩜, 힘들게 살았구나."

놀라며 안쓰러워하는 내 말에 엄마는 짧은 한숨을 쉬더니 계속해서 말했다.

"그래도 워낙 사람이 착해서 술 먹는 남편을 잘 보듬었나 봐. 남편이 술 먹지 않았을 땐 순영이에게 잘했대. 그런데 그만 남편이 술병으로 죽었다네. 그 착한 것이 죽은 남편의 자식들 돌보며 살다가 아이들이 자라 집을 떠나자, 막냇동생 가까이 와서 살았다는구만. 착한 사람에게 암은 왜 오는지, 무슨 암에 걸려서 고생하다 갔나 봐. 호스 무슨 병원이라던가, 말기 암 환자들 있는 병원이 있다카대. 거기서 죽었대. 죽은 지가 오, 육 년 된 거 같다던데? 병나기 전엔 시집간 조카딸의 아이들까지 봐 줬대. 장례식에서 조카딸들이 많이 울더란다. 그걸 보며 아재도 가슴이 먹먹했었대. 또 조카딸이 순영이를 많이 닮았더라는 말도 했어."

김상옥

창작 노트

단풍이 물들어가는 계절이 오니
마음도 저녁노을 같은 느낌입니다

아침문학에
한 해를 마감하는
글 도장을 찍어
아쉬운 마음을 달래어 봅니다

한국 100대 명산, 겨울의 운장산 답사 소감

전북 진안군과 완주군 경계에 위치한 운장산에 가기 위해 정월 초에 집을 나선다. 불경기라더니 오늘 산행 인원도 삼분지 일로 줄었다. 나라가 태평하고 경기가 좋아야 하는데 이번 겨울이 춥지 않은 날씨에도 불구하고 더 춥게 느껴진다. 겨울은 사람은 물론 생명을 추위로 움츠리게 하고 자연의 색상까지 변모시킨다. 푸른 소나무를 제외하고는 모든 것을 회색으로 바꾸어 놓는데 인삼의 고장 금산을 지나고 고개를 넘어 진안 땅에 들어서서 보니 검은색을 쓴 인삼 밭들이 여기저기 보인다. 금산 못지않은 인삼의 고장임을 실감하게 한다.

오늘의 산행 기점은 내처사동이다. 겨울이라 그런지 넓은 주차장에 우리 일행이 온 차 한 대 이외 다른 차량은 없다. 산행을 시작하려는데 등굽은 동네 할머니 한 분이 오시더니 이곳으로 하산하느냐고 물으신다. 아마도 사람들이 오면 농산물이라도 팔 수 있을까 하는 생각으로 물어보신 것이라 짐작해 본다. 차는 승객을 내려주고 다른 곳에 가서 대기하기 때문에 오지 않는다고 했더니 실망하는 눈치다. 주변을 살펴보니 인가도 몇 채 없는 이곳에 찾아오는 사람이 없으니 장사도 없고 특산물 판매하는 분도 없는 한적한 산골의 쓸쓸한 풍경이 이곳 형편을 대변해 준다.

닭 우는 소리가 들려서 돌아보니 방목하여 키우는, 크고 윤기 나는 닭

들이 신나게 놀고 있는 풍경이 눈에 들어온다. 자연에서 마음껏 운동하면서 먹이 활동을 하는 생명들의 싱싱한 모습은 창살에 갇혀 알만 낳는 닭과는 비교가 안 된다.

잎들이 진 나무들 사이로 푸른 잎을 간직한 산죽이 거의 정상까지 동행을 하고 있다. 봉우리를 넘고 고개를 오를 때 힘겨워 하면 어김없이 산죽이 어서 오라고 손짓을 하는 듯 길게 군락을 이루고 있다. 산은 높은 산이나 낮은 산이나 체력과 인내를 시험한다. 참고 꾸준하게 올라야 하는 게 도리다. 정상에 도전하기 위해서는 끊임없이 노력하는 수밖에 달리 방법이 없는 인고의 결과물이다. 몇 굽이를 지나고 드디어 운장산의 최고봉 1,133미터인 삼장봉이다. 금남정맥의 최고봉인 이곳에서 운장대와 칠성대가 저만큼 눈에 들어오고 멀리 계곡이 길게 늘어져 있는 모습이 아늑하다.

잔설이 남아 미끄러운 길을 다시 걸어 1,126미터의 운장대를 지나고 한참을 내려갔다가 다시 계단을 타고 오르니 칠성대. 북두칠성이 과거를 준비하는 선비를 시험하러 내려왔다는 전설을 간직한 거대한 절벽 바위의 위용과 전망이 훌륭하다. 거대한 바위에 어울리지 않게 규모가 작은 표지석이 위치한 칠성대에 올라서 다시 오던 길을 되돌아본다. 삼장봉과 운장대가 겨울 안개로 덮이고 있다. 날씨마저 어두워지더니 싸락눈이 내린다. 하늘의 조화는 가늠할 길이 없는데 그래도 잠시 후 눈은 내리지 않고 안개만 감싸고 있는 모습이 바위와 어울려 한 폭의 수묵화처럼 아름답고 신비롭기까지 했다. 피암목재 방면으로 하산하는 길에 그냥 보내기는 민망한지 약간의 오르막으로 체력을 시험하더니 이내 길게 능선으로 이어진다. 살펴보니 이쪽은 산죽보다는 철쭉과 진달래가 봄을 애타게 기다리고 있는 모습이다. 비록 맨 몸으로 추위에 떨고는 있지만 봄이 되면 싹을 틔울 준비를 은연중에 하고 있는 모습이 측은하다.

운장산은 조선 중종 때 성리학자 운장 송익필 선생이 은거한 곳이라 하여 지어진 이름으로 전해온다. 이곳에서 만경강과 금강의 물이 갈라진다고 한다. 같은 능선으로 구봉산이 이어지는 능선은 호남의 노령산맥 중 같은 높은 산이다. 진안의 마이산 등에 가려져 별로 이름이 나 있지 않지만 전국 100대 명산에 속한다. 크게 위험한 구간도 없고 평범하지만 동네 아저씨처럼 듬직하고 편안한 산이 매력이다. 산행 길은 우리 인생의 갈 길을 보여주는 스승 같은 존재다. 여기에서 건강한 몸을 다짐은 물론, 삶의 여유와 지혜를 배우고 맑은 정신 수양을 위해 산을 오르는 것이다. 온갖 잡스러운 생각은 산행으로 함께 내려놓고 온다. 산에서 자연과 일체를 이루고 삶의 방식을 배우는 것이다.

세 시간 반의 산행을 무사히 마치고 내려온 일에 감사한다. 미암목재 주차장에도 편의시설이 없고 허전하기는 마찬가지다. 적막한 주차장에 우리 일행이 떠나면 긴 침묵 속에 잠겨 있을 것으로 보인다. 아무래도 잘 알려지지 않은 탓으로 탐방객이 많지 않은 탓이리라.

해발 고도 1,100여 미터의 산이고 진안에서 가장 높은 명산의 대접으로는 식당 등 편의시설이 제대로 없는 게 아쉬웠다. 겨울이라서 그런지 이름이 난 명산에 손님이 없으니 장사가 될 수 없으리라. 식사를 위해 경계가 다른 금산읍까지 나와야 했다. 산행을 하기 전 할머니가 산에 갔다가 이쪽으로 내려오느냐고 물으시던 말씀이 내내 걸린다. 산이나 관광지를 찾아서 지역에 온 손님은 그 지역에서 머물다 가게 하는 것이 지역 주민을 위해서도 좋은 일인데 안타까운 마음이다. 그렇지 않아도 아이들의 소리가 끊어진 적막한 농촌에 인구가 나날이 줄어들어 쓸쓸하기만 한데 찾아오는 사람마저 줄어드는 산촌의 미래가 염려스럽다.

김재근

창작 노트

영원히 오지 않을
2021년의 농사

씨 뿌리고
제대로 가꾸어야 하는데

이 가을
소달구지에 실을 수 있는
알곡이 없어
오늘도
마냥 걸어봅니다

아리고 삼삼하다

한 편의 농작물을 수확하기까지는
몇 날 몇 달 아기를 안 듯
따뜻한 온기로
생명을 불어넣고 정성을 심어야 한다

그런데
발아된 생명을 가꾸고
다듬기 위한 도구
그 도구를 잃어버렸다

어디로 갔는지
안경으로 살펴도 흔적도 없다
이제는 어디서도 구할 수 없는

표현하지 않는
짝사랑은 혼자 가슴만 태우는 것
마음의 편린 한 조각
전하지 못한 게 원인인 게지

손잡고
다독이면서 함께 가야 하는데

시詩가
여물도록 가꾸는
푸르른 정원

있을 땐 몰랐는데
멀리 떠나버린 그녀가 못내
아리고 삼삼하다

유유자적

눈길도 주지 않는 외진 길가 모퉁이
찬이슬 내린다는 한로寒露 절기에
연보라색 수수한 꽃이 무리지어 피었네

봄여름 좋은 햇살이 눈부시게 구애할 때는
어디에 잡초로 숨었다가 이제야 드러낸 모습
고향 농촌의 수수한 아낙네 같은
잔잔한 외로움이 오히려 정겹게 보이네

자신이 살아가는데
누가 알아주지 않은들 그게 뭐 대수인가

이 가을 늦게라도
자신만의 향기를 엮어서 지혜로운 꽃 피우는
내면이 충실하면 되는 것을

오늘도
꿀벌이 찾아와 친구가 되는 그걸로
만족할 줄 아는 꽃 향유

저 넉넉한 여유

걸어라, 그게 행복이다

행복의 조건이 무엇인가. 걸을 수 있는 것이다. 많은 사람들은 자신의 두 다리로 걸어 다니는 것이 얼마나 행복한지를 느끼지 못하고 지극히 당연한 것으로 생각하고 살아간다. 일상생활에서 아무런 불편 없이 걸어 다닐 수 있기 때문이다. 하지만 걸을 수 없는 사람에게는 걷는 것만큼 간절하고, 부러운 것이 없다. 얼마 전《생로병사의 비밀》이라는 프로그램에서 퇴행성관절염으로 걷는 데 어려움이 많아 85세 고령임에도 인공관절 수술을 받는 장면을 보았다. 수술을 받고 열심히 재활 치료를 한 결과 아픔도 없어지고 똑바로 잘 걸을 수 있다는 기쁨에 "진작 수술을 할 걸 그랬다"며 즐거워했다. 나이에 관계없이 걷는다는 건 살아감에 필수조건인 것이다. 평소 마라톤 풀코스를 뛰었던 필자도 어느 날 잘 걷고 있던 다리가 갑자기 척추관협착증으로 인하여 못 걷게 되었다. 걸으면 엉치를 송곳으로 찌르는 고통으로 50미터도 걷지 못하고 주저앉고 또 가다가 주저앉는 등 고통이 극심했다. 그래서 걸어 다닌다는 자체가 얼마나 행복하고 축복된 삶인가를 경험한 일이 있다.

이와 같이 건강한 사람의 출발점은 걷고 활동함에서부터 시작된다. 요즈음 세상에 걷거나 움직임이 모두가 돈으로 환산되는 마당에 돈 안들이고 건강을 유지할 수 있는 방법은 여러 가지가 있지만 그 중에서 자연을 감상하며 건강을 증진하는데 등산만큼 좋은 취미도 드물다는 생각이다.

서울은 산으로 둘러싸인 도시다. 지하철에서 내리면 바로 산으로 연결되는 접근성이 좋은 북한산과 도봉산, 관악산, 수락산 등 명산이 많다. 수많은 나라의 수도 주변에 이렇게 좋은 명산이 있는 나라가 얼마나 될까? 아마도 별로 없을 것이다. 서울 시민들은 이런 점에서는 혜택을 받은 환경에서 살고 있다는 생각이다.

겨울을 재촉하는 눈이 오는 가운데 설경도 감상할 겸해서 도봉산으로 향한다. 온 세상이 순백색이다. 세상의 온갖 소음과 거칠어진 인간들의 심성을 덮으려는 듯 펑펑 내린다. 자연의 섭리 앞에 겨울의 추위에 떨고 있는 크고 작은 나무도 거대한 바위도, 산에서 삶을 이어가는 생명들까지 모두 소리 없이 내리는 하늘의 기운에 순응하듯 다소곳하다. 한 해를 마무리하면서 지금까지 지니고 있는 모든 미련을 모두 비우고 하얀 마음으로 돌아가라는 계시처럼 느껴진다. 자연이 그린 거대한 설경에 그저 감탄하면서 산행하는 즐거움을 갖는다.

도봉산역에서 천축사를 경유하여 마당바위를 지나고 가파른 돌계단을 오르고 또 오르면 도봉산 표지판이 나오고 그 위 철제로 이어진 가파른 바위를 오르면 드디어 신선대 정상이다. 여기까지 오르는 동안 외국인들도 간간히 보였다. 산을 사랑하는 마음은 내·외국인이 따로 없어 보인다.

산행은 한 마디로 자신이 한 발 한 발 힘들여 오르는 노력과 힘들어도 오르고자 하는 의지가 없으면 오를 수 없는 것이다.

산행을 하면 우선 좋은 게 넉넉한 자연을 감상할 수 있고 마음이 편하다는 거다. 삶을 이어가는 과정에서 일어나는 스트레스는 물론 세상의 온갖 근심 걱정이 이곳에서는 모두 소멸된다.

산은 하나의 우주다. 그 속에서 태어나고 성장하다가 소멸의 과정을 밟고 있는 개체들도 있다. 그 개체들 위에 피어나는 버섯들을 생각하면 세상에 쓸모없는 것은 아무것도 없다는 생각이다.

도봉산에서 오를 수 있는 가장 높은 곳에서 서울을 내려다보니 가슴이 활짝 트인다. 모든 게 발아래다. 인간 세상에서는 위로 쳐다보기만 했는데 이렇게 내려다볼 수 있는 기회가 또 있을까 싶다. 여기까지 오르는 동안의 보답으로 체력단련은 기본이다. 체중도 줄이고 건강증진은 덤이다. 힘들게 오르는 동안의 인내심, 그것도 증진되니 어지간한 고통이나 자극도 참아내는 인격 수양에도 그만이다.

인생은 등산로를 닮았다. 힘들게 올라 한 고비를 지나면 또 다시 한 봉우리가 앞을 막는다. 다시 오르고 또 힘들게 가다 보면 또 다른 장애물이 나선다. 이를 극복하고 나가야 하는 것이 등산의 고행길이니 어찌 우리 인생길과 다르다 할 수 있겠는가.

신선대 정상에서 육십 대 후반에서 칠십 대 전반의 부부를 만났다. 고령의 나이에 부부가 함께 험한 바위 절벽 신선대에 오른 것도 대단하지만 등산을 취미로 하는 부부의 금실도 아름답다. 정상에 오른 즐거움을 나누며 자신들의 기념사진도 담고 다른 사람의 사진도 담아 준다.

공자의 말씀을 기록한 《논어論語》 옹야雍也에 "지자요수知者樂水 인자요산仁者樂山"이란 말이 있지만 건강을 생각하는 사람치고 등산登山을 한 번도 생각하지 않은 사람은 없다. 사람의 행복이란 건강에서 나오기 때문이다.

도봉산은 국립공원일 뿐만 아니라, 한 시대를 아우르던 많은 사람들이 흔적을 남기고 갔다.

만남의 광장 아래 조선 중기 서울의 유희경과 부안의 이매창, 이 두 사람 사이의 천리에 걸친 애틋한 사랑이 몇 줄의 시로 남아 있고, 조선 현종과 숙종 시대 유학의 거목 우암 송시열 선생이 바위에 새긴 도봉동문道峯洞門이란 암각문, 김수영 시인의 시비詩碑, 그리고 바로 위에 고려 시대부터 명맥을 이어오던 영국사 터에 조선 선조 때 도봉이란 사액까지 하사받아 조광조 선생을 모시며 송시열 선생 등이 활동한 도봉서원道峯書院 터가 있는가 하면, 바로 옆 계곡에는 조선 숙종 때 김수증의 고산앙지高山仰止라는 글이 새겨진 바위가 물속에 반쯤 잠겨 있다. 다시 계곡으로 오르면 문사동文師洞이란 글씨가 눈길을 끈다.

산은 우리에게 삶의 방향을 제시하여 준다. 힘들게 올라야만 정상을 볼 수 있고 정상에 오르면 안전하게 내려와야 한다. 언제까지나 정상에 머무를 수는 없는 게 자연의 이치이기 때문이다. 사람들이 산을 비롯한 정상에 오르면 성취의 기쁨에 취하지만 내려올 때 조심해야 한다. 수많은 사고가 내려올 때 발생하는 것이다. "있을 때 잘 하라"는 말은 정상에서 머무를 때 잘 하고 안전하게 내려오라는 것이다. 산을 오르는 이유는 위에서 말한 바와 같이 여러 가지가 있다. 가장 중요한 것은 안전하게 집으로 오는 것이다.

안경에 대한 예의

연일 계속되는 폭염에다 열대야, 그리고 코로나 바이러스로 7월 여름이 유난히 힘들다.

아침 6시다. 뜨거운 한낮의 햇살을 피해서 일찍 도봉산으로 향한다. 아침이라 가게 문들이 모두 닫혀 있어 어제 사 둔 빵과 물 3병을 배낭에 넣고 전철을 탔다. 도봉산역에 내리니 부지런한 등산객들이 드문드문 줄을 잇는다.

코로나 환자가 1,700여 명을 오르내리는 현실에서 산을 오르내리는 등산객들에게도 마스크는 필수다. 더위에 마스크까지 하고 산을 오르내리는 게 보통 고역이 아닌데, 일찍 일어나는 새가 먹이를 먼저 먹는다는 말이 있기는 하지만 자신들의 건강과 체력 관리를 위해 이른 아침임에도 청년들부터 노년에 이르기까지 일찍 산을 찾아 오르고 내려가는 그들의 모습이 대단하게 느껴진다.

몸은 힘든 일보다 안락함을 좋아한다. 천축사를 거쳐 마당바위에 이르자 몸이 더 이상 오르기를 거부한다. 목이 마르고 땀으로 얼룩진 체력에 물을 보충하면서 숨을 고르자고 한다. 적당하게 쉴 수 있는 장소를 만나고 시원한 바람과 그늘이 주는 혜택을 받아 쉬다 보면, 이 더위에 힘들게 정상까지 올라가야 하나 말아야 하나 하는 갈등이 난다. 하지만 다른 사람들이 오르는 걸 보고 힘들게 여기까지 왔는데 정상에는 올라야 한다는 마음이 지배한다. 다시 마스크로 얼굴을 가리고 땀으로 범벅이 된 몸으로 급경사 돌계단을 숨을 헐떡이며 한 발 한 발 딛고 올라서 계단과 철제 난간을 타고 해발 726미터 신선대 정상까지 오른다.

힘들게 오른 신선대다. 정상에서 불어오는 바람을 맞으며 하계로 내려다보는 기분은 날아갈 듯 상쾌하다. 정상에 올랐다는 뿌듯한 마음이 지금까지 피곤한 과정을 잊기에 충분하다. 산이 높다고 명산은 아니다. 국립공원으로 지정된 도봉산에 올라 주변을 살펴보면 웅장한 자운봉, 만장봉의 바위들과 칼바위와 포대능선을 비롯하여 도봉산을 따라 연결된 북한산의 백운대, 인수봉, 만경대 등 삼각산과 멀리 한강을 바라보며 장엄하게 느끼는 국토와 서울 시내를 내려다보는 기분이 오르는데 소진한 기운을 보충해 주기에 충분하다. 자연이 빚은 세상에 똑같이 생긴 게 하나도 없는 특별한 걸작품을 여기서 본다.

피서에는 시원한 물이 최고다. 사람들이 바다와 계곡을 찾는 이유다. 특히 금년은 불볕더위에 코로나까지 극성이다. 서울을 비롯한 수도권은 1천여 명의 환자가 발생하여 4인 이상 모임도 금지다. 이런 와중에서 달리 갈 곳도 없는 현실에서 사람들은 계곡이 비좁도록 찾아 들고 있다. 천천히 산을 내려와 문사동 계곡의 시원한 물을 찾는다. 평일에도 계곡은 사람들로 만원이다. 계곡이라고 비가 오지 않는데 나올 수 있는 물도 한계가 있다. 올해는 7월 들어 서울에는 장마는 고사하고 비다운 비가 내리지 않는다. 그 결과 계곡에는 물이 형편없이 줄어들어 계곡이란 명맥만 유지하고 있다.

그래도 더위에 지친 사람들이 가기 꺼려하는 최상류의 물이 새어 나오는 곳에 자리를 잡는다. 바위틈에서 물이 조금씩 흘러나오는 곳이다. 작은 웅덩이에서 안경을 벗어 두고 찬물로 머리와 얼굴을 씻으니 지금까지의 피곤함까지 한꺼번에 사라지는 기분이다. 기운을 차리고 혼자 얕은 물속을 들여다보니 바닥에 붙은 물에도 작은 물고기가 숨 쉬고 있다. 찾아보지는 않았지만 돌 틈 사이 작은 가재도 있을 게다. 물길이 시작되는 이곳에서 물의 소중함과 물이 있는 곳에는 생명이 있음을 느끼게 된다. 작은 생명들이 자신들의 세상으로 살아온 터전인데 내가 이들의 영역을 침범하는 게 미안할 정도다. 그리고 계속된 가뭄으로 물길이 끊어질까 염려도 되어 하루빨리 비가 왔으면 하는 바람도 있다.

나만의 공간으로 한동안 지내고 있는데 아래쪽 물속에서 놀던 중년 남자가 맨발로 올라와서 몸을 담그고 수건을 빨고 하더니 물이 나오지 않는 곳으로 갔다가 조금 후 다시 와서 물에 몸을 적시더니 내려간다. 이곳 계곡 물에 주인이 있는 것도 아니어서 대수롭지 않게 생각하고 있다가 잠시 후 살펴보니 안경이 찌그러져 있다. 통로가 아닌 나 혼자 있는 공간이라도 안경은 발길이 닿지 않는 곳에 두어야 하는데 그냥 두었더니 그 친구가 밟고 지나간 것이다. 다행히 안경렌즈가 부서지지 않았지만 일부 상처가 나고 안경테가 찌그러져 쓸 수 없게 된 상태다. 안경은 눈이나 다를 바 없는데 보통 일이 아니다. 화가 나서 그 사람에게 항의를 했더니 죄송하다는 말을 한다. 글을 쓰거나 작은 글씨를 읽거나 핸드폰의 문자를 보려면 안경이 필수인데 난감하다. 생각 같아서는 안경 값을 물리고 싶지만 참는다. 산에 온 사람이 변상을 위한 돈을 가져왔을 리도 없고, 날씨도 더운데 싸움하기도 싫어 그냥 안경을 가지고 온다.

구입한 곳에 찌그러진 안경을 가지고 간다. 안경을 다시 맞추어야 하나 생각하면서 안경 값을 살펴보니 여러 층의 가격이 있다. 새로 안경을 구입해야 하는지 안경을 고쳐 쓸 것인지 생각 끝에 찌그러진 안경을 내어 놓고 복원이 가능한지 묻는다. 살펴보더니 복원 중에 부서질 수도 있다고 한다. 그래도 복원할 수 있으면 해 달라고 부탁한다. 안경을 구입하기 위해 방문한 다른 손님도 있는데 미안하다. 한동안 열심히 수선하더니 써 보라고 한다. 안경렌즈 상처는 어쩔 수 없지만 안경테는 이전과 같이 산뜻하게 수리되어 사용하는데 아무런 지장이 없게 된 것을 확인한다. 수선가격을 물어보니 무료라 한다. 시간을 들여 고쳤는데 무료라 하니 미안하고 감사하다. 서비스 정신이 투철한 안경점 사장의 모습이 멋지게 보인다. 사람은 각자 자신의 길을 간다. 오늘 직업관에 투철한 안경점 사장의 길을 본다.

다시 탄생한 안경, 잘 관리하고 잘 써야겠다. 이 여름의 찜통더위와 코로나의 어려운 현실에도 다양한 사람으로 구성되는 사회는 돈으로만 계산되는 그런 세상만 있는 게 아님을 감사하게 느낀다. 평상심을 유지해야 할 마음이 오늘따라 심한 감정의 기복을 느끼는 하루다.

김희숙

창작 노트

"모든 인류의 문화 현상은 놀이로부터 온다
인간은 놀이할 때만 완벽한 인간이다"

요한 하위징아는 말했다.
나에게 있어 글쓰기는 유희다
몰입과 희열이 있는 지적 유희
나는 이 놀이를 통해
내 안에 잠든 호모 루덴스를 깨우고 싶다

중앙선 고속열차

고래가 달려간다
유선형 머리에 바다 빛 몸매
시속 이백육십 킬로미터
물 가르듯 산과 들을 가르면
이 길에 살고 있는 이야기
고래의 들숨으로 빨려드는 기포가 된다

고래가 달려간다
속도에 떠밀리는 추억들
해조류에 걸려 있고
바다를 유영하던 물고기 떼
길을 내준다

산호초 터널을 빠져 나온
금속성 숨비소리

고래가 달려간다
작은 섬들은 어디로 갔을까

거기 머물 시간은 짧아졌다
졸음 한 점 없는 바람은 스쳐
하얀 포말이 차창에 흔들린다

이 길 끝에 정녕 나의 바다가 있을까

■ 시

노근露根

드러나 있는 나무뿌리에
내 손을 얹는다
삶을 움켜쥔 불거진 힘줄
할머니 손등 같다

나무의 크기 지탱하는
뿌리의 시작
가지의 흔들림 무수히 겪으며
바로 세우려 견뎌온 중심

그의 세계이자 어머니인 흙은
비바람에 쓸려 갔다
애태우던 궁핍의 깊이는
별들만이 알고 있을까

패인 상처와 휘어진 손마디로
외진 비탈길

수형樹形은 반듯하다

잎과 꽃이 무성한 노근에
내 손을 얹는다

돌우물

질박한 찻잔에 돌우물이 있다
마른 장마와 오랜 가뭄
그런 해는 우물도 목이 탄다

그 시절 처녀들 금지된 밤 외출
물 긷는 핑계로 밤 마실 가는 언니
먼저 와서 기다림이 흥건한 언니 친구들 몇몇

우물에선 타지로 간 친구들 잘 산다는 소식들이
둠벙둠벙 길어지고
도시에 뜨는 별도 길어 올린다

이룰 수 없는 꿈들은 저만치서 어룽어룽
동그란 물무늬 안에서 뜨고 져
쏴쏴 쏟아지는 별들

환승역 대합실처럼 왁자하던 우물가
바람 한 줄기 후욱 지나가면

여름밤은 기울고
달무리 진 노란 달이 열없이 우물을 들여다본다

나는 대추차 한 잔에 떠 있는
깨지 않는 선잠 속 꿈

그 사내

한동안 쓰지 않아 땅속으로 스미고
상처 딱지 같은 물구덩이
허드렛물 하려고 끌어왔다

마당 한 편에 고무 함지 샘
조붓한 도랑으로 흐르며
텃밭은 자라고 꽃은 흐드러진다

붉은 머리 오목눈이 목을 축이면
참새가 멱을 감는다
웅크렸던 길고양이 새를 놀리고

온종일 오고 가는 숨터
공존의 작은 우주

허드렛물 허드레일 수 없는
물의
숨

양말 빨러 왔다가

놋대야에 담가만 놓고 그냥

간다

붉은 인동

햇볕 잘 드는 담장에 기대어
붉은 인동 덩굴 하늘을 오른다

허공까지도 사랑했을까
날마다 발돋움하는 몸짓
떠나온 그곳 기억도 가물한데
잡초처럼 자라난 그리움은
구름으로 높아져
덩굴손 주저앉은 자리

참았던 울음 터지듯
피어난 꽃부리
화려하고도 난하지 않아

향기는 이슬 내리는 어스름 저녁
보이지 않는 것까지
붉은 인동꽃 다시 핀다

박연희

창작 노트

키스의 열량이 없는,
사랑의 열량을 느끼지 못하는 나는
연인과 영원히 헤어진 것 같은
상실감을 느꼈다
나는 취할 대상이 소멸되어 버렸다
글을 쓰면서 그의 섬세함을 다시 느꼈다

무말랭이 차

추운 겨울날 햇볕 드는 창가이다. 김이 모락모락 나는 머그잔에는 꼬들꼬들한 무말랭이가 푸짐하다. 무에서 우러난 물이 내 입 안으로 들어온다. 달고 부드러운 감촉은 산골 무의 향기와 함께 입 안에서 퍼져간다. 그 맛과 향이 내 몸에 배어든다.

단골 찻집에서 무말랭이 차를 주문한다. 그 가게에는 여러 가지 몸에 좋은 차들이 있다. 나는 그중에서 무말랭이 차를 즐겨 마신다. 정말 친절하다. 차를 많이 마시고 싶은 사람에게는 큰 머그잔에 한가득 내어 준다. 조금만 마셔도 되는 사람에게는 예쁜 찻잔에 내어 준다. 원하면 추가로 주문할 수도 있다. 무말랭이 조금 집어넣고 따뜻한 물만 더 부우면 되니까. 큰 머그잔에 차를 받았다. 감기 기가 있는 나는 차를 많이 마시고 싶으니까. 차는 몸을 따뜻하게 하는 성질로 감기를 앓거나 기침을 할 때 효과적으로 마실 수 있다.

무말랭이 차에는 레몬 한 조각이 곁들여 나온다. 그것을 찻잔에 띄워서 마셔 보았다. 불현듯 어묵탕에 빠진 레몬 맛이 생각났다. 어묵탕을 끓일 때는 무도 하나 넣어서 끓이니까.

산골 무를 채칼로 썰어서 몇 날 며칠을 햇볕에 말리고 말리면 꼬들꼬들 비틀어진 무말랭이가 된다. 겨울 내내 말려 덖어서 만든 차이다. 무말랭이 차에는 시원한 맛에 무말랭이를 덖어서 구수함이 섞이고 뒤에는 단맛이 있다.

뜨거운 차를 한 모금 입에 문다. 숙성이 잘된 차는 무의 본래 매운맛도 나면서 달달하다. 무말랭이는 거친 모습이지만 햇볕 받아 잘 말린 차는 맛이 깊다.

젓가락으로 무말랭이를 하나 건져 본다. 퉁퉁 불어서 무를 하나 드는 것 같다. 덖어서 노르스름한 색깔을 띠었던 무말랭이는 무 원래의 색으로 돌아와 빛깔도 무無이고 형태도 무채이다. 그 무말랭이는 여전히 무로 존재하는 것을 알 수 있다. 겉보기에도 무고, 무 이외에 그 무엇도 아니다. 그 무들은 불과 얼마 전까지만 해도 어느 깊은 산골 밭에 있었다. 아무 말 없이 꼼짝도 않고, 밤낮도 없이 흙속에 묻혀 산골 무답게 지냈다. 지금은 낯선 도시인의 모습으로 머그잔 속에 빠져 있다. 머그잔의 무말랭이는 내 모습을 보는 것 같다. 그러나 나에게는 차의 은근한 단맛도 향기도 없는 무말랭이 같이 쪼글쪼글 볼품없는 모습만 남아 있다.

지난 시간을 돌아보며 생각해 본다. 그 어느 날 예고도 없이 산골 무 뽑히듯 시골에서 서울로 올라왔다. 그리고는 무 토막 자르듯 끊어내지도 못하고 또 얽히고설키고 있다. 산골 무가 무말랭이 차로 변하듯이 힘든 시간을 견뎌온 무말랭이 같은 나를 보았다.

도시의 무말랭이 같은 나의 모습은 늘 종종걸음이다. 산골 무말랭이는 크기부터가 다르다. 큼직큼직하게 채 썰어 굵은 명주실에 꿰어서 밤낮 없이 햇볕 드는 창가에 걸렸다. 꽁꽁 어는 날에는 제 몸을 살짝 얼리기도 한다. 산골 무말랭이를 바라보는 나는 여유가 있다. 무말랭이 차는 무 한 조각과 같이 맑은 햇볕과 바람, 온 산골을 찻잔에 담는다.

큰 머그잔의 차를 다 마시고 밖으로 나온다. 한적한 길을 성큼성큼 걸어 본다. 깊은 산골 무의 신선함과 무말랭이 차의 미묘하게 뒤섞인 향이 축복처럼 입 안에서 퍼져간다. 무말랭이 차는 몸을 숙성시키고 밖으로 향기를 내보낸다. 그 향기하고 같이 도시 바람기도 빠져 나가는 것 같다. 무말랭이 차의 향기는 어디든지 배어든다. 나는 지금 행복하다.

우리가 나눈 키스의 열량은 얼마나 될까

친구의 스물한 번째 생일에 초대받아서 갔다. 창가 자리에 얼굴색이 까만 남자가 무심한 듯 말이 없이 앉아 있었다. 막연히 세상에는 좋은 냄새를 느낄 수 있는 사람도 있구나 생각했다. 같이 친구 생일을 축하하고 헤어졌다.

생일에 초대한 친구가 군 입대를 한다고 차를 마시자고 약속을 잡았다. 책을 한 권 사준다고 헤어질 때 서점을 들렀다. 서점에서 생일에서 만난 무심한 표정을 짓고 있었던 그를 또 보았다. 우연히 두 번 마주쳤다고 내가 먼저 집 앞까지 바래다 달라고 했다.

사랑에 잘 빠졌다. 여러 가지 것들에 열정적으로 잘 반했다. 사람이든 물건이든 그 안에서 내가 좋아할 수 있는 점을 발견하면 힘이 넘쳤다. 그리고 나는 사랑을 주면서 행복해 했다.

편지를 받았다. 토요일에 안동역 앞에 있는 백년다방에서 만나자는 약속이었다. 흰 에이포 용지 한 장을 세로로 두 번 접고, 가로로 한 번 접어 봉투에 꽉 차지도 공간이 많이 남지도 않은 깔끔한 편지를 꺼냈을 때 빨리 펴서 읽어보고 싶은 마음이 생겼다. 진심을 다해서 쓴 편지는 무심하게 보이는 모습과는 달리 섬세함이 깃들었다.

일 년을 편지를 받았고, 약혼식을 했다. 결혼 약속을 하고 나니 처음과는 달리 점점 걱정이 많아졌다. 왜 결혼을 결심했지 하고 아무리 되짚어 봐도 그때는 아무런 생각이 나지 않았다. 좋은 감정에만 치우쳐 결혼에 대한 깊은 헤아림을 하지 못했다. 그가 돌아오는 토요일까지 마냥 기다리고 있을 수만은 없었다.

새벽같이 일어나 '지품'으로 가는 버스를 탔다. 진보에서 한 번 갈아타고, 한낮이 다 되어갈 때쯤 도착했다. 험한 산골길은 내려다보면 아찔한 '황장재'를 지나니 뭔가 모험을 하는 듯 비장한 마음이 들었다.

시골 학교의 넓은 운동장은 내가 초등학교 다닐 때의 운동장 같아 낯설지가 않았다. 가만히 서서 주위를 살피고 있는 나를 그는 조심스럽게 시이소오에 앉혔다. 그가 먼저 발을 땅에서 떼어 주었다. 그가 올라가면 내가 내려오고, 내가 올라가면 그가 내려오고, 어릴 때 많이 하고 놀았던 놀이였지만 새삼 움직임이 느껴져서 좋았다.

학교에서 한참을 걸어가니 개울이 나왔다. 깊은 골짜기 옹달샘 물이 흘러내려 폭이 넓은 개울을 덮었다. 물이 흘러 내려가는 소리가 빛이 되어 눈에도 보이고, 귀에도 들리며, 맑은 냄새로 다가왔다. 바위에 나란히 앉아 개울물에 발을 담갔다. 해가 떨어져 어둠이 찾아올 때까지 그는 움직이지 않았다. 나도 가만히 마음속으로 그를 바라보았다. 오후의 긴 시간이 잠깐 동안인 것같이 느껴졌다. 끝없는 열량으로 나는 취해 있었다. 그의 정지된 것 같은 섬세함을 보았다.

다른 도시에서는 결코 느낄 수 없는 '지품'만의 따스한 햇살과 맑은 하늘이 있었다. 지품에서 그는 내가 살아가면서 본 중, 가장 온화하고 아름다운 표정을 짓고 있었다. 그 모습에 저절로 안심하고 편안한 마음이 들었다.

세상에는 한숨이 나올 만큼 섬세함이 깃들은 남자도 있었다. 나의 결혼

생활의 시작은 내가 그를 선택한 것에 후회스러운 마음이 하나도 들지 않게 해 주었다. 그에게는 늘 좋은 냄새가 났다.

키스에 취해 있으면 먹고 싶은 것을 마음껏, 양껏 먹어도 몸무게는 항상 일정하게 유지되었으며 살이 찌지 않았다. 겨울에도 감기에 잘 걸리지 않아 감기약을 먹은 기억이 별로 없었다. 내 마음이 사랑으로 충만해서 긍정적이며 안정감을 느껴서 얼굴이 밝았다.

좀처럼 나이 들지 않을 것 같던 그도 착실하게 나이를 먹어갔다. 나에게 보내던 강렬한 빛을 냈던 그 열은 어디에도 존재하지 않았다. 그러나 그의 섬세함은 나를 제외한 가족이나 세상 사람들에게는 변함이 없었다. 나에게만은 원래의 무심한 모습으로 돌아갔다.

타고 남은 재 속의 무한한 열량을 믿으며 끌어안고 있는 나는 자꾸만 눈물이 났다. 내 모습을 본 그는 나이가 들어가면 누구나 그렇다고 말했다. 마음은 아직 어릴 때 그대로의 열정을 버릴 수가 없는데, 모든 것은 순리대로 흘러갔다. 나는 취할 대상이 소멸되어 버렸다.

계절이 바뀌는 것이 몸으로 느껴졌다. 늦은 밤 의자에 가만히 앉아 있으면 등골이 시렸다. 한곳에 오래 집중하면 머리가 맑아지며 몸이 따뜻해 오는 느낌이 사라져 버렸다. 키스의 열량이 없는, 사랑의 열량을 느끼지 못하는 나는 연인과 영원히 헤어진 것 같은 상실감을 느꼈다.

하지만 그 골짜기에서 이미 나는 알아챘다. 우리가 그때 느꼈던 사랑의 열량은 정해짐이 없고 끝이 없었다.

출산 이야기

올림픽 공원 소마미술관에 다녀왔다. 영국 국립미술관 테이트 명작 전 누드 전을 하고 있었다. 미술관 가까이 가는 중 환한 느낌이 눈에 들어왔다. 배가 만삭이 된 산모가 입구에 서 있었다. 큰 키에 가녀린 몸매를 하고, 얇은 천의 딱 붙는 긴치마를 입고 있었다. 옷은 살갗의 연장이란 말이 그대로의 느낌이다. 그 치마 색깔이 블루였다.

애기를 2명 낳은 내 경험상 여기서 곧 출산을 할 것 같은 산모의 모습은 큰 바가지를 치마 속에 집어넣어서 안고 있는 것 같았다. 그런데 그 옆에 한 네 댓살 되어 보이는 남자애를 또 데리고 있었다. 미술관 입구에서 세상에서 가장 아름다운 산모 누드 전을 먼저 보는 것 같았다. 힘들어 보이는 블루의 산모 모습이 왜 이렇게 아름답게 보일까 생각을 하면서 미술관으로 들어갔다.

로댕의 〈키스〉라는 거대한 조각 작품이 전시되어 있었다. 하얀색의 조각 작품은 눈부시게 아름다웠다. 마지막으로 '연약한 몸'이라는 테마로 여성이 출산을 겪은 후, 사랑 가득한 표정으로 아기를 안고 있는 누드 사진이 있었다. 전시관으로 들어오기 전에 본 아름다운 산모의 모습을 여기서 또 보는 것 같았다. 블루 치마를 입은 산모는 가냘프지만 찬란한 빛이 났다. 생명의 빛이. 사랑은 아름다운 것 안에서 낳는 것이다. 출산의 고귀

함을 보는 것 같았다.

산모의 모습에서 그 옛날 내가 첫 아기를 낳던 날의 모습이 떠올랐다. 출산 예정일인 6월 11일이었다. 안동 시집에 아기를 낳으러 와 있는 중, 시어머니하고 둘이서 출산을 기다리고 있었다. 시어머니는 첫 아기는 예정일에 거의 낳지 않는다면서 외출을 하였다.

혹시나 하고 걱정이 되어서 혼자서 출산 가방을 꺼내 놓고 가볍게 샤워를 하였다. 샤워 도중 배가 평상시 하고는 조금 다른 느낌이 들었다. 정기적으로 다니던 이산부인과에 전화를 해 보았다. 간호사는 첫 애기는 통증이 심해서 하늘이 노랗게 보일 때까지 아파야 한다고 했다. 그리고 한 여덟 시간쯤 있다가 병원으로 오라고 했다. 시간은 아직 한 시간도 안 지났는데 배는 자꾸만 많이 아파왔다. 그리고 한 30분도 지나지 않아서 정말 하늘이 노랗도록 아팠다. 병원으로 가는 차에서 애기를 낳을 것 같았다. 들것에 실려 출산실로 가는 중 의사의 급한 소리가 들리고, 왜 이렇게 늦게 병원에 왔냐고 했다.

출산실에 들어가자마자 응애~ 했고, 휴식하는 방에 가서 한숨 자고 일어나니, 아기가 옆에 와 있었다. 얼굴을 꼼꼼히 살피고, 손가락, 발가락도 다 세어 보고, 신기하여서 한참을 들여다보았다. 크고 인물도 잘생긴 사내아이였다. 엄마 닮아서 잘생겼구나. 내가 해냈다는 안도의 숨을 쉬었다.

블루의 산모를 보고 나의 출산을 떠올리며 나는 왜 결혼을 했지, 하는 생각이 불현듯 든다. 그에게 좋아하는 마음이 생겨서. 그와 한집에 살고 싶어서. 내가 생각한 그 이상의 나의 이상을 이루어 줄 그런 그이인 줄 알아서 결혼을 했고 출산을 했다. 나의 이상이란 지금 생각하니 출산이었다. 힘든 출산 후 나를 닮은 아기를 보는 순간 내가 이 세상에 없어도 내가 남아 있는 것이다. 오래된 것 대신 새로운 것이 언제나 남는다는 생각이 들었다.

　오늘도 블루의 산모들은 찬란한 빛을 발하며 가장 아름다운 것 안에서 출산을 할 것이며 그것은 영원성을 이어가는 것이다.

봉영순

창작 노트

그리움, 기다림이

차오르니

가을이 다가오네요

가슴 조이며 하루를 보내는 일상

계절은 턱 밑까지

빈 강을 바라보며

떨어진 나뭇잎이 거리를 뒹굴다

강 속으로 뛰어듭니다

한국 기행에 눈이 가는 것은

예전의 추억이

더욱 깊어지는 때문이지요

너는 어느 날
—지지 않는 꽃

너는 그날 그 모습으로
창가의 바람소리
한줌의 햇살
꽃 한 송이

말 한마디 건네지 못했지
마주 보지도 못했지
내 앞을 스쳐지나가
그냥 멀리

화를 내도 어둡지 않은
그저 맑은 눈
살아있기는 한 건지
밝게 웃는지

늘 보였던 그대로
긴 터널

눈을 감는다

너는 어느 날

봄 속으로

가 보지 않은 호수에 갔다
호수 옆에 봄볕 드는 꽃집이 있고
작은 화분을 사서 걷는다

화분 위에 하얀
꽃잎이 떨어진다
꽃잎 위에 봄볕이 떨어진다
봄볕 위에 내 겨울
슬픈 체중이 떨어진다

걷는 저기
할머니의 손을 놓고 아이가
달린다
봄 속으로
할머니는 아이의 손을 놓아
그녀의 봄 속으로 아득하다

봄은

달리고

아득하고

나는 우두커니 흔들린다

커피를 마시며

한 잔의 커피
긴 식탁 위에서 흰 거품으로
잔을 덮고 있다

컵 속에 진한 향기로
튀어나올 것 같은
웃음소리와 방문을 여닫는 소리

집이라는 무대
조연이 하나둘 사라지고
홀쭉해진 무대
주인공의 독백만
쓸쓸한

피할 수 없는
눈 속의 꽃처럼

낮은 어깨 위
커피 향기 하얗게 핀다

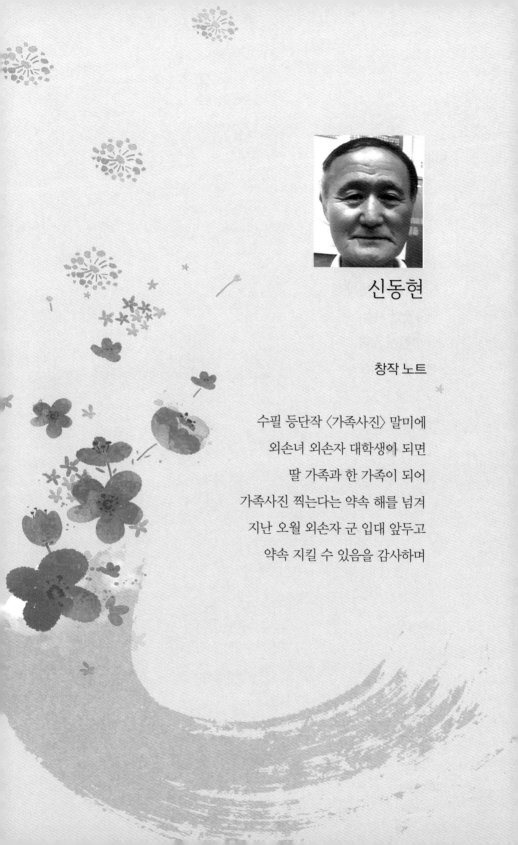

신동현

창작 노트

수필 등단작 〈가족사진〉 말미에
외손녀 외손자 대학생이 되면
딸 가족과 한 가족이 되어
가족사진 찍는다는 약속 해를 넘겨
지난 오월 외손자 군 입대 앞두고
약속 지킬 수 있음을 감사하며

꽈리

요즈음은 볼 수 없는
놀이 기구 변변치 않던
배고팠던 시절
입 안에서 소리 내어
배고픔도 잊게 하는
홀로 놀기에는
안성맞춤 놀이 기구
입 안에서 흘러나오는
경쾌하고 맑은
꽈르륵 꽈르륵 소리
그래서 꽈리인가 보다

늙음에 대하여 · 2

친구여! 우리 늙음 너무 설워 말자구요
제 늙음 보고 싶은 간절한 바람 속에
백두옹 그리워하다 죽어간 이 많답니다

친구여! 우리 늙어 주름 하나 더함은
자녀들 성장 흔적 흰 머리털 하나 더함은
우리들 영광의 하얀 면류관이 아니겠소

친구여! 지금까지 걷고 있음 감사하며
황홀한 노을빛 못 보고 떠난 이들 보며
늙음을 서글퍼 말고 하고픈 일 하며 사세

꽃밭에서

꽃을 너무 좋아하는 어머니
이사 가는 곳마다 꽃밭을 만들었다
앙증맞은 채송화 마당과 꽃밭 갈라놓고

봉선화 백일홍 분꽃 맨드라미
여러해살이 원추리와 꽈리
요즈음 잊혀져가는 꽃들의
뽐내는 놀이터

담장 밑 찔레꽃 외로워
송이송이 피어나고
키다리 해바라기
뜨거운 태양에 넓고 푸른 잎 시들하고
큰 얼굴 태양과 눈 맞춤하고

곁에 홀로 서지 못하는 나팔꽃
키다리 줄기 타고 감아 돌아
하늘 향해 일어서고

아침저녁 입 크게 벌려 나팔 불고

노랑나비 흰나비 찾아들어
동무하자고 이 꽃 저 꽃
날개짓하며 입맞춤 하네

가을이 오는 소리

뜨거운 여름
시원한 바람결에 떠밀려가고
가을이 오는 소리

가냘픈 코스모스 한들한들 흔들리고
탐스런 국향 가을 하늘 진동하고
푸른 나뭇잎 색동옷으로 갈아입는 소리

높은 가을 하늘 파란 화선지에
하얀 뭉게구름 상상의 하늘 그림 그리며
달빛 고요 밤하늘 은하수 반짝이는 소리

태양의 계절 떠나가고 찬바람 계절 부르는
짧은 삶 마지막 맴맴 매미의 마지막 절규
풀숲 귀뚤이 귀뚤귀뚤 여치의 찌르르 울음소리

황금 들녘 푸른 목장 열매 익어가고
계절 오가는 사랑이 마음의 풍요로움에

행복으로 주렁주렁 감사로 차곡차곡 쌓이는 소리

나무들 삭풍 몰아치는 겨울
덜덜 떨 줄 알면서도
색동옷 벗어버리는 낙엽 지는 소리

모든 것 소리로 보고 듣고 느끼며
가을의 소리 기쁨과 슬픔의
여운으로 가슴을 파고드네

약속의 땅

신뢰하는 자에게
허락된 축복의 땅
신뢰하지 못하는 자에게
금지된 저주의 땅

순종하는 자에게
기회와 안식의 땅
순종하지 못하는 자에게
절망과 멸망의 땅

약속의 땅 앞에서
축복과 저주
안식과 멸망
갈림길에서

첫 세대는 불신과 불순종으로
죽음으로 돌아서고
다음 세대는 믿음과 순종으로
생명으로 들어서고

중학 3년 통학의 추억

나의 고향은 충남 예산 신례원이다. 6·25 때에 할아버지가 돌아가셔서 엄마 잃은 둘째 큰아버지 딸인 어린 손녀와 둘이 고향집을 지키고 있었다. 큰아버지가 고향집에 올라가 지키라는 분부에 아버지는 소달구지에 짐을 꾸려 싣고 남들은 남으로 1·4 후퇴로 피난하는데 우리 가족은 삽다리[挿橋]에서 10킬로 북쪽에 있는 신례원으로 진눈깨비 날리는 추운 겨울 이사를 했다. 아버지는 그해 1학기까지 10킬로를 걸어 통근하다가 땀을 많이 흘리는 분이 더위에 자전거를 학교에서 빌려 타고 통근하다 2학기에 고향에서 가장 가까운 2킬로로 빤히 보이는 신암초등학교로 삽교에서 교감으로 승진하여 전출받았다. 아버지는 마을 친인척들 도움 받으며 농사를 지으며 통근했다.

나의 초등 3년 삽교에서 생활하다 신례원에서 초등 3년과 중학 3년, 6년간 고향에서 살았다. 고향에서 산다는 것, 더구나 같은 혈족인 가까운 친인척이 함께 어울려 사는 것이 얼마나 따뜻하고 정겹던지 고향이 이런 곳이구나를 느끼면서 항렬이 낮은 나는 나보다 어린 아이들에게도 아저씨요 할아버지로 불러야 했다.

고향 살이 6년 중 3년간 중학 통학 시절이 가장 즐거운 기억으로 남아 있다.

그때만 해도 큰 중학교는 읍내에 하나밖에 없었으므로 3년 전 3년 동안 함께하던 친구들과 헤어지는 인사도 못하고 떠난 옛 학교의 친구들을 다시 만나니 무척 반가웠다.

등하교 길은 세 갈래 길이 있었다. 하나는 다섯 개의 크고 작은 산을 넘는 고갯길로 학교 후문까지 직통하는 길과 하나는 기찻길 따라가다가 읍의 역 못 미쳐 학교까지 2km 쯤 도로를 걸어 예산역사거리에서 직진하여 삼거리를 지나 정문에 이르는 길과 왼쪽으로 돌아 읍에 이르는 제2의 구부렁한 비탈길 도로를 따라 걷다가 산길과 만나는 길에서 후문을 이용하는 길이다. 또 하나는 가장 편리한 하루 세 번 아침, 낮, 저녁 운행하는 기차를 이용하는 길이다. 그러나 우리는 가장 힘들고 불편한 산 넘어 고갯길을 가장 좋아했다. 학년도 다르고 반도 다르고 고등학교 격이 다른 선배들과 어울리다 보면 서로 의지하고 돕는 상부상조의 마음으로 서로를 이야기하다 보면 힘든 고갯길도 힘든 줄 모르고 넘어 다녔다. 셋째 고개 가파른 길 넘어서면 고갯길 중 가장 큰 마을이 눈에 들어오고 수로 따라 길 왼쪽은 산비탈로 밭이고 바른쪽은 너른 들판이다.

높은 산 계곡 따라 흐르던 물이 개울을 이루고 도로와 기찻길 건너 이곳까지 개울을 사이에 큰 마을이다. 개울물이 적은 때는 징검다리로 건너고 장마철이나 물이 많이 넘칠 때는 바지를 허벅지까지 걷어 올리고 신발을 벗고 건너고 나면 가장 높은 산길이 우리를 기다리고 있다. 서서히 오르다 고갯길 산 가장 높은 산중턱에서 바른쪽을 내려다보면 멀리 기찻길과 도로가 나란히 한가로이 보이고 예당저수지가 발원인 메마른 무한천을 끼고 저 멀리 보이는 야산까지 너른 평야를 바라보며 야호도 외쳐 보며 흐르는 땀도 식히고 잔디에 앉아 잠시 쉬어간다. 내리막길 끝 얕은 계곡물 흐르는 징검다리 지나 가장 가파른 고갯길을 넘어 하류의 저수지에 이르는 실개천을 끼고 평평한 논밭 길을 걷다 보면 멀리 보이던 마지막 과수원 고갯길을 넘어 역과 읍으로 통하는 제2의 구부렁한 비탈길 도로를 건너 학교 뒷산 아주 가파른 내리막길을 걸어도 뛰어지는 왼쪽에는 농업고등학교 과수원과 축사가 오른쪽은 가파른 너른 농장으로 이어지는 열려 있는 싸리문 같은 철조망 문이 있는 뒷문으로 등교한다. 중학교는 아직 신축되지 않아 우리가 졸업할 3학년 때서야 중학교 건축이 시작되어 고등학교에서 역이 가까운 산 밑 너른 평지에 자리 잡았다. 건축에 쓰일 모래를 근처 기찻길 무한천 다리 밑 모래밭에서 수업 일찍 끝난 후나 체육시간에 퍼 날랐다. 고등학교에 더부살이 1학년 때는 식민지 때 기숙사로 사용하던 흙바닥 교실에서 공부했고 2학년에는 계단 아래 뒤쪽 교실에서 3학년이 되어 운동장이 앞에 보이는 교실에서 공부했다.

등교 길은 셋인데 하교 길은 네 가지 길이 있다. 역을 향해 가다 예산삼거리에서 군용차 만나면 서서히 움직여 타고 싶으면 타라는 듯해 그냥 올라타고 신례원삼거리에 와서 천천히 움직여 내리기를 도와 돌아오는 길인데 그 길은 때를 잘 만나야 하며, 역에서 저녁시간까지 기다리다 기차를 이용하는 길과 기찻길 따라 철길 위를 걸어가는 길이다.

그러나 우리는 건강한 두 다리를 교통수단으로 이용하여 왔던 길을 다시 모여 산 고갯길 오르고 내리다 보면 그 시절은 농약을 사용하지 않고 넉넉한 삶이 아닌 다 어려웠지만 마음만은 넉넉하여 철없는 학생들의 불미스런 행동도 너그러이 보아 주었다. 우리가 걷는 길에는 먹거리가 많아 가끔은 과수원 탱자나무 울타리 개구멍 뚫고 사과를 훔쳐 따 먹고 길가 밭의 고구마, 왜무라 불리는 요즘은 보이지 않는 뿌리가 긴 무와 참외와 오이는 우리의 배고픔을 달래 주는 먹거리였다. 남에게 피해 주지 않고 즐거운 것은 논을 저들의 놀이터로 삼고 이리 뛰고 저리 펄쩍 나는 메뚜기 사냥이다. 누가 더 많이 잡나 겨루기도 하며 논둑 따라 산 고개를 넘으며 메뚜기를 잡아 지천인 강아지풀 줄기를 뽑아 메뚜기 목뒤를 줄줄이 꿰어 몇 가닥을 잡으면 멀리 서산으로 해가 넘어갈 때쯤이면 마지막 남은 고개를 넘어 마을의 하루해가 저문다. 잡아온 메뚜기를 큰 양푼에 소금을 조금 넣고 달달 볶아 밤에 먹는 그 맛이야 지금 생각만으로도 군침이 넘어온다.

등교 길 세 가지 길 가운데 가장 편한 기차를 이용하는 길이다. 경기남부선(지금의 장항선)을 이용하는 길이다. 우리 마을은 대합실 반대편에 있어 어차피 무임승차로 기차역의 상징 나무 측백나무 곁을 서성이다 기차가 도착하면 잽싸게 올라타고 다음 예산역에 내려 개찰구로 나가도 인심 좋은 역무원들이 그냥 나가게 하는 수도 있으나 학교에서 감시 나올 것을 생각하여 역 창고 사이를 뛰어 학교로 줄행랑친다. 그 시절은 너나없이 가난하여 사친회비라는 수업료도 제대로 못내는 형편을 잘 아는 역무원들은 질서가 아직 잡히지 않은 전쟁 후 몇 년 안 되는 때여서 너그럽게 학생들을 대해 주었다. 토요일 낮 12시 반 기차를 타려고 달려가 보면 기차는 어느새 산모퉁이 돌아가고 기찻길이 단선이라 다음역인 신례원역에서 교차하여 하행선이 들어와 물 공급 받는다. 그때는 증기기관 열차로 얼마간의 거리를 두고 물을 공급받아 무연탄으로 물을 끓여 수증기의 힘으로 움직이던 증기기관 열차 시대였다.

물을 공급 받는 사이 그 기차를 무조건 올라타고 하행선으로 가다 보면 저녁 막차도 물 공급을 받기 위해 정차하는 광천역에서 상행선으로 갈아타고 저녁시간에 집에 돌아온 적도 여러 번 있었다. 3년 동안 기차 이용은 얼마 안 되지만 기차표를 가지고 승차한 적은 단 한 번도 없었다. 3학년 2학기에 수학여행을 불허하자 우리 3학년 1반은 학교에서 2.5km 떨어진 무한천 다리 건너편에 버스를 대절해 놓고 학교 몰래 수덕사로 중학 3년 마지막 수학여행을 하고 돌아와 학교로부터 큰 벌을 받을 각오였으나 교장 선생님과 선생님들의 너그러운 배려로 무사히 넘긴 일화도 빼어 놓을 수 없는 추억거리다.

아무튼 고향 살이 6년 동안 중학교 3년간의 통학 생활이 내 다리 건강과 지금의 나를 있게 한 내 생에 매우 즐거운 시절로 지금은 신례원이 7구로 커졌으나 그때는 3구로 나의 고향은 2구로 1·3구 같이 도로와 기찻길에서 좀 떨어져 있어 전깃불도 없는 등잔불 밑에서 공부했다. 고향 살이 6년은 내 생에 추억거리 많은 소년시절이었다.

신앙인으로서의 아버지

아버지는 대갓집에서 대대로 내려오는 조상 제사를 지내다 보니 결혼 후 셋째, 밑에 여동생이 살아있기 전까지는 아무 믿음 생활이 없었고 어머니는 처녀 때부터 예수를 믿는 크리스천이었다. 어머니는 때가 되면 가족이 함께하겠지 하는 믿음을 가진 것 같았다. 해방 후 정부 수립 전 어느 해인지는 모르나 지금은 거의 사라진, 그 당시 가장 무서운 전염병 호열자(장티푸스)를 내 바로 밑의 동생이 세 살 때 앓게 되어 약 한 번 제대로 못 써 보고 그 어린 몸에 링거 주사만 맞다 어린 나이에 죽었다. 교회 목사님과 교인들이 자기 몸 위험을 무릅쓰고 매일 찾아와 찬송과 기도로 어린아이 병 낫기를 위해 애쓰는 것을 본 아버지가 교회 공동체의 사랑이 형제들 사랑보다 더함에 감동 받아 예수를 영접하여 교회에 나가게 되었다.

우리 남매는 어머니의 손을 잡고 다니던 교회를 아버지 손을 함께 잡고 가니 너무 즐거웠다. 우리는 학교 옆 빨간 양철지붕이 보기 좋은 감리교회에 출석하였다. 봄에는 진달래가 붉게 물든, 꽃산이라 불리는 앞산으로 야외예배를 다니는 것이 어린 나이에 그렇게 즐거울 수가 없었다. 고향을 지키라는 큰아버지 명에 착하고 부지런하고 불평을 모르는 아버지는 고향에 돌아왔으나 감리교회는 같은 읍이지만 좀 멀리 있기에 그곳 신례원에 하나밖에 없는 성결교회로 교적을 옮겨 믿음과 새벽기도를 이어갔다. 큰 산 사이 계곡을 막아 저수지에서 흐르는 개울을 건너 기찻길과 도로 사이 자리 잡은 교회는 좀 삭막해 보였다. 6 · 25 전쟁으로 피난 내려온 교인들이 많아 교회는 크게 부흥하였고 우리 마을에도 여러 가구가 비어 있는 사랑채에 살게 된 교인들이 친구가 되고 어머니들은 어머니대로 친 형제보다 친하게 신앙 생활을 이어갔다.

고향 집에서 쫓겨날 때는 아무리 믿음 좋은 어머니라도 큰아버지에게 사는 집까지 빼앗는 형이 어디 있냐며 불평불만을 쏟아 놓았으나 아버지 는 "주는 것이 받는 것보다 복이 있다"(사도행전 20:35)는 말씀 되뇌며 순순 히 2.5킬로 떨어진 교회가 보이는 아버지 근무하는 학교 사택에 짐을 풀 었다.

새벽예배는 그곳에서도 거르지 않고 다녔다. 길은 반듯한 도로이나 눈, 비, 겨울 찬 바람과 장마철이나 여름에 도로가 물바다를 이루어 새벽기도 주일 주중 예배를 드릴 수 있는 정상적인 교회생활을 할 수 없어 동네 교 인들과 의논하여 동네 언덕에 창고 같은 초가 빈집을 빌어 예배를 드리기 로 하고 아버지가 인도하였으며 그 후 1년 만에 같은 학교 선생님의 숲속 에 작은 교회를 처음 개척하였다.

그 후 다른 군 산골면 소재지 교장으로 승진 발령 받아 그곳으로 가 보 니 학교는 오래된 학교이나 교회는 감리교회로 그곳 이 권사님이 천막교 회 개척하였다. 학교와 면사무소 뒤 산 언덕에 자리하였고 다음 해에 아 버지 중심으로 산의 황토 흙과 볏짚으로 흙벽돌을 만들어 25평의 초라하 지만 아담한 교회를 교인들 스스로의 노력으로 건축하였다. 아버지는 두 번째로 교회를 개척한 셈이다. 마루도 깔지 못해 멍석과 가마니를 깔고 예배드리게 되었으며 그 후 교인수가 배가 되어 아버지는 장로로 피택 되어 인사말에서 자기가 예수를 영접한 동기와 젊었을 때 할아버지와 같은 꿈을 이루기 위해 애썼으나 시대가 허락하지 않아 성경에 "사람이 마음으로 자기의 길을 계획할지라도 그 길을 인도하는 이는 여호와니라"는 말씀 읽고 교직의 길은 하나님이 내게 주신 천직으로 건강이 허락하는 한 하나님 말씀 따라 하나님 의뢰하고 섬기며 교직에도 힘을 다 하겠다 하였다. 그 학교를 떠나기 전 교회 마루를 깔기 위해 좀 떨어져 있는 미군부대를 찾아 거기 쌓여 있는 크고 작은 나무 상자를 무상으로 지원받아 교회까지 운송도 해 주어 마루를 깔아 교회다운 교회가 세워졌고 강대와 강대상은 흙벽돌 교회 세울 때 어머니가 헌정獻呈했다.

그때는 신학대학 4년차면 어려운 교회로 파송 받아 토요일 저녁에 교회에 와서 주일 낮과 저녁예배 인도하고 월요일 아침 서울 학교로 돌아가는 것이 시골 교회의 형편이었다. 아버지는 전에 있던 교회에서와 같이 새벽기도는 열심이 있는 성도들과 함께 드리고 주중 저녁예배는 아버지가 인도했다. 우리 교회 전도사님은 졸업 후 우리 교회로 정식 파송 받아 3년간 목회 사역하다 우리보다 1년 먼저 다른 큰 교회로 떠났다.

아버지는 좌천을 거듭하다 교회가 먼 산골 학교로 발령 받아 낮 주일예배는 교회에서 드리고 밤 주일예배와 주중 저녁예배는 우리 너른 일본식 다다미방에서 드리다 그곳 토박이 친척이 야산을 기증하여 작은 교회를 세 번째 개척하였다. 아버지는 교회 없는 곳을 찾아 보내 교회를 개척하라는 사명을 감당시키신 것 같다.

아버지가 처음 개척한 교회는 성결교회로 지금은 전에 논이었던 면사무소 앞에 십자가 탑과 함께 우뚝 서 있고 두 번째 세 번째 모두 감리교회로 두 번째 개척한 흙벽돌 교회는 그 자리에 적벽돌로 아담하게 세워졌고 세 번째 개척한 교회는 학교 앞 대로변에 아름답게 세워져 있다. 세 번째 개척한 교회 입당예배 때에 참석해 주기를 초대받았으나 와병 중이어서 참석하지 못했다.

부지런한 아버지는 새벽 4시 30분이면 깨어서 성경 말씀 묵상하고 새벽기도 드리러 교회 가셨다가 밖을 청소하고 땔감을 부엌에 준비해 놓고 텃밭을 돌보시고 학교와 교회에 충실히 일했으며 학교도 모범학교로 지정 받았다.

처음 교장으로 예산에서 아산으로 전출할 때부터 다시 천안의 작은 학교로 당진 오래된 학교로 다시 예산의 작은 학교에서 충남의 끝인 서천의 이름도 생소한 학교로 다시 서천의 외진 학교로 좌천에 좌천을 거듭한 것이 친가 둘째 큰아버지와 둘째 큰아버지를 찾아 나섰던 사촌형들이 6·25전 월북하여 돌아오지 않고 외가도 공산당에 부역하여 연좌제로 강제 퇴직을 당할 처지였으나 아버지는 끝까지 버티다가 하나님 도우시는 은혜로 전에 교감으로 근무하던 고향 근처 신암초등학교 때 아버지가 교감으로 다니면서 설립한 분교가 정식 초등학교로 세워진 작은 학교에서 전에 알던 여러 유지들과 친척들과 함께 43년간의 교직에서 정년퇴임했다. 어머니도 예산 작은 학교 근무할 때 그 마을 작은 교회에서 장로로 피택 되었다.

43년간 평생을 어린이 교육에 헌신한 보상이 그 당시 겨우 기천만원으로 서울에서 겨우 작은집 한 채 사는데 불과했음을 지금과 비교하여 보면 많은 격세지감을 느낀다.

은퇴 후 서울로 이명하여 내가 몸담고 섬기는 교회보다 교세가 약한 내 여동생의 성실한 믿음과 꼼꼼한 사무 처리 어여삐 보시는 목사님 인도하는 교회로 파송 받아 교회 건축에도 힘써 완공 후 교회로부터 공로패를 받았고 병환이 악화되기 전까지 새벽기도 열심히 드려 교회 새벽기도회가 활성화 되고 은퇴 시 서울로 이명 받은 교회 건축 위해 헌신한 업적을 감사하는 감리사의 감사패를 받았으며 소천하셨을 때는 목사님과 사역자 님들과 온 성도가 함께하는 성대한 예식으로 하늘나라로 돌아가셨다.

지금 그 교회에는 아버지 믿음의 후광으로 하나인 남동생이 시무 장로 로 대를 이어 헌신하는 장로 가정으로 세워 주시고 초창기 사무원이던 막 내 여동생은 권사로 매제는 장로로 딸과 사위들은 성가대로 교회 학교와 중고등부 교사로 열심히 봉사하는 신실한 믿음의 가족과 가정이다. 이 모 든 것이 아버지 믿음이 후광으로 주님 주신 은혜임을 감사한다.

이노나

창작 노트

아무도 울지 않게 하소서

길 건너 2층집

그해 가을은 비가 자주 내려 좋았다
찬란하지 않아도 상관없는 날들이었고
매일이 미세하게 다른 균열이어서 오히려 견딜 만했다
열어 놓은 창문으로 젖은 풀냄새 같은 것이 부풀어 오르면 나는
창가에 서서 푸른 기와를 가지런히 덮은 길 건너 2층집을
조심스럽게 쳐다보곤 했다
유약을 발라 구운 듯 고요하게 반짝이는 그 기와는
맑은 날보다 비오는 날에 더 맑았는데 파도처럼
굴곡진 기와를 따라 빗방울들이 자연스럽게 흘러내리며
서로 합쳐지다 다시 낙하하는 것을
나는 아무것도 모른 채 지켜보곤 했다

어느 날엔가 나는 기와 아래 창문까지 흘러내려 머물렀다
창문으로 새어나는 불빛이 파르르 흔들렸기 때문이었다
그것은 무심한 시간처럼 흔들리는 등불 아래 몰려들어
조금씩 번지는 헛된 욕망이라는 것을 몰랐다 어디서부터
시작이었을까 처음을 가늠하는 것은 의미가 없었다
적당히 죄여오는 어둠이 오히려 안도일 때 비가 내리지 않아도

길 건너 2층집 푸른 기와의 평온을 훔쳐 안을 때 눈물이 나지 않아
그해 가을은 아무 일도 없이 그저 그런 날들이었다 잘못 기억하기를
소리 내어 비가 왔다

_같은_사람

1

별이 뜨지 않아 비 맞은 개처럼 우리는 함께 앉아 울었다

어느 누구도 울지 않게 해 주세요 간절한 기원만이 빗소리 뒤에서 울렁거렸다

2

건물과 건물 사이 좁은 통로 끝에 한 여자가 쪼그려 앉아 소리 내어 울었다 여자는 자신이 있는 곳이 길의 끝이었으므로 어두웠으므로 등 뒤를 바라보지 않았으므로 영원히 갇힌 것처럼 엉엉 울었다 통로 입구 플라스틱 음식물쓰레기통 옆을 비집고 들어선 어떤 남자가 그 여자 뒤에 서서 울지 말라고 창피하게 말했다 우는 그 여자를 몰래 내려다보던 창문 하나가 슬그머니 어두워졌다 여자는 계속 울었다 엉엉

−1

시간이 뱀처럼 구불거리며 지나갔다

서로의 사정을 잊는 날이 잦았다

각자의 벽에 등을 대고 가만히 바라보는 것은

잘못 흘린 눈물이었다

0
애초 우리의 기원은
쓸모없었을까

이승현

창작 노트

이청준 소설가님이 우리 학교에 부임해 오셔서
몇몇 학생들을 선생님 방에 초대하셨다
소설창작을 가르친다는 것에 대한 두려움 앞에서
반백의 선생님은 솔직하시고 겸손하셨다
당신의 어린 시절의 이야기와
소설을 쓸 수밖에 없었던 이야기
그리고 '눈길'이 나온 배경 이야기를 하셨다
늦은 오후 내내와 밤의 경계 사이에서
나긋나긋한 선생님의 목소리를 들으면서 차를 마셨다
그 친구들이 이제 선생님의 나이가 되어 그 시간을 회고하며
'사진이라도 한 장 찍어둘 걸…….' 아쉬워하며 이야기를 나누었다
글을 쓴다는 것이 가르쳐서 되는 것일까?

흘러간 시간 중 유의미한 시간과 무의미한 시간의 경계에서
충분히 누려야 할 시간을 무심하게 보내고
기억해야 할 것이 기억이 안 나고 왜곡되기도 하고
글을 쓴다는 것은
지나간 유의미한 시간을 따라가며 현재화하는 것이 아닐까!

누구였을까?

큰아이를 임신하고 출산하기 바로 전날까지 학교에서 수업을 했다. 그냥 고무줄로 된 바지나 치마를 입고 위에는 블라우스 또는 박스티를 입거나, 벨트 없는 원피스나 점퍼스커트를 입으면 주변 사람들은 임신한 줄도 몰랐다. 특별한 입덧도 없었고 씩씩하게 직장 생활을 했다. 아이를 낳고 기르는 것을 누구나 거치는 통과의례처럼 당연히 여긴 나는 어차피 할 거 얼른 해치우고 말겠다는 생각을 했다. 항상 내가 생각하는 가족이라는 형태는 인류가 유지되려면 결혼해서 부부가 최소한 한 사람 앞에 하나씩은 낳아야지, 죽어도 또 다른 나의 분신은 남아 현상 유지가 되어 수적으로 맞추어진다고 생각했다. 이왕이면 남편의 유전자를 물려받은 아이 하나, 나의 유전자를 물려받은 아이 하나를 낳아야지 서로에게 공평하다고 생각했다. 결혼해서 살다가 부부가 사라지면 내가 낳은 아이들이 가정을 이루어 대를 이어가면서 살 것이고, 당연히 사람으로서 태어났으면 그 정도의 도리는 하고 가야 된다고 생각했다. 집집마다 거실에 걸려 있는 가족 사진을 보면 행복한 가정은 아빠, 엄마, 아들, 딸 그렇게 가족 구성원으로 이루어져 환하게 미소를 지으며 웃고 있었다.

삶이란 머리로 예측해서 계획하고, 수학 문제처럼 논리적으로 푼다고 해서 되는 것이 아니라는 것을 철없었던 그때는 몰랐다. 어려서 엄마를 일찍 잃은 나는 '까짓거! 나 하나 잘못된다고 어떻게 되겠어'하고 나 자신만 책임지면 된다고 생각했다. 내 인생의 변수가 나 자신을 제외하고는 거의 없다고 생각했다. 옛말에도 치사랑은 없다고 물이 아래로 흐르듯이 사랑도 내리사랑이 자연스러운 것인지 아버지 또는 언니나 오빠에 대한 배려나 생각은 전혀 없었다.

하지만 결혼을 하고 나서는 나 혼자만이 아닌 남편과 시댁 식구들, 절대적이고 무조건적인 사랑을 주어야 하는 자식 앞에서는 변수가 너무 많았고 특히나 부모라는 책임은 너무나도 막중했다. 정답이 없고 예측대로 되지 않는 것이 삶이고, 예측대로 삶이 진행된다고 하더라도 고스란히 그 시간을 견디고 직접 몸으로 부딪치는 삶의 치열함과 정직함 앞에서 나 자신이 얼마나 어리석고 왜소한지를 깨닫는 데에는 그리 오랜 시간이 걸리지 않았다. 생명을 기르는 과정의 소소한 행복과 구체적인 계획을 세우고 하루하루 분절되고 작은 시간을 아이와 함께 내가 성장한다는 것을 알게 된 것은 시간이 한참 걸린 후였다. 충분히 감당할 자신이 있었고 세상은 당연히 나를 중심으로 돌아가야 한다는 오만과 독선으로 가득 차 있었던 예전의 모습은 사라지고 그 자리엔 겸손과 세상에 대한 이해와 타인에 대한 배려로 서서히 채워졌다. 한 아이가 온다는 것이 한 세계가 오는 것이고 그 한 세계를 키우는 과정은 그렇게 단시간에 숙제하듯이 해치우는 것이 아니라는 것을 알았을 땐 나는 이미 세 아이의 엄마가 되어 있었다.

큰아이를 낳고 하나를 더 낳으려고 임신을 하고 병원에 갔다. 임신 사실을 알려주고 그동안 별말이 없던 의사 선생님은 갑자기 의자 등받이에 붙어 있던 허리를 곧추세우고 초음파 화면 앞으로 얼굴을 가까이 들이밀며 유심히 관찰하기 시작했다.

"어! 이상하다."

"무슨 일이에요. 아기가 혹시, 잘못되었나요."

"그게 아니라 하나가 아니에요. 쌍둥이인 것 같아요. 혹시, 집안에 쌍둥이가 있나요?"

"아니요. 제가 알기로는 남편 쪽이나 저희 집안에도 쌍둥이가 없고, 윗대에도 쌍둥이 있다는 소리는 한 번도 들어본 적이 없어요."

"요즘엔 인공수정도 많이 하고 시험관 아기도 많아서인지 쌍둥이가 많아요. 하지만 자연임신이고 집안에 쌍둥이도 없는데 의외네요."

의사는 한참이나 초음파로 관찰하더니 아이의 위치를 보여 주었다. 정말 두 개의 작은 생명체가 위의 아이는 머리를 왼쪽에, 아래 아이는 머리를 오른쪽에 두고 위아래로 나란히 누워 있었다.

남편은 결혼하기 전 연애를 하면서 딸 하나에 아들 하나를 낳자고 했다. 그렇다고 진지한 가족계획을 한 건 아니고 농담처럼 지나가듯이 한 이야기였다. 워낙 아들만 자식처럼 대우해 주는 가부장 사회에서 살아온 나는 딸의 서러움을 당해서인지 의외로 아들이 좋았다. 남녀공학인 학교에서 아이들을 가르칠 때도 남학생이 편했다. 대부분 직장이나 전문적인 분야에서도 높은 직급은 다 남자들의 몫이었고 사회 생활할 때도 남자가 더 자신의 꿈을 펼치기에 여건이 좋다고 생각했다. 여자는 결혼하면 직장생활과 가정생활 둘 다를 하기엔 여건이 만만치 않았고, 사회적으로 성공한 외국 여성들을 보아도 나중에 남편이나 자녀들에게 소홀했던 것을 후회하는 경우를 많이 보았다.

"난 아들이 좋던데요."

"아들이 좋으면 딸 하나 낳고 쌍둥이로 아들을 낳으면 세 번에 힘들어서 출산하지 않아도 되고 거기가 좋아하는 아들을 하나 더 낳으면 되겠네요. 하하하."

남편이 연애할 때 했던 말이 생각났다. 말이 씨가 된다고 정말 말처럼 됐다. 쌍둥이라는 소식을 전하자 주변의 반응은 축복해 주기보다는 연년생도 힘든데 어떻게 연년생에 쌍둥이를 기르냐고 다들 잘 생각해 보라고 했다. 남편도 쌍둥이 임신 소식을 전하자 무표정으로 잠깐의 시간 동안 말이 없다가 자신이 꾼 태몽을 이야기했다.

　"고향 대청마루에 큰 대 자로 누워 낮잠을 자고 있는데 커다랗고 잘 생긴 백구 두 마리가 성큼성큼 올라오더니 양팔에 누워 안기더라고. 또 한 번은 내가 어렸을 때 우리 집이 밤 농장 했잖아. 밤을 따서 밤송이를 벗기면 밤톨이 모두 다 쌍밤인 거야. 그게 당신이 쌍둥이를 낳을 꿈이었구나!"

　"그런데 왜 얘기 안 했어. 이렇게 중요한 이야기를 남의 집 이야기 듣는 것처럼 들어야 돼."

　"설마 했지. 양쪽 집안에 쌍둥이도 없는데……."

　"그런데 당신 아까 그 표정 뭐야?"

　"아니, 솔직히 아이 셋을 키워야 한다는 책임감에 머리의 회로가 잠깐 꼬였나 봐. 애 셋 봐 줄 사람도 없고. 당신 학교로 돌아가는 것도 힘들 것 같고. 어쨌든 회사일 더 열심히 해야겠어. 세 아이 먹여 살리려면."

　남편의 이야기를 들으니 현실은 이해되지만, 남편의 무표정에서는 서운한 마음이 들었다. 시댁이나 친정에서도 축복해 주기보다는 걱정하고 심하면 요즘 세상에 셋을 어떻게 기르냐며 생각을 해 보라고 했다. 무슨 생각을 해 보라는 건가. 간혹 걱정해 주는 말이 진심으로 나를 위해서 해 주는 말인지 서운하고 야속하게 생각되었다. 돌아가신 엄마가 살아계셨더라면 어떡하든 낳기만 해. 그러면 엄마가 돌봐 준다고 하지 않았을까? 산모와 아이 목숨이 둘 다 위험하다고 했을 때 엄마는 나를 살리기 위해서 당신 목숨을 포기하고 나를 낳고 얼마 못 사시고 돌아가셨던 분이다. 항상 그립긴 하지만 내가 엄마가 되는 이 시점에 돌아가신 엄마가 더욱 그립고 하늘나라에서 응원할 것 같았다. 그렇게 걱정하는 사람들 앞에 당당하게 낳아서 주변의 도움 없이 보란 듯이 키워볼 거라는 오기도 생기기 시작했다. 이런 서운한 말을 들으면 밤에 꼭 꿈을 꾸었다.

사막의 모래바람이 부는 곳에 나는 만삭의 배를 부여잡고 아이를 지키기 위해 고군분투하며 도망간다. 내가 임신한 아기 둘은 미래 세계에 지구를 구하는 영웅으로 등장한다. 미래 세계에서 지구를 정복할 외계인들은 태어날 아이를 제거하기 위해 타임머신을 타고 온 시간 여행자로 나의 아이를 죽이려 추격해 온다. 목마름과 만삭의 몸으로 다 찢어진 옷을 입고 모래벌판을 걷다가 지쳐 쓰러진다. 사라에게 쫓겨 광야에서 하갈이 자신의 아들 이스마엘을 위하여 하나님을 애타게 찾듯 나 또한 가느다란 목소리로 하나님을 찾으며 기도를 드린다. 정신이 혼미해지고 멀리서 아지랑이가 피어오르고 신기루가 보이듯 물체가 가물거린다. 미래에서 나를 구하러 온 지구특공대 대원이 검은 망토로 둘러 주면 나의 모습은 투명인간처럼 보이지 않는다. 순간이동을 해서 물기둥 가운데 있는 엘리베이터를 타고 오른다. 물기둥 사이로 나를 죽이려는 자와 구하려는 자가 광선검을 가지고 격렬한 전투를 벌이는 게 보인다. 쫓기는 장소가 숲속이거나 물속이거나 하늘로, 쫓기는 시간은 밤이나 낮이나 새벽 등으로 바뀌지 비슷한 스토리로 매일 밤을 도망 다니는 꿈을 꾸었다.

앞집의 민지 엄마는 나보다 먼저 쌍둥이를 가졌다. 어느 날 큰아이도 있는데 도저히 세 아이를 감당할 자신이 없어서 유산시키고 왔다고 했다. 시댁에서 아들을 유난히 기다리는데 쌍둥이가 딸이어서 시어머니와 남편이 다음을 기약하자며 은근히 유산을 종용했다고 했다. 아무리 그래도 그렇지 어떻게 한 생명도 아니고 둘이나 되는 생명을 너무나도 충격을 받은 그날 밤 꿈에 갑자기 우리 집에 검은 양복, 검은 안경, 검은 구두, 검은 넥타이를 두른 남자들이 나타나더니 양쪽에서 나의 겨드랑이에 손을 집어넣고 단단히 깍지를 낀 다음 어디론가 끌고 갔다. 그들이 무서운 것은 감정을 느끼지 못하는 기계 인간이라는 것이다. 내가 아무리 사정을 해도 그들은 명령만 따를 뿐 마음을 움직여 행동이 변할 가능성이 전혀 없다는 절망감이 더욱 무섭다. 지하의 차가운 시멘트 바닥에 질질 끌려서 간 곳은 수술실이었다. 아까와는 다르게 이제는 하얀 수술 모자에 금속성의 금테 안경에 하얀 얼굴, 하얀 미소, 하얀 가운, 하얀 장갑에 하얀 시트, 하얀 침대, 하얀 벽지, 천장에 하얀 조명 불빛 아래 그야말로 하얗게 질린 나의 모습이 보인다. 그들은 나를 차가운 수술대에 사지를 묶은 뒤 다리를 벌려 가위를 자궁 속에 집어넣은 뒤 아기를 자르려고 싹둑거린다. 작은 생명체들은 최선을 다해서 도망을 가고 나는 그만하라고 소리를 질러도 소리는 나오지 않고 몸은 꼼짝도 할 수 없다. 가위의 칼날이 생명체에 닿는 순간 너무나도 놀라서 비명을 지르며 깨어났다. 그렇게 무서운 꿈을 꾸고 나면 항상 피가 섞인 이슬이 비쳤다.

출산 예정일이 다가올수록 태반 속 아이의 자세가 안 좋아서 한 아이가 공간이 좁아 눌린다고 하였다. 그 아이가 쌍둥이 형 유민이었고 더 눌리기 전에 제왕절개로 예정일보다 일찍 태어난 유민이는 약하였다. 큰아이 지민, 쌍둥이 유민, 성민이 그야말로 그때부터 육아전쟁이 시작됐다. 지민은 동생들에게 샘이 나서 잠시라도 한눈을 팔면 동생들을 해코지했다. 큰아이에게 더 신경 쓰려고 했지만 그 아이의 마음을 헤아릴 여유가 없었다. 세 아이를 너무 사랑하지만 사랑은 항상 쪼개져야만 했다. 한 아이에게 온전히 주는 것이 불가능해서 미안했다.

만약 시간을 내 맘대로 제어할 수 있다면 한 아이를 미래로 보내고 싶었다. 그 한 아이가 유민이었다. 유민이는 제일 약했고 손이 제일 많이 가는 아이였다. 미래에 있다가 나중에 오면 약한 유민이를 위해서 온전히 사랑해 줄 것 같았다. 아니면 나를 두 명 더 복제하여 복제 인간을 만들어서 아이들이 세 살까지만 도우미로 쓰고 싶었다. 홍길동이 자신의 머리카락을 뽑아 자신의 분신을 만들어 수세에 몰릴 때 분신들이 싸워 이기듯이 나도 내 머리카락을 뽑아 디지털 분신을 만들면 아이를 한 명씩 맡아서 보고 집안일도 디지털 분신이 각자 맡아서 한다면 하는 상상도 해 보았다. 그것은 아주 잠깐의 생각이었고 이런 생각을 해서인지 유민이가 아프거나 예기치 않던 사고가 나면 그 아이에게 미안했고 죄책감을 느꼈다.

　남편은 아이 셋에 대한 가장의 책임감 때문인지 아니면 육아에 대한 부담감 때문인지 아이를 키우는 동안 회사 일만 열심히 했다. 반년을 미국 본사에 가서 교육을 받았고 돌아온 후에는 교육받은 것을 전수하느라 전국 지사별로 다니며 교육하기에 바빴다. 출장 때문에 거의 집에 있지를 않았다. 한참을 그렇게 바쁘게 돌아다니더니 그 후엔 계열회사를 만드느라 밤 두세 시에 오기 일쑤였다. 주말이면 아이가 울거나 말거나 지쳐서 하루 종일 잠만 잤다. 아이를 봐 달라고 하면 자신이 보면 아이들이 울기만 하고 아이 보는 재능이 없다며 아이들이 자신을 불편해한다고 했다. 무슨 자기 새끼 보는 데 재능 타령하고 있는 남편이 얄미웠다. 하지만 어렸을 때부터 엄마 없이 자란 나로서는 우리 아이에게만은 온전히 엄마, 아빠의 사랑만을 주고 싶었다. 부모 중에 누구 하나라도 모자라는 그런 아픔을 절대 주어서는 안 된다고 생각했다. 더군다나 세 아이를 남편의 경제적 도움 없이 키운다는 것은 도저히 불가능했다. 남편의 역할을 인정해 주고 주말에 쉬게 하고 싶었다. 하지만 아이가 셋이니 부탁을 하게 되었다.

"자기야. 당신 맨날 바빠서 나 혼자 아이들 셋을 데리고 나갈 수가 없었는데 오늘 날씨도 좋고 애들 생각해서 힘들지만 놀이공원에 갔다 오자. 어때? 부탁 좀 하자. 내가 맛있는 거 싸 가지고 갈게. 내가 처음으로 부탁하는 거다."

"집 나가면 개고생이야. 애 셋 데리고 어딜 가. 피곤한데 집에서 좀 쉬자."

"내가 맨날 부탁하는 것도 아니고 아빠로서 해 줄 수 있는 것도 잠깐이라고 하더라. 나중에 후회하지 말고 애들이 커서 아빠랑 한 게 아무것도 없다는 소리 듣고 싶어?"

남편에게 어렵게 부탁해서 주말에 동물들을 볼 수 있는 놀이공원에 갔다. 아이들 먹을 것을 챙기고 돗자리도 챙겨서 버스를 타고 남편의 도움으로 놀이공원에 도착해서 표를 끊고 입장을 했다. 입구를 조금 지나 잔디밭이 나타났다. 남편은 주섬주섬 돗자리를 꺼내기 시작하더니 잔디밭에 돗자리를 펼치고 짐을 내려놓으면서 말했다.

"내가 여기서 짐을 보고 있을 테니 애들 데리고 천천히 한 바퀴 돌고 와. 짐 들고 다니랴 애들 챙기랴 얼마나 피곤한데⋯⋯."

"자기야, 뭐하자는 거야. 지금 말이 되는 소리를 하고 있는 거야. 당신이 여기 온 이유가 뭔데. 유모차 빌려서 유민이 태우고 성민이 태워 한 사람씩 담당하고 지민이는 알아서 걸어 다니라고 해야지. 내가 어떻게 세 아이를 데리고 다녀. 짐은 유모차에 걸고 나머지 짐은 내가 등에 멜게." 정색하며 내가 짐을 어깨에 메자 미안한 마음이 들었는지 한마디 했다.

"그건 아니고 짐을 메고 애 셋 데리고 힘들게 다니느니 내 생각이 합리적이지 않나. 알았어. 미안해. 당신이 왜 짐을 메. 내가 멜게. 집에 있으면 편할 것 가지고 괜히 주말에 쉬는 사람 끌고 와서는…….”

남편은 구시렁거리면서 내 눈치를 보며 슬금슬금 따라왔다. 아이들에게 그림책에서 보던 동물들도 설명해 주고 질문도 받아 주고 하는 동안 남편은 뚱한 채로 따라왔다. 집에 오는 동안에도 버스에서 아이들은 잠이 들고 사람들은 양보도 안 해 주고 지민이는 앉아 있던 아줌마가 안아 주고 남편과 나는 잠든 아이를 하나씩 안은 채 오는 동안 계속 남편의 눈치가 보였다. 피곤한 남편 집에서 쉬게 할 것을 괜히 데리고 나와서 고생시키는 것 같았다. 그 후로 다시는 남편 보고 먼저 아이와 같이 외출하자고 부탁하지 않았다.

아내로서의 내 자리는 없었다. 그래 여자로서 아내로서의 생활은 기대하지 말고 엄마로서의 생활 오로지 아이들만을 생각하기로 했다. 원시시대의 강한 여자들도 남자들과 동등한 지위를 유지하다가도 임신을 하게 되면 아이를 지키기 위해서는 남자에게 종속되어 먹을 것을 구할 수밖에 없었다고 한다. 이때 비열한 남자들은 사냥한 고기를 여자에게 공평하게 주지 않음으로 여자를 길들여 완전히 자기에게 복종하게 만든다고 한다. 지금이 원시시대는 아니지만 인간의 삶이란 결혼이라는 제도 아래서는 기본적으로 크게 바뀌지 않는 것도 있다. 특히나 아무리 남녀평등이라 하지만 가사와 육아는 여자가 대체로 맡게 되는 상황은 변함이 없는 듯하다. 더군다나 경제를 책임지고 있는 남편과의 분담에서 전적으로 육아와 가사는 나의 차지가 되어 버렸다.

연년생의 쌍둥이 세 아이를 키워 보니 육체적인 노동이 엄청났다. 세 아이 씻기고 기저귀를 백 장도 넘게 빨고 삶아야 하고 옷도 하루에 몇 번씩 갈아입혀야 했다. 분유를 먹이고 이유식도 직접 만들어 먹였다. 책 읽어 주고, 놀아 주고, 장보고, 집 안 청소하고 해도 해도 항상 현상 유지하는 집안일에 지칠 대로 지쳐 있었다. 아이들 다 재우고 그나마 나의 시간이 찾아오는 것이 밤 열두 시가 넘어야 했다. 밤에 잠을 자면서도 몇 번이나 아이들 챙기느라 일어나야만 했다. 낮잠을 재울 때도 양팔에 한 아이씩 안아도 한 아이는 남는다. 그러면 서로 싸우다가 한 아이는 내 배 위나 발을 잡고 잠이 든다. 무엇보다도 어느 한 녀석에게도 온전한 만족을 줄 수 없다는 게 마음을 힘들게 했다. 각자의 한 아이에게만 완벽한 엄마가 되기는 불가능하다.

유민이가 열이 나기 시작했다. 해열제를 먹여도 열이 내리지를 않았다. 제대로 먹이지도 못하고 밤새 업고 달래도 계속 보채기만 했다. 나중엔 먹으면 그대로 먹은 것을 토하고 물마저도 몸이 거부했다. 병원 문을 열자마자 동네 병원에 가니 원인을 못 찾겠고 탈수증이 동반되어 맥박이 빠르게 뛴다며 큰 병원으로 가보라고 했다. 최선을 다해서 좋은 것으로 먹이고 깨끗하게 씻기고 위생을 신경 쓰며 엄마로서 최선의 환경을 만들려고 노력해도 불가항력적으로 아이들은 갑자기 아팠고 다치기 일쑤였다. 무언지 모르게 불안하고 혹시나 아이들이 다칠까 염려할 때보다 너무도 평화롭고 즐거울 때 갑자기 사고가 나 다치거나 아팠다. 어떤 보이지 않는 신이 내려다보며 조종하고 인간은 작은 개미만도 못한 미물이 되어 자신의 의지대로 산다고 착각하며 악착같이 바둥거리며 살고 있다는 느낌을 지울 수 없었다.

열이 난다는 것은 몸 어딘가에 염증이 있다는 거라며 염증의 원인을 찾기 위해 종합병원에 입원하여 여러 가지 검사를 진행하였다. 그중 엑스레이 촬영을 하던 중에 머리에 금이 갔다고 했다. 크게 부딪히거나 사고를 당하지도 않았는데 그럴 수 있나, 뇌에 무슨 문제라도 생기면 어떡하나 걱정되었다. 얼마 전에 목욕탕에서 걸레를 빨고 있는데 지민이가 자고 있는 유민이의 발목을 잡고 거실까지 끌고 온 적이 있었다. 너무 놀라 지민이를 야단치고 혹시나 싶어 유민이를 꼼꼼히 관찰한 적이 있었다. 그때 문지방에 아이 머리가 부딪혔나 아니면 내가 못 보는 사이에 어디 부딪히지는 않았나 걱정되었다.

뇌에 혹시라도 이상이 있는지 정밀한 촬영이 필요하니 MRI 촬영을 예약하라고 했다. 아직 아이이기 때문에 움직일 수 있으므로 정확한 촬영을 위해서 발목에 혈관을 잡은 후 혈관주사에 마취제를 넣었다. 그렇지 않아도 약한 아이가 열이 나서 제대로 먹지도 못하고 힘든데 공복을 유지하라고 했다. 제대로 먹지 못한 상태로 힘없이 칭얼거리다 서서히 눈을 감고 늘어지는 아이를 보면서 혹시라도 깨어나지 않으면 어떡하나 하는 두려운 생각이 들었다. 커다란 자석통 안에 잠든 아이를 눕힌 침대가 들어가는 것을 유리창으로 보는 동안 울음을 참을 수가 없었다. 화장장에서 죽은 사람의 관이 화장로에 들어가기 위해서 닫혔던 문이 위로 올라가고 관이 서서히 들어가 1,000도나 되는 고온으로 100분이나 태운다는 화장터가 생각났다. 지금 말고 미래에 왔으면 하는 아이를 유민이로 생각했던 것이 생각나 너무나도 미안하고 저러다 정말 다른 세계로 가면 어떡하나 생각하니 가슴 깊은 곳에서 절대자에게 간절한 마음으로 기도하게 되었다. 내가 유민이를 내 소중한 아이를 몇 번이나 엄마로서 지키지 못하고 저 지경으로까지 위험한 곳으로 밀어 넣었는지 모른다는 생각에 목이 메고 하염없이 눈물이 흘러내렸다.

병원에서 유민이를 보는 동안 집에서 성민이도 열이 난다며 전화가 왔다. 나중에는 성민이도 지민이도 세 아이 모두가 한 병실에 입원했다. 거의 돌아가면서 세 아이가 아프니 한 달여를 제대로 먹지도 못하고 자지도 못했다. 유민이를 업고 성민이와 지민이 침대 사이에서 잠깐 잠이 들었나

보다. 간호사가 아이들이 열이 오른다며 깨웠을 때는 엄마로서 아이들에게 해 줄 수 있는 일이 너무도 작다는 것에 자괴감이 들었다. 대신 아파줄 수 있는 것도 아니고 약이나 주사로 치료해 줄 수 있는 것도 아니고 지켜보기만 할 뿐이었다. 이런 엄마를 전적으로 믿고 매달리는 아이들에게 미안하고 고마웠다.

내가 무슨 자신감으로 이 아이 셋을 엄마로서 책임지겠다고 했을까? 몸이 너무 힘들어서인지 환각증세가 나타나기 시작했다. 유민이를 업고 복도를 걸어가는데 복도 바닥이 좌우로 올라갔다 내려갔다를 반복했다. 몸의 중심을 잡을 수가 없었다. 그대로 주저앉아 천장을 올려다보니 천장이 좌우로 기울기 시작했다. 가만히 앉아 의사를 바라보니 의사가 걷는 것이 아니라 갑자기 내 앞에 확 다가왔다가 다시 확 뒤로 물러났다. 복도에 있는 간호사나 환자들도 내 앞으로 갑자기 다가와 놀라면 갑자기 다시 뒤로 물러나 사람과 사람 사이의 거리감이 없어져 공간 감각을 느낄 수 없었다.

병원 창문을 내려다보는데 건물이 해체되었다가 다시 합쳐지기도 했다. 내가 유민이를 업고 뛰어내리면 떨어지지 않고 그대로 날아서 다른 세계로 들어갈 것 같았다.

"뛰…어…내…려…넌…날…수…있…어…!"

멀리서 메아리처럼 누군가 나에게 속삭였다. 시간을 가늠할 수가 없었다. 오늘이 며칠인지 지금 시간이 저녁인지 아침인지도 인식이 안 되었다. 내가 있는 곳이 현실 세계가 아니라 다른 차원의 세계로 들어가는 경계선에 서 있는 기분이 들었다. 피곤하고 무거운 육신을 벗어나면 가볍고 어떤 장애물도 방해받지 않고 어디든 원하는 대로 순식간에 갈 수 있을 것 같았다.

갑자기 작은 점 하나가 보이더니 점으로부터 강렬한 한 줄기 빛이 뻗어 나왔다. 눈부신 빛 사이로 작은 점은 링 모양으로 커지기 시작했다. 링 안에서 젊은 여자가 나왔다. 화장하지 않았어도 화사하고 투명한 피부, 머리는 아무 손질을 안 했어도 윤기가 흐르고 자연스러운 생머리에서는 비가 그친 뒤에 뿜어져 나오는 싱그러운 풀잎처럼 생동감이 넘쳤다. 그것은 얼굴이 예쁘고 미인이다, 아니다 외모적 기준으로 판단할 수 없는 것이었다. 태초에 하나님이 인간을 만들고 생령을 힘껏 불어넣고 막 깨어난 순수의 결정, 훼손되지 않은 생명력 그 자체였다. 내가 예전에 가지고 있었던 그땐 몰랐지만, 지금은 사무치게 그리운 사라진 젊음의 모습이기도 하고, 꿈에서 그리던 엄마의 모습이기도 했다. 그 여자는 내게 다가와 나를 가만히 안아주더니 너무나도 달콤한 목소리로 말했다.

"전, 당신을 도와주기 위해 왔어요. 당신이 그리워하던 사람이기도 하고 미래 당신의 분신이기도 해요."

너무나도 환상적이고 믿을 수 없는 일이지만 그것이 놀랍거나 불안하기보다는 행복하고 기분 좋았다.

"그런데 어떻게 나한테 이런 일이 일어날 수 있는 거죠?"

"당신이 간절히 시간을 조절하길 원했고 당신의 분신을 원했기 때문이죠. 미래 세계에선 아이를 낳는 것을 원치 않아 엄마의 자궁 속에서 아이를 키워 새로운 생명을 얻기 힘들어요. 사회에 필요한 인간을 맞춤형으로 배아를 복제하여 실험관에서 키우죠. 당신처럼 이렇게 자신을 희생해가며 아이를 낳고 기르는 여자는 없어요. 최적의 환경에서 자란 우수한 유전자와 복제 과정 중에 생긴 돌연변이로 인해 생긴 열등한 유전자만 남게 되죠. 어떻게 보면 복제는 단순히 분열되는 무성생식이라 할 수 있죠. 이런 단순유전자는 어떤 외부의 바이러스에 의해 한꺼번에 멸종될 수도 있답니다. 그런 의미에서 당신은 힘들지만 열 달 동안 자궁 속에서 아이 셋을 잘 지켜 키웠고 힘들게 낳아서 기르는 것은 대단한 일이며 우리는 당신을 도와주어야 하고 당신은 당당히 권리를 요구해야 해요."

"제가 아이들에게 해 줄 수 있는 일이 지극히 작아요. 온전한 사랑을 다 줄 수 없어요."

"당신은 이 아이들을 세상에서 가장 사랑하는 엄마예요. 당신도 엄마를 항상 그리워했잖아요. 당신이 힘들 때 조용히 자신의 이름을 부르면 제가 나타나 도와줄 거예요. 시간이 지나면 당신을 가장 사랑하는 사람이란 것을 알게 될 거에요."

그 여자는 유민이를 안고 갔고 그 여자를 따라갔다. 그 여자가 준 약병을 받아 마셨고 잠깐 잠이 들었다. 깨어 보니 머리는 너무 맑았고 방금 소낙비가 왔다가 갠 것처럼 햇살은 투명하고 나뭇잎은 청청했고 바람은 산뜻했다.

"수현아, 애들 셋하고 매일 집에만 있지 말고 우리 오 과부 뭉치자."

결혼하고 아이들 낳고 나서 제대로 만나지 못한 대학 동창들이 모이자고 했다. 대학 생활 내내 같이 스터디 하고 여행도 같이 가고 친하게 지냈던 다섯 명의 친구들이다. 결혼도 비슷한 시기에 하고 아이들도 하나나 둘씩 낳으면서 만남이 뜸해졌다. 아직 결혼을 안 한 친구들도 있었다. 친구들은 그래도 나를 빼고 가끔 자기들끼리 만나는 것 같았다. 하지만 내가 뭐라 할 처지도 아니었고 애 셋 데리고 그 모임에 끼는 것도 민폐라 생각했다. 결혼한 친구의 남편들은 어찌 그리도 자상하고 부인을 도와주는지 우리 남편과는 비교가 안 되었다. 자신의 아이를 키우기 위해서 똑같이 배우고 능력이 있음에도 제대로 발휘하지 못하고 희생하는 부인들에게 미안해했다. 자기 발전을 뒤로 미루고 육아에 지쳐 우울한 부인을 위해 자주 이벤트도 해 주고 시간을 내서 여행도 자주 가 주었다.

"애가 셋인데 어떻게 나가. 너희끼리 모여서 맛있는 거 먹고 놀아."

"우리도 애들 데리고 나가고 둘은 아가씨라 딸린 애도 없는데 걔네들이 보면 되지. 너희 집이랑 가까운 올림픽공원에서 만나서 애들끼리 놀리고 우리가 나누어서 너희 애들 봐 줄 게. 너도 바람 좀 쐬고. 제발~~~ 얼굴 좀 보자. 너 생각하면 속상해 죽겠어."

오래간만에 친구들 만나서 바람도 쐬고 수다도 떨고 우리 아이들도 잔디밭에서 놀고 맛있는 것도 먹을 수 있었다. 친구들과 헤어져 택시를 타고 와야 하는데 아이들이 기분도 좋은 것 같고 멀지 않은 거리라 생각했다. 마침 버스도 퇴근 시간 때가 아니어선지 자리가 넉넉했다. 운전기사 아저씨도 친절해서 아이들과 같이 뒷자리에 앉힐 동안 기다려 주셨다.

"엄마 물 주세요. 엄마 저게 뭐야."

처음엔 재잘거리고 이것저것 물어보고 물도 먹고 똘망똘망했던 아이들이 몇 정거장 지나자 말수가 줄어들면서 눈꺼풀이 서서히 내려앉기 시작했다.

"엄마 졸려."

"얘들아 자면 안 돼. 엄마가 혼자서 너희들 다 데리고 못 내려. 금방 내리니까 좀만 참자. 절대 자지 마"라고 하며 간지럼을 태웠다.

그래도 눈꺼풀이 내려오는 아이들을 보고 그래 일단 조금 재우다가 집 근처에 오면 깨워야 되겠다고 생각했다. 이것이 커다란 나의 착각이고 실수였다. 이제 코너를 돌고 몇 정거장 가면 우리 집 근처다. 초등학교를 지나자마자 아이들을 깨우기 시작했다. 아무리 흔들고 불러도 아이들은 깊이 잠이 들었다. 마음이 초조했다. 결국은 집 근처 정거장에서 운전기사 아저씨를 불렀다.

"아저씨, 저 다음 정거장에서 내려야 하는데 아이들이 깨워도 일어나질 않아요."

"아가야. 일어나 집에 다 왔다. 어서 짝짝짝!"

주변에 아저씨와 아줌마가 깨워도 아이들은 정말 꼼짝도 하지 않았다. 어쩔 수 없이 손님도 얼마 없어서 운전기사 아저씨가 기다려 주고 아줌마와 아저씨의 도움으로 아이들을 내릴 수 있었다. 아줌마와 아저씨가 하나씩 안아 가만히 길바닥에 눕혀 놓고 웃으면서 다시 버스에 올라타고 출발했다. 전쟁 나서 피난 가는 것도 아니고 길바닥에 아이들 둘이서 정신없이 자고 있고 나는 유민이를 안은 채 기가 막혀 자는 아이들을 쳐다보고 있었다. 큰길이 아니고 뒷길이라 지나다니는 사람이 별로 없어 그나마 덜 창피했다.

"수현아~~~ 수현아~~~"

병원 복도에서 환상으로 본 여자가 생각났다. 의심하며 작게 불러 보았다. 정말이지 나의 수호천사가 나타났다. 젊은 여자와 나는 쌍둥이를 하나씩 업고, 지민이는 깨어 가운데서 내 치맛자락을 잡고 해가 지는 길을 걸어왔다. 집으로 돌아와 우리는 잠이 들었다.

매일 반복되는 육아에 그래도 집에 있을 때는 어느 정도 아이들도 케어가 되고 동네 도서관도 걸어서 갔다가 왔다. 처음에 도서관에 갈 때는 집 앞에 나서서 도서관을 가지도 못했다. 도서관 가는 길이 성당을 지나 산을 넘어서 가는 길과 시장길을 지나 큰길을 따라가는 길 두 가지 길이 있었다. 처음에 산을 넘어가다가 개미를 발견하여 도서관은 가지도 못하고 개미 구경만 하고 집에 돌아왔다. 시장으로 가는 길도 시장 구경만 하다가 돌아오곤 했다. 이렇게 아이들과 갈 수 있는 곳이 가까운 놀이터나 도서관이지만 그래도 마음은 편했다.

그러던 어느 날 동네 아줌마들이 백화점 세일을 많이 하니 맨날 집에만 있지 말고 우리가 애들 봐 줄 테니 같이 백화점 쇼핑을 가자고 했다. 막상 여자들이 백화점 쇼핑을 가니 자기 아이 보기도 바쁘고 자신들 옷을 사고 구경하느라 정신이 없었다. 한 의류매장에 맘에 드는 옷이 있어 유민이는 업고 아이들은 양손에 손잡고 구경하다 멈추었다. 옷가게 주인이 한번 입어 보길 권했다. 정말 오래간만에 쇼핑하고 옷을 사 입는 거다. 잠시 업혀 있는 유민이를 동그란 플라스틱 의자에 앉혔다. 옷을 입어 보려고 옷걸이에서 옷을 빼는 순간 지민이가 갑자기 혼자 뛰어가기 시작했다.

"엄마. 키티다! 키티 풍선 사 줘."

큰아이는 물건에 대한 집착이 심했다. 특히나 자신이 어렸을 때부터 덮고 자던 융으로 만든 담요를 항상 어딜 가나 가지고 다녔다. 잠잘 때는 그걸 꼭 손에 잡든가 몸에 어디라도 걸쳐야만 잠이 들었다. 엄마를 혼자 독차지하고 있다가 갑자기 동생 둘을 보았으니 지민이가 얼마나 힘들었을까. 동생을 볼 때의 아이 심정은 남편이 바람을 피워 첩을 들이는 심정만큼 사랑을 뺏기는 것에 대한 상실감 때문에 힘들다고 한다. 어쩌면 그 상실감 때문에 무엇에 대한 애착이 더 심한 게 아닐까. 하필이면 풍선에 그려진 캐릭터와 지민이 담요의 캐릭터가 똑같이 겹치면서 아이는 정신없이 풍선을 쫓아갔다.

얼른 성민이를 안고 큰아이를 쫓아갔다. 어찌나 빠르던지 에스컬레이터를 타고 위층으로 올라가고 있었다. 부지런히 쫓아가서 간신히 큰아이를 잡았을 때는 유민이를 업었던 빈 포대기만 허리에 둘러져 있었다. 그때의 놀라움과 당황스러움에 병원 복도에서 일어났던 환각 증상이 나타났다. 사람들이 순식간에 다가왔다가 멀어지고 공간을 사진을 찍어서 멈추게 할 수 있을 것만 같았다. 한 층을 내려가려면 매장을 한 바퀴 빙 돌아서 아래층으로 내려가는 에스컬레이터를 타야 했다. 업혀 있던 유민이가 없고 빈 포대기만 두른 나의 모습에 울고 싶은 심정이었다. 유민이는 지금 얼마나 불안해하며 엄마를 기다리고 있을까? 혹시 엄마 찾으러 아이가 딴 데로 가면 어쩌지 심장이 쿵쾅거리기 시작했다. 백화점 측에서는 고객들을 한 바퀴 돌아서 쇼핑하게 하려는 목적으로 그렇게 동선을 만들었겠지만 바로 내려가는 것이 아니라 한 바퀴를 돌아야만 내려가게 되어 있는 에스컬레이터 동선 구조가 참으로 원망스러웠다. 사람들은 복잡하고 에스컬레이터를 타니 앞에 사람들이 막고 있어서 뛰어 내려갈 수도 없었다.

"수현아~~~ 수현아~~~"

간신히 한 층을 내려와 아까 의류 매장에 오니 아줌마는 다른 손님들에게 옷을 입히고 있었고 유민이는 젊은 여자에게 안긴 채 눈을 동그랗게 뜨고 주위를 두리번거리며 놀란 표정으로 울먹이고 있었다. 옷이고 뭐고 너무 놀라서 눈물이 났다. 그대로 아이들을 데리고 나와서 집으로 돌아왔다. 동네 여자들이 우리를 찾고 나중에 이 일을 두고두고 미안해했다. 간혹, 우유갑에 미아 찾기 캠페인에 있는 아이 사진을 보거나, 부모를 못 찾아서 해외로 입양 간 아이가 부모를 찾겠다고 텔레비전에 나온 걸 보면 괜스레 그때 생각이 나며 유민이에게 이야기 안했지만 미안하고 또 미안했다.

며칠째 배가 아프면서 하혈이 멈추지 않아 병원엘 갔다. 남편은 출장 중이라 아이를 맡길 사람도 없었다. 옆집의 한나 엄마가 자기 아이들이랑 같이 먹이고 챙길 테니까 병원에 갔다 오라고 했다. 의사 선생님은 쌍둥이를 낳으면서 태반 찌꺼기를 완전히 제거했는데 조금 보인다며 염증의 원인이 되니 자궁을 깨끗이 긁어내는 소파수술을 해야 한다고 했다. 제가 집에 지금 아이가 셋이 있어서 잠깐 맡기고 왔고, 병원에 올 형편도 못 되니 오늘 수술하고 가면 안 되냐고 물었다. 의사도 사정을 들어 보니 딱하기도 한지 진료를 뒤로 미루고 수술을 해 주었다. 지금 하는 수술은 아이를 유산시키는 소파수술과 마찬가지라고 했다. 마취 깨고 병원에서 충분히 안정을 취한 뒤 집에 가서 한 시간 뒤에 질 속에 들어있는 거즈를 빼고 약을 먹어야 한다고 했다. 출산하고 몸조리하는 것처럼 휴식을 취하고 절대로 무리하지 말라고 신신당부했다.

집에 오는 데 땅을 디딜 때마다 바다의 펄을 밟는 것처럼 다리가 푹푹 빠지는 느낌이었다. 머리가 어지럽고 속이 메슥거렸다. 차가 달리는 소리도 사람들이 떠드는 소리에도 머리가 아프고 지나가는 사람이 살짝 스쳤는데도 그대로 주저앉고 말았다. 간신히 집에 돌아오니 한나 엄마가 안색이 안 좋다며 어떡하냐고 걱정했다. 하지만 한나 엄마도 남편이 들어올 시간이고 그 집도 아이가 있고 내가 병원에 가 있는 동안 우리 아이 챙겨 준 것도 고마운데 미안한 마음에 괜찮다고 하며 아이 셋을 데리고 집으로 돌아왔다.

아이들을 씻기고 저녁을 챙겨 먹여야 하는 데 힘이 없고 그대로 주저앉고 싶었다. 그때 간절히 원하면 온다고 했던 젊은 여자가 생각났다.

"수현아~~~ 수현아~~~"

그때 현관 벨 울리는 소리가 났다. 이 시간에 누가 올 리가 없는데 설마 환상 속에 봤던 그 여자가……. 문을 여니 여자가 거기 환하게 웃고 서 있었다.

"오늘 수술 받느라 힘들었죠. 제가 미역국하고 아이들 먹을 것하고 장을 봐 왔어요."

"어떻게 알고. 고마워요."

"일단 거즈를 빼고 약을 먹고 누워 있어요. 아이들 챙기고 미역국 끓일 게요."

여자는 나에게 약을 먹여 주고 침대에 눕힌 뒤 이불을 덮어 주었다. 문 틈 사이로 아이들을 챙기는 것을 보고 깜짝 놀랐다. 아이들은 그 여자를 잘 따랐고 전혀 낯설어하지 않았다. 그 여자는 오랫동안 이 집에서 살림 한 여자처럼 능수능란하게 아이들을 봐 주고 집안일을 해나갔다. 심지어 미역국을 끓일 때도 쇠고기를 참기름에 달달 볶다가 마늘 넣고 미역 넣고 조선간장으로 간 맞추는 것도 내가 미역국을 끓이는 방식과 똑같았다. 빨 래를 개키는 방식도 기저귀를 접는 방식도 나와 똑같았다. 아이들 먹을 것을 챙겨 주는 것도 내가 요리하는 방식대로 챙겨 주었다. 달걀, 쇠고 기, 파프리카, 브로콜리, 시금치, 양배추 등을 골고루 챙겼다. 멸치와 마 른 새우를 기름 없이 볶고 다시마는 나중에 넣어 국물을 내고 무와 쇠고 기도 너무 크지도 작지도 않게 썰어 국을 끓였다. 아이들이 아직은 씹는 기능이 떨어지기 때문에 너무 크게 썰어도 그렇다고 너무 작게 썰면 재료 본연의 맛을 느끼지 못하기 때문에 미각이 발달하는 데 지장을 주어서 크 기를 잘 맞추어야 한다. 그런 점에서도 작지도 크지도 않은 크기로 써는 것도 내 맘에 쏙 들었다.

장난감을 가지고 노는 것도 책을 읽어 주는 것도 내가 무어라 말할 것 이 없었다. 정말로 완벽하게 찾아온 평화였다. 몸이 점점 노곤해지며 편 안한 마음으로 아이들의 웃음소리 여자의 맑고 고운 소리를 들으며 행복 했다. 잠시 뒤 여자가 미역국과 밥을 가져다주었다. 돌아가신 엄마가 생 각났다. 다른 산모들이 친정엄마가 산후조리해 주는 것을 보고 너무 부러 웠었다. 침대에서 밥을 받아먹는다는 것은 아이를 키우면서 상상도 못했던 일이었다.

약을 먹고 취해서인지 정신없이 잠을 잤다. 깜짝 놀라 잠에서 깨어 보니 집안은 너무도 조용했다. 시간은 오후 즈음인 것 같은데 아이들은 어떻게 된 거지. 갑자기 어제 그 여자가 생각났다. 일어나서 고맙다고 이야기하고 싶었다.

"어! 엄마 일어났다. 여보 괜찮아? 당신 전화 받고 출장 일정을 당겨서 급하게 집으로 왔지."

생각하지도 않던 남편이 와서 아이들을 챙기고 있었다.

"그 여자 어디 갔어?"

"무슨 소리야 ! 여자가 어딨어? 당신 어제부터 계속 죽은 사람처럼 잠만 잤어."

"내가 힘들 때마다 도와준 여자가 있었어. 나와 아이들을 누구보다 잘 알고 도움을 주던 여자야. 그렇게 완벽하게 나를 도와준 사람은 이 세상에 없었어. 당신 못 봤어?"

"당신 너무 힘드니까 헛것이 보였나 보다. 미안해. 내가 앞으로 그 여자처럼 당신을 도와줄게. 정신 차려. 그리고 약 먹자. 애들 보는 일이 이렇게 힘든 줄 정말 몰랐네. 당신 대단하고 고마워."

한참을 생각했다. 그 여자는 누구였을까?

이 언 수

창작 노트

오래되고 낡은 가죽가방에서
헝클어지고 잊혀진 기억들
찾다가 곱게 물든 가을 다 떨어졌네
환승역은 얼마 남지 않았는데

노적사

구봉사 혜문스님 어디로 가셨나 물었더니 북한산 넘어 노적봉 아래 노적사에 가셨다 하네 이슬 露 쌓을 積 맑은 이슬이 쌓인 절이라 노적봉에 이슬이 한 방울 두 방울 모여 감로 되듯 한 사람 두 사람 맑은 인연 방울방울 맺어져 이루어진 노적사

입대한 친구 면회 가는 심정으로 노적사로 오르니 멀리 달마가 보이고 가까이 가서 보니 부처님이 타고 오신 코끼리 같은 노적봉

목탁 소리 감로수 흐르는 소리 돌계단 오르니 소리는 불경 되고 동인당에 맑디맑은 이슬처럼 앉아 계시는 종후스님 뵈니 온 세상 밝아지네

노적교까지 속인을 배웅 나온 혜문스님 눈가에는 걱정이 젖어 있고 잘 가라며 흔드는 손짓 내려오며 되돌아보니 손을 흔드시네 큰바위 지나면 보지 못할 것 같아 뒤돌아보니 아직도 손을 흔드시네

단풍놀이

발그레해지는

가을 바라보며

미소 짓는 당신

당신을 위해

밤이 새도록

이 생명 불 질러

더욱더

붉어집니다

가을비

곱게 물든 나뭇잎
한 잎 두 잎 떨어지던 날
사랑하던 사람
멀리 떠나보내고
밤새 잠 못 이루다
먼동이 터올 때
눈물은 찬비 되어
유리 창문에
하염없이 흐른다

청각

태어나서 처음 들렸던 소리는 무엇이었을까?

지구 도는 소리라도 들은 것일까?

아이가 태어나면 아주 작은 소리라도 크게 들려서 놀라 우는 것은 아닐까?

아는 말이 없으니 그냥 소리를 지르는 건 아닐까?

실은 태아가 출산하면, 아기가 자신의 폐로 처음 호흡하기 때문에 운다고 한다.

처음 태어나서 모든 감각기관을 통하여 오감을 처음으로 느낄 것이다. 그 놀라움의 표현이 우는 소리밖에 낼 수 없지 않은가.

분명히 태어나면서 들렸을 소리가 있었을 터인데 기억나는 것은 하나도 없다. 그러나 유일하게 기억하고 있는 소리는 누에가 뽕잎을 먹는 사각거리는 소리, 누에똥이 떨어지는 비 내리는 소리다. 내가 태어난 큰집에서 할아버지가 돌아가시기 전까지 누에치기를 했었다는 것과 6·25 전쟁 나던 해 백중날(음력 7월 15일) 할아버지가 돌아가셨으니 소리의 기억은 그 이전 해인 두 살 때였을 것이다. 22명 대가족이 함께 살았었던 큰집에 가면 그 소리가 환청으로 들리는 듯하다.

IMF 때 고속도로 휴게소에서 근무할 때다. 이른 아침이라 넓은 휴게소에는 이용객이 없었다. 그 당시 일부 코너에서 지역 홍보를 겸하여 토산품을 전시 판매했다. 사오십 대 되어 보이는 아버지와 초등학교 일 이학년쯤 돼 보이는 아들이 전시된 항아리 앞에 쪼그려 앉아 항아리를 열었다 닫았다 하는 게 보였다. 매장이 조용한 터라 작은 소리도 또렷하게 들렸다. "자 봐라. 들리지~" 항아리 뚜껑을 여닫으면서 열 때 소리 닫을 때 소리를 반복해서 들려주고 있었다. 무슨 사연이 있을 것 같아 조용히 다가가 물어보니 어릴 적에 이른 아침마다 어머니가 항아리 쌀독 여닫은 소리를 들으며 컸다는 이야기다. 오늘 남미로 이민을 떠나는 데 마침 항아리가 보여 어머니 생각이 나서 아이한테 항아리 소리를 기억했으면 하고 항아리 뚜껑을 여닫았다는 것이다.

그리고는 "이제 고국을 떠나면 이 소리를 들을 수 없을 것 같아서……." 아쉬운 표정으로 말꼬리를 흐렸다.

아주 멀리 떠난다면 여러 가지 기억해 두고 싶은 것들이 수없이 많으리라. 그리고 하찮은 소리라도 누구에게는 소중한 추억으로 간직하고 싶은 것이겠구나고 생각했었다. 마침 홍보용 작은 항아리가 있어서 포장해 주었다. 고맙다고 말하며 가족들이 탄 승용차가 주차장에서 멀리 빠져나갈 때까지 한참을 바라본 적이 있다. 지금쯤 아버지 따라 이민 간 아이는 청년이 됐을 것이다. 그 청년 아직도 항아리 여닫는 소리를 기억하고 있는지는 모르겠다.

나이가 들어 이명이 들리는 지 오래됐다. 60세부터니까 15년 전부터다. 처음에는 걱정되어 여러 병원을 전전하며 진료를 받아 보고 약도 먹어 보았지만, 차도가 없었다. 치료할 수 없다는 말에 아예 포기했었다.

항상 들리는 소리가 매미 우는 소리다. 한여름에는 매미 우는 소리가 이명인지 실제 우는 소리인지 구별하기 위해 신경을 써서 들어야 할 정도다. 그러나 일에 집중하면 이명도 들리지 않는다.

한여름에 요란하게 들리던 매미 우는 소리가 귀에 들어갔는지, 가을이 오고, 눈이 내리는 계절이 와도 나는 항상 매미 우는 소리를 듣는다.

촉각

한낮 기온이 36도. 방송에서는 폭염주의보, 온열질환자 발생, 열대야가 계속된다고 한다. 저녁 식사 후 산책하다 보니 지렁이가 길바닥에서 꿈틀거리고 있다. 몇 마리는 보도블록에 납작 말라붙어 있다. 땅속 온도도 상승하여 피부로 느끼는 열감을 도저히 견딜 수 없어 땅 위로 죽기 살기로 올라와 최후의 몸부림을 치고 있다. 얼마나 고통스러울까?

동물은 시각, 청각, 후각, 미각, 촉각 등 오감으로 느끼는 감각기관이 머리 부분에 모여 있다. 이것은 위험으로부터 가장 중요한 뇌를 신속하게 보호할 수 있도록 생존을 위해 설계된 것은 아닌지. 다만 촉각으로 느끼는 감각은 머리뿐만 아니라 몸 전체의 피부와 내장기관도 포함 광범위하게 분포되어 있다. 촉각은 온몸을 위험에서 보호하려고 몸에 이상이 있으면 즉각 반응하여 대비하도록 진화된 것으로 보인다.

촉각의 사전적 의미를 보면 "피부가 온도나 아픔을 느끼는 감각. 촉감"이다.

바람이 살짝 팔뚝을 스치고 지나갔다. 시원하다. 신체 일부분이 닿는 시원함은 몸 전체가 시원하다는 느낌이다.

촉각으로 기억에 남는 것은 무엇이 있을까? 촉감 자체가 순간적으로 이루어지기 때문에 기억해내기란 쉽지 않을 것이다. 그렇지만 몸에 난 흉터라든지 충격적인 사고를 당한 적이 있었다면 쉽게 잊히지 않을 것이다.

아마 6·25전쟁이 휴전이 된 그 언저리인 초등학교 저학년 때였을 것이다. 그 당시는 모든 물자도 부족했고 주변 환경도 열악해서 온갖 전염병이 창궐했었다. 나는 머리에 기계총이 생겨 머리를 빡빡 깎고 다녔다. 머리 깎을 때 사용한 바리깡이라고 불리는 이발기에서 옮겨 온 피부병이라 해서 기계총이라 했다. 어느 날 아버지가 작은 병에 담긴 약을 갖고 왔다. 따끔하고 아프더라도 참으라 하면서 액체를 머리에 발랐다. 사실 발랐는지 부었는지는 볼 수 없었지만, 타는 듯한 아픔에 외마디 소리치며 아픈 머리 쪽으로 눈을 치켜떠 보니 연기가 나는 게 보였다. 통증에 발광하며 울었다. 그러다가 애 죽이겠다고 하는 어머니 소리도 들렸다. 그때도 지금처럼 무척이나 무더운 여름날이었다. 아버지가 급하게 사 온 아이스케이크가 입에 물려 있었고, 울면서 입속은 시원하고 달콤함과 아픈 고통에 눈물을 흘리며 온종일 울었던 기억이 흉터로 남아 있다. 머리카락 때문에 보이지 않지만, 손으로 만지면 머리 한쪽이 살짝 함몰되어 있다.

그때 먹던 아이스케이크와 비슷한 것이 '비비빅'이란 것이 있다. 빙과류는 입에도 대지 않지만 유일하게 비비빅은 옛날을 생각하며 먹는다. 손자 녀석은 제가 먹을 빙과류를 살 때면 할아버지가 좋아한다며 비비빅 몇 개 사서 냉동고에 넣어 둔다. 할아버지가 왜 좋아하는지 그 이유도 모르면서.

군대 수색 중대 있을 때다. 비가 억수같이 쏟아지는 밤 대간첩작전에

나가 밤새도록 경계근무를 섰다. 판초 우의에 타고 흐르는 빗물. 철모 끝으로 떨어지는 물방울. 어둠 저쪽 나뭇잎 흔드는 바람 소리, 적이 어딘가에 숨어 있다 갑자기 튀어나올 것만 같은 공포심. 방아쇠를 검지에 긴장을 걸고 가늠쇠 구멍으로 소리가 나는 곳을 정조준하며 촉각을 곤두세우고 밤을 지새웠던 때가 있었다.

살면서 크고 작은 촉각을 곤두세우며 치열하게 살아왔었다. 그러나 이제는 촉각을 세울 일이 없다

'딩동' 초인종이 울린다.
비디오폰 화면에 흰 마스크 쓴 사람이 보인다.
누굴까? 늦은 밤에

코로나?
촉각이 곤두선다.

이 영 옥

창작 노트

창작이라는 열차는 지금도 달리고 있다
그 열차 안에서
수많은 보석들이 빛을 발한다

마차집 그녀

시댁은 마차집이라고 불렸다. 시아버지가 마차를 끌어서 가족들의 생계를 유지했다고 붙여진 이름이었다. 시어머니는 마차집 댁이라고 불렸다. 나도 시집을 가니 마차집 둘째 며느리가 되었다. 이제는 소와 마차도 없고 물론 시아버지도 안 계신 주인 없는 이름만 남았다.

결혼을 하고 시댁에서 처음으로 자고 일어났는데 장독대 위에나 앞마당에 눈이 하얗게 쌓여 있었다. 이유는 모르겠지만 시어머니가 무척 좋아하셨던 생각이 났다. 흰머리를 곱게 빗어 동백기름을 바르고 은비녀로 쪽을 찌어 아주 작은 쪽머리를 하고 있던 어머니 모습이었다. 시아버지는 하얀 긴 수염에 언제나 바지저고리 차림으로 은색 조끼에는 알사탕만한 커다란 노란색 단추가 달려 있었다. 그 단추는 내가 어렸을 적에 외할아버지 조끼에 달려 있던 단추를 빨면서 잠을 자기도 했던 기억을 되살렸다. 이런 모습으로 평범한 일상을 지내는 게 나는 편안해 보였다.

하늘색 양철 지붕으로 덮인 시댁의 부엌에는 가마솥이 세 개가 있었다. 겨울이면 제일 커다란 솥에는 물을 펄펄 끓여 세숫물과 설거지물로 추위를 견디게 했고 중간 솥에는 밥을 하고 작은 솥에는 국을 끓였다. 마차집 그녀는 부지깽이를 들고 불을 때면서 시집살이의 한탄을 나에게 들려주었다. 밤늦게까지 일을 하고 새벽에 일어나는 고된 일을 했던 시절이 습관이 되어서 지금도 새벽에 일어난다고 했다.

부뚜막 위에는 항상 뚜껑 덮인 스텐 밥주발이 하나가 있었다. 군대 간 시동생의 밥이었다. 밥을 새로 할 때마다 새로 퍼놓고 객지에서 배고프지 말라는 뜻으로 정성껏 3년간 하고 있는 중이라고 설명해 주었다. 그녀는 아들을 생각하면서 늘 그 밥을 드셨다. 정성으로 키우는 막내아들이었다.

그녀의 아들 말에 의하면 시아버지가 이른 새벽에 나뭇짐을 실으러 먼 길을 떠나는 길에는 승냥이가 모래를 뿌리면서 따라왔다는 이야기를 했다. 아마도 그녀는 두려운 마음에 얼마나 애가 탔을까 하는 마음을 헤아려 보았다.

시아버지는 성격이 느긋한 편인데 그녀는 반대였다. 그녀의 빠른 언행에 못 맞추는 그를 보고 그녀는 날마다 큰소리로 구박을 했다. 내가 있을 때는 조금은 민망하기도 했었다. 둘이 말다툼을 해도 그녀 소리만 들렸다. 말이 없는 그는 듣기만 하다가 버럭 소리 한 번 지르고 나서야 끝이 났다.

이런 광경을 보면 우리 부부의 일상과 똑같았다. 나는 그녀의 성격과 비슷했고, 남편은 말없는 시아버지를 닮았기에 나도 답답해서 속이 터질 때가 많았다. 그럴 때마다 시어머니 생각이 났다. 그녀는 지혜롭고 너그러운 성품이었고 남자 같은 성격이었지만 자상함도 넘쳤다.

그는 그녀 말에는 무조건 순종했다. 내가 볼 때에는 시아버지는 아주 순한 양으로 보였고, 시어머니는 무서운 호랑이 같았다. 말이 없는 그와 급한 성격의 그녀가 싸울 때면 유머가 넘쳤다. 그녀는 시아버지의 팔을 꼬집어서 아프게 하는 재치를 보여주었다. 아주 재미가 넘치는 그녀였다. 그는 꼬집혀도 허허 웃으면서 위기를 넘겼다. 그들이 싸우는 것이 코미디의 한 장면처럼 보였다.

그녀의 시골 생활은 날마다 바쁘게 지냈다. 그들의 부지런함에 우리는 쌀이며 농산물을 풍족하게 먹고 살았다. 부모님이 안 계신 지금 생각하니 얼마나 큰 도움이 되었는지 알게 되었다. 고마운 마음도 모르고 편하게 받아먹기만 했던 일이 지금 생각해 보니 많이 죄송스러운 마음뿐이다. 그녀는 유난히 단감을 좋아했다. 해마다 단감을 보면 그녀 생각이 났다. 농번기가 끝나면 해마다 우리 집에 쉬러 오셨는데 친정어머니가 오신 것처럼 편했다.

그녀는 매우 활달하고 흥이 많은 성격이었다. 팔순 잔칫날에는 시아버지 손을 잡고 입장할 때부터 퇴장할 때까지 덩실덩실 춤을 추며 기분이 넘치는 하루를 보냈다. 너무 좋아하시는 것을 보고 잔치를 잘해 드렸다는 뿌듯한 마음이 가득했다.

내가 담배 진이 노랗게 물든 긴 손톱을 깎아 준다면, 놔둬! 놔둬! 하면서도 손을 내어주던 시아버지였다. 사랑방에는 담배꽁초가 떨어져 구멍이 송송 나 있었다. 방바닥을 닦아 드리면 그녀가 또 잔소리한다고 슬슬 눈치를 보면서 빙그레 웃던 시아버지의 모습은 너무나 선해 보였다.

내가 그 시절에 500원짜리 솔담배를 사다 드리면 비싸다고 200원짜리 청자로 바꿔다가 피웠다. 담배를 보아도 시아버지와 소소한 이야기는 새록새록 생각이 났다. 나는 시아버지를 도와주고 싶은 마음에 논에 들어가서 벼도 베어 보고 빈 지게를 지고 들에서 집으로 들어오는 일을 해 봤던 기억들이 남아 있다.

말없이 눈빛으로 사랑을 해 주었던 시아버지가 친정아버지를 못보고 자라온 나에게는 더욱 애절함으로 다가왔다. 그런 느낌이 있어서 시부모님을 더 가까이하고 싶었으며 더 좋아했다.

평화롭게 지내던 어느 날 큰형님한테서 다급하게 전화가 왔다. 아침밥 잘 드시고 형님이 들에 가서 일을 마치고 집에 돌아오니 시어머니가 낮잠을 주무시는 것 같아 점심 식사하시라고 깨웠더니 일어나지 못했다는 전화였다. 이렇게 갑자기 세상을 떠나신 것이 믿기 어려웠지만 사실이었다. 갑작스런 소식에 임종도 못 보고 돌아가셔서 너무 충격을 받았고 마음이 허탈했다.

나는 시어머니가 안 계시고 보니 넘치도록 사랑을 받았던 기억들이 한없이 밀려왔다. 깊은 늪에 빠진 것처럼 힘든 마음으로 먼저 가신 그녀의 남편 곁에 합장으로 모셨다. 부모님이 계실 때는 몰랐는데 빈자리가 너무 크고 허전해서 그리운 마음이 가득했다. 마차를 끌고 다시 오신다면 더 효도할 수 있을 텐데.

씨아질하는 할머니

목화밭은 넓고 평온했다. 목화 꽃이 익은 다래가 열십자로 벌어지면서 하얀 솜꽃이 소담스럽게 피어났다. 목화송이를 만져 보니 마음까지 푸근해졌다. 나는 어린 시절 할머니하고 목화밭에 가서 하얗게 핀 목화를 따고 여린 열매를 따먹기도 했다. 여린 열매의 맛은 부드럽고 달콤했다. 그런 재미로 목화밭에 할머니를 따라다녔다.

우리 집에는 씨아가 있었다. 씨아는 목화를 따서 솜과 씨를 분리하는 도구다. 오른손으로 돌리면서 목화를 넣으면 솜은 뒤쪽으로 빠져나가고 씨앗은 앞쪽으로 뱉어 버리는 재미있는 기구였다. 수북하게 쌓인 씨를 모아 방바닥에다 여러 가지 모양을 만들며 한참을 노는 장난감이 되기도 했다.

할머니는 직접 재배한 목화를 몇 년을 따서 모아 내가 결혼할 때에 솜이불을 만들어 혼수로 가져왔다. 옛날에는 귀하고 값진 혼수로 장만했었지만 지금은 더 좋은 재질로 가볍고 따뜻한 이불이 많이 생겨서 별로 선호하지를 않는 것으로 알고 있다. 그렇지만 나는 포근하게 감싸주는 느낌을 알기에 혼수로 만들어 온 목화솜 이불이 너무 좋아서 지금까지 잘 쓰고 있다. 단점은 오래 쓰다 보면 솜이 눌려서 무거워진다. 다시 솜을 틀어서 만들면 안 써 본 사람은 느낄 수 없는 안락함이 있다. 나는 천연소재가 너무 좋아서 두꺼운 이불을 나누어서 귀한 첫 손녀가 태어났을 때 작은 이불과 요를 만들어 주기도 했다.

지난해 가을에 안동 하회마을에 갔더니 목화밭이 보였다. 요즈음에는 보기 어려운 식물이어서 너무 반가웠다. 목화밭을 보니 어릴 적에 조카들이 솜이불에 오줌을 싸서 지도를 그리고 옆집으로 소금을 받으러 다니던 생각이 나서 한바탕 웃었다.

결혼할 때 함 속에 받는 오곡주머니의 목화씨는 자손과 가문의 번창을 기원한다는 의미를 가지고 있다고 했다. 6년 전에 딸이 받았던 몇 알의 목화씨를 양평 친구네 텃밭에 심고 나서 문익점 선생님이 생각났다. 원나라에서 붓 뚜껑에 숨겨서 가져온 씨앗이 이렇게 번식을 시키는구나 하고 놀라움을 자아내게 했다. 몇 포기 심은 나무에서 목화가 많이 나와 친구는 방석을 만들었다고 했다.

옛날 속담에 "씨아가 목화를 먹는 것과 사위가 무엇인가를 먹는 것은 아깝지 않다"는 뜻으로 사위를 아주 귀하게 여겼다는 이야기도 있다. 씨아가 목화를 먹는 것을 보면 신기하기도 하고 참 재미있었다. 씨아라는 연장은 아마도 지금은 박물관에나 가야 볼 수 있을 것 같다.

나는 어릴 적에 할머니하고 추억이 참 많았다. 어머니는 아버지가 안 계셨기에 밤낮으로 일만 했던 기억밖에는 없다. 나는 씨아를 돌리고 할머니는 목화를 넣고 늦은 밤까지 일을 했던 때가 많았다. 내가 힘들다고 하면 할머니는 힘이 없는 목소리로 구성진 씨아질 노래를 불러주었다.

물레야 물레야/어리빙빙 돌아라./밤은 깊어 가는데/이내 설움 애달 파라.
물레야 가락아~/에 뱅뱅 돌아라./눈은 감기고 몸은 풀솜이고/팔은 천

근만근이네.

　아리 아리랑 쓰리 쓰리랑/아라리가 났네./에~ 아리랑　응 응 응/아라
리가 났네.

　나는 그 노래 가락에 소르르 잠이 들곤 했다.

　할머니의 사랑방에는 저녁마다 마실꾼들이 많이 모였다. 검은색 오지
로 만든 화로에는 군고구마가 묻혀 있었고 둥근 구멍쇠를 걸쳐놓은 석쇠
위에는 넓게 만든 쑥 떡이 누렇게 익었던 겨울밤이 생생하게 떠올랐다.
묻어 놓은 고구마를 잊어버리고 아침에 일어나면 검게 탄 숯덩이로 변해
있던 때도 종종 있었다. 마실꾼들이 맛있는 것을 먹으면서 냄새를 피웠지
만 할머니는 아랑곳하지 않고 씨아질만 하고 있었다. 목화를 따다놓은 자
루는 내가 보기에는 아주 큰 덩어리로 보였다. 할머니와 어린 내가 하는
일이 능률이 안 오르니 좀처럼 부피가 줄어들지 않았고 시간은 잘도 지나
갔다. 시골에는 겨울에도 일이 끝이 없었다.

　할머니는 밤이 늦도록 씨아를 계속 돌리고 바람이 나무를 흔드는 소리
에도 우리 집 개 복실이는 놀라서 '멍멍' 짖어댔다. 달빛은 밝기만 했다.

호박범벅

　나의 유년 시절이었다. 아버지가 안 계신 나의 어머니는 집 안팎의 일을 혼자서 다 짊어지고 사셨다. 어린 나로서는 남자가 해야 할 일이나 여자가 해야 할 일도 가리지 않고 밤낮으로 감당하며 살아가는 어머니 얼굴이 무척이나 힘들어 보였다.

　가을이 되어 추수철이 다가오면 밭둑이나 자투리땅에는 누렇게 익은 늙은 호박들이 탐스럽게 나뒹굴어 있었다. 줄기는 파랗고 튼튼해 보였지만 잎이 다 떨어져 있어서 잘 보이는 호박을 따기에는 어려움이 없었다. 길이가 우리 어머니 베개만큼이나 기다랗고 커다란 모양이 신기해서 깜짝 놀라 두 눈을 부릅뜨고 뚫어지게 쳐다보기도 했었다. 키가 작고 어렸던 내가 들기에는 벅차도록 무거웠던 호박들이 자연스러운 모습으로 가져갈 주인만 기다리고 있었다. 호박을 따다가 곳간에 보관해 놓고 초가을에는 정겹고 푸짐한 호박범벅을 별식으로 자주 만들어 먹기도 했다.

　지금에 와서 지난날을 더듬어보니 고향의 맛이었고 어머니의 향기가 나는 맛이었다. 호박범벅은 잘 익은 노란 호박 껍질을 벗겨 씨를 빼고 썰어 넣고 삶아서 붉은 팥과 동부를 삶아 고명으로 넣고 밀가루를 넣어 끓였다.

　내가 어린 시절에 우리 집은 대가족이 함께 살았다. 할머니, 어머니, 오빠네 조카들까지 4대가 함께 살았으니 밥을 먹을 때면 밥상머리가 날마다 시끄럽고 복잡했었다. 옛날 어르신들이 인성교육은 밥상머리에서 배운다고 들었는데 우리는 어른들과 늘 함께 생활을 해왔으니 자연스럽게 인성교육에 조금이라도 도움이 되었겠지? 하는 생각이 들었다. 아버지가 안 계시니 칠 남매의 가장인 큰오빠는 호랑이처럼 무서웠다. 큰오빠의 말은 법이었고 규칙이었다. 우리 네 명의 동생들은 순종하며 잘 따르는 순한 양 떼들처럼 살아왔다. 그러기에 지금에 와서 홀어머니 자식이라는 소리를 안 듣고 살고 있는가 싶다.

큰오빠의 존재는 호박범벅을 보는 것만으로 군침을 돌게 하고 맛을 돋우게 하는 붉은 팥 같았다. 큰언니는 호박 몸통으로 우리에게 호박범벅 살이 되어 주었다, 막내 오빠는 고소한 동부의 맛을 내 주었고, 셋째 언니는 범벅을 잘 어우러지게 하는 밀가루 역할을 했다. 호박범벅은 우리 칠 남매의 개성들이 다 들어간 푸짐하고 맛깔스러운 맛으로 완성됐다.

내가 초등학교 다닐 때였다. 해가 넘어가는 줄도 모르고 밖에서 뛰어놀다가 어두워졌을 때 집에 들어오면 육군 헌병으로 제대를 했던 큰오빠는 벌을 주었다. 두 무릎을 꿇고 종아리에 방망이를 끼고 앉아서 잘못을 반성하라고 했다. 내가 훌쩍이고 있는 모습을 보고 할머니와 어머니의 역성에 벌은 쉽게 끝이 났지만, 큰오빠가 무서워서 눈물 콧물 흘리면서 울고 있을 때 저녁으로 호박범벅을 먹으라고 하면 내가 벌을 받던 서러움은 까맣게 잊어버리고 신기하게도 오묘하고 달콤한 호박범벅의 맛이 슬펐던 마음을 이겨내게 했다. 꿀맛처럼 맛있게 먹었던 따뜻한 음식은 내 마음을 녹여 주었고, 푸근하게 위로해 주었다.

호박 요리로는 호박범벅, 호박죽, 호박전, 호박떡, 호박나물, 호박김치, 호박찜 등등으로 다양하게 있지만, 우리 식구들은 호박범벅을 좋아해서 자주 만들어 먹었다. 지금의 호박죽에는 쌀가루가 들어갔는데 그 시절에는 넉넉하지 못한 삶에서 양을 늘리려고 저렴한 밀가루를 사용했던 것으로 보인다. 맛깔스러운 호박범벅을 보면 두 눈을 깜빡이면서 시각으로 맛을 음미해 보면서 눈으로 먼저 먹었고, 달콤한 맛은 혀로 또 느끼게 해 주었다. 지금의 단호박 죽과는 비교가 안 될 만큼 깊은 맛과 감칠맛이 났다. 어린 시절에 먹었던 호박범벅의 달착지근한 맛은 잊을 수가 없을 정도로 생각만 해도 입안에 침이 가득 고이는 꿀맛이었다.

우리는 대가족이 함께 살다 보니 호박범벅을 커다란 양은솥에 하나 가득 끓여도 게눈 감추듯이 순식간에 다 먹어 치우면서 밥상 위에는 한차례 웃음판이 벌어졌다. 호박범벅에는 비타민이 많아서 겨울철에 먹으면 중풍에 걸리지 않는다고 하며, 호박에는 카로틴이 풍부해서 노화 방지에 도움을 주고, 노란빛은 섭취 후에는 비타민A로 바뀌어서 암세포 증식을 억제하는 효능도 있다고 한다. 또한 몸속에 독소를 배출시켜 주며 식이섬유가 많아서 변비 예방도 되고, 칼로리가 낮아 다이어트에도 좋은 식품이라고도 했다.

나의 어린 시절에는 마음이 너무 가난했었다. 나눔과 감사함도 모르고 이기적으로 그날 그날의 욕심으로만 무질서하게 살았던 기억이 머릿속을 스친다. 가난하고 힘들었던 그 시절에 주식으로 꽁보리밥에 감자를 으깨어 먹던 음식이 지금은 건강식으로 찾는 사람들을 볼 수 있었다. 이 시대에 넘치는 영양이 우리 몸을 지나치게 힘들게 하고 있다는 생각을 해 보기도 했다. 옛날의 음식을 그려 보면서 좁았던 나의 생각을 늙은 호박범벅처럼 푸짐하고 넉넉한 마음으로 바꾸게 해 주었다. 호박범벅이 각각 다른 맛을 내는 것처럼 우리 칠 남매도 어우러져 호박범벅 같은 맛을 내며 잘 살아가고 있다. 그런데 호박범벅과 호박죽의 맛 중에서 나는 단순하고 간단하게 끓인 죽보다 이 맛 저 맛이 섞여서 맛을 내는 호박범벅이 우리 칠 남매 모습 같아서 좋았다.

이인환

창작 노트

잊고 지냈던 자수를 놓으려고
조그만 수틀을 준비했습니다
아우트라인 스티치
버튼홀 스티치
새틴 스티치
체인 스티치
한 땀 한 땀 수를 놓으려고 합니다
천천히
서두르지 않으렵니다

꿈꾸는 아침

한숨과 피와 땀이 섞인
일용직 노동자들이 꿈을 먹는 곳

아침 일곱 시
버스정류장 앞 기사식당은
어김없이 문을 연다

허름한 바지와 신발은
노동의 때로 반질거리고
기사식당 주인의 인정은
김이 모락모락 난다

부대찌개 불고기백반 비빔밥 대구탕 닭볶음탕
가지 수가 제법 많지만
섞어찌개 하나 추가한다

오늘의 근심과 내일의 희망이 담긴
따뜻한 밥 한 공기

온정의 길목

호미

산청 동의보감촌에 왔는데
고향 집 바지랑대 끝에 앉아 있던
빨간 고추잠자리가 따라와서
눈앞에서 떠나지 않는다

동의보감촌 대장장이는
운이 좋아 문화유산이 되었는데
고향 집 개울가 흐르는 물 의지해
대장간을 운영하던 순이 아버지
솜씨가 좋아 온 동네 농기구 다 만들었어도
찬밥에 물 말아 먹던 순이 모습
아직도 생생하다

관광지로 만들어 놓은
대장간을 돌면서 호미 하나
사 가지고 가려다가
고향 집 뒤울안 채마 밭을 매던
등 굽은 어머니가 생각나서

굽은 등 손으로 몇 번이나 쓰다듬고
빈손으로 숙소에 와 짐을 풀었다

창문으로 보이는 산은 단풍이 절정이다

잠복소潛伏所

1.

잠깐 조는 사이 몇 정류장을 지나쳤다. 마침 눈을 뜬 곳이 올림픽공원 평화의 문 앞이었다. 날씨도 화창하겠다, 단풍도 절정이겠다, 넘어진 김에 쉬어 간다고 공원으로 발길을 돌렸다. 각 국의 국기들이 바람에 펄럭이며 나를 맞는다. 여러 나라의 국기들이 타원형으로 높이 세워져 있고, 바로 앞에는 올림픽을 개최할 때 각국의 선수들과 임원들이 가져온 돌들이 보인다. 모양도 다르고 재질도 다르다. 돌에 새겨진 각 나라 이름 덕분인지 무생물인 돌인데도 생명의 숨결이 느껴지는 듯하다.

멀리 호돌이 열차가 지나가는 것이 보인다. 아이들이나 타는 거라고 생각했던 열차를 오늘은 한 번 타보고 싶다. 줄을 서서 기다린다. 호돌이 열차를 타고 공원을 도니 재미있고 즐겁다. 삶은 이렇게 예기치 않은 즐거움도 있는 모양이다. 어린아이가 된 기분으로 조금은 한적한 공원을 달린다. 차창 밖으로 보이는 단풍, 호수, 그리고 갈대가 눈을 끈다. 차를 타고 가다 보니 나무들이 알록달록 예쁜 털실 옷을 입고 있다.

빨강, 파랑, 노랑 등 색색의 예쁜 뜨개 옷을 입은 나무들이 줄지어 서 있다. 아름답다. 지나가는 사람들이 발길을 멈추고 사진을 찍는다. 이 나무들 하나하나에는 덕담이 적힌 이름표가 붙어 있다. 알고 보니, 이 나무들은 아이들에게 희망찬 내일을 응원해 주는 시민 프로젝트였다. 200여 명의 학생, 학부모들이 참여했으며 어떤 섬유회사의 협찬으로 이루어졌다. 누군가를 위하여 좋은 일을 한다는 것은 쉬운 것 같지만 어려운 일이다. 각양각색의 예쁜 털실 옷을 입은 나무들은, 아이들이 인간존중과 다양성을 인정받고 건강한 인성을 갖길 바라는 염원이 담겨 있다. 그 뜻과 마음을 표현하고자 무럭무럭 자라는 나무에게 색색의 다양한 옷을 입혔다. 앞으로 자라나는 아이들에게 희망을 주는 뜻으로 나무 이름을 '꿈 트리(tree)'라고 하였다. 털실로 짠 나무 옷에 적힌 여러 가지 덕담이 꿈과 희망이라는 말을 증명하는 것 같다.

처음 이 나무들을 보았을 때, 잠복소潛伏所를 이렇게 예쁘게 만들어 놓은 줄 알았다. 겨울이 되면 나무 기둥 중간을 짚으로 둘러놓은 것을 종종 보게 된다. 나무가 보온도 되고, 따뜻하니까 벌레들이 모여든다. 그 벌레들이 겨울잠을 자며 알을 까놓은 것을 봄에 거두어 태운다. 그러면 병충해 방제도 되고, 나무들에게 보온도 되는 일석이조의 효과를 거둔다. 이렇게 짚으로 만들어 놓은 것을 잠복소라고 한다. 지금 털실 옷을 입은 나무들도 일종의 잠복소 역할도 하지만, 그 뜻과 의미는 다른 차원이다. 뜨개질을 한 코 한 코 떴을 봉사자들의 따뜻한 마음씨와 공공 프로젝트에 참여하는 시민의식 또한 내 마음에 전해져 많은 생각을 하게 된다.

2.

88호수에 단풍이 얼비춘다. 그 옆에 갈대와 어우러져 나도 자연의 하나가 되어 본다. 바로 앞에 커다란 느티나무가 보인다. 잠복소潛伏所는 숨어 있는 해충을 박멸한다는 뜻만 있는 것은 아니다. 또 다른 뜻은 드러내지 않고 숨었거나 숨기 위한 곳이라고 사전에 나와 있다. 어린 시절 은신처였던 그리움의 장소가 생각난다. 어렸을 적에 자주 올라가 놀던 동네에서 가장 컸던 아름드리 느티나무는 가지도 풍성했다. 느티나무 집 아들은 나무에 올라가서 놀지도 않고 집에서 공부만 했다. 온 동네 아이들은 그 느티나무에 올라가 해가 이울도록 매미가 나무에 매달려 있듯이 나무에서 내려오지 않았다. 아이들은 공부하기 싫을 때, 심부름하기 싫을 때, 동생 업어 주기 싫을 때, 청소하기 싫을 때 등등 아이들은 나무 위에 올라가서 내려오지 않았다. 속이 상한 아이들 어머니가 부지깽이를 들고 쫓아와도 그 나무로 올라가면 그뿐, 어느 어머니든지 더 이상 야단칠 방법이 없었다. 그곳은 일종의 도피처였다. 말하지만 그 나무는 아이들이 숨어 있기 좋은 은신처 역할을 톡톡히 했다. 동네에서 가장 커다랗던 느티나무, 큰 나무 가지가지에 매달린 아이들은 벌레가 알을 슬어 놓듯이 나름대로 불만과 불평과 그리고 욕망과 꿈과 희망의 알을 그 나뭇가지에 슬어 놓았다. 그렇게 그 나무에서 놀면서 아이들은 꿈을 키우고 건강하게 자라서 사회의 일원이 되었다. 이제는 나무도 그 나무에 올라가 놀던 사람들 모두 마음도 몸도 세월에 바래서 이제는 아무도 올라가지 않는다. 공부만 하고 놀지도 않던 느티나무 집 아들은 미국으로 유학 가서 그 나라에 정착했다. 그 나무에 한 번도 올라가지 않고 바라만 보았던 그 느티나무를 그 집 아들은 미국이라는 나라에서 기억을 할지 모르겠다. 우리들의 잠복소 역할을 했던 그 나무를.

그 집 아들도 어느 덧 노년을 맞이했을 거다. 어린 우리들에게 그 집 느티나무가 잠복소 역할을 했다면 그 집 아들에게는 미국이라는 나라가 일종의 잠복소 역할을 한 것은 아니었을까.

그 아들이 이역만리 타국에서 어떻게 어떤 모습으로 살아가는지 모르지만 집 앞 느티나무가 의연한 모습으로 서 있는 것처럼 멀리 타국에서도 그렇게 의연하게 살아가기를 바랄 뿐이다.

산주山主 모임을 다녀와서

산림조합에서 주최하는 2박3일 연수에 참석을 하게 되었다. 가서 보니 내 이름 옆에는 괄호가 되어 있고 괄호 안에는 '여'라고 되어 있었다. 바로 위에는 똑같은 이름이 있고 거기에는 괄호도 없고 남이라는 표시도 없었다. 순간 차별받는 느낌이 들었다. 그러나 아무 말도 안하고 '여'라고 표시된 내 이름 옆에 참석했다는 O를 했다.

성경에 나오는 인구를 지칭하는 숫자는 남자만 센 숫자라고 한다. 여자는 거기에 해당되지 않는다고 하니, 성경 여기저기를 읽어 보면 남녀 차별이 드러나는 지면이 많이 나타난다. 동생이 언젠가 이런 말을 하였다. 누나들은 아들하고 딸하고 차별받았다고 생각하지만 그렇지 않다. 누나들 이름을 보면 우리와 똑같이 환煥자 돌림이다. 그리고 예전에는 사위만 올라가던 족보에 누나들 이름이 있지 않느냐, 이것이 바로 그 증거가 아니겠느냐고 하였다. 그러면서 우리나라 여성들은 다른 외국 여성에 비해 균등한 대우를 못 받는다고 생각하지만 사실은 그렇지 않다고, 다른 나라 여성들 경우, 결혼하면 남편 성 따라가지 않느냐고, 게다가 재혼할 경우 먼저 남편 성까지 붙어 다니지 않느냐고 하면서 우리나라 여성들이 그래도 평등한 대우를 받는 거라고 하였다. 동생의 그 말이 아니더라도 과거 우리 역사를 되돌아보면 고려시대에는 아들과 딸이 재산을 똑같이 분배

받았다고 한다. 결혼 풍습도 남자가 오히려 처가살이를 하는 경우가 많았다고 한다. 그렇게 조선 중기까지 이어져 온 것 같다. 그렇기에 오늘날 오만 원권을 대표하는 신사임당이 존재하는 지도 모른다.

저녁을 먹은 후 간단한 다과와 맥주를 마시며 친교의 시간이 있었다. 자기소개를 하면서 앞으로 어떤 계획을 가지고 있으며 어떻게 산山을 관리하고 있는지 허심탄회하게 이야기를 하는 분위기였다. 내 차례가 왔을 때, 나는 아버지에게 물려받은 산이라고 솔직하게 말하며 그동안 방치했는데 앞으로 어떠한 계획을 세워 보려고 한다는 간단한 인사말을 하였다. 그러면서 우리 조상이 숙종대왕 때 낙향하셔서 지금까지 8대째 살고 있다는 말도 하였다. 내 이름을 소개했을 때, 동명이인인 그분이 이따가 맥주 한 잔 하자고 하더니 잠시 후 내 옆으로 왔다. 불과 몇 분 전까지 전혀 모르던 낯선 사람이었는데 같은 이름이라는 사실 하나로 갑자기 친해진 느낌이었다. 고향에 산을 가진 산주들의 모임이라 부모님과 친척들을 알고 계신 분들이 많아 반가웠다. 마침 거기에는 6촌 형부의 친한 친구 분도 있었다. 그분은 우리 자매를 마치 처제인 양 대했다. 언니와 나는 금방 그 분위기에 동화되는 것 같았다.

나와 동명이인인 그분은 양평지역에서 야생화 회장과 노인회 회장을 맡고 계시다고 하였다. 매일 아침 수영으로 체력단련을 하며 노후를 보내고 있는 분이었다. 나보다 10년 정도 연배이신데, 지금도 고등학교 때 교과서에 나왔던 어느 문장을 줄줄 외우고 계셨다. 그분은 워즈워드의 〈초원의 빛〉을 아느냐고 나에게 물었다. "여기에 적힌 먹빛이 희미해질수록 당신을 사랑하는 마음 희미해진다면" 이렇게 시작하며 앞부분을 읊으니, 그분이 다음을 이어서 읊었다. 그리고 곧바로 영어로 읊으며 나보고 영어로도 외우라고 하였다. 나는 그분을 보면서 모든 면에 열정을 가지고 사시는 분이란 생각을 했다.

나와 이름이 같은 동명이인을 만난 후, 이름과 관상觀相, 그리고 사주四柱에 대한 생각을 다시 한 번 해 보았다. 일전에 성명학을 공부한 지인이 좋은 이름 네 개를 지어 주었다. 그 중 두 개는 하필이면 아버지 항렬인 서로 상相자가 들어가서 볼 것도 없이 생각을 안 하고 나머지 두 개 중 한 개를 택해서 필명으로 쓸 생각을 했었다. 그런데 문제는 언니와 동생이 안 된다고 반대를 했다. 부모님께서 지어 주신 이름을 무엇이 불만이라고 굳이 바꿀 생각을 하면서까지 글을 쓰려고 하느냐는 거였다. 그 말을 들으니 그런 것도 같아, 이름을 지어 주신 분에게는 고맙고 죄송하지만 그냥 내 이름을 고수하기로 했다.

관상에 대한 생각은 "관상觀相보다는 수상手相이요, 수상보다는 족상足相이요, 족상보다는 심상心相이라"는 말을 마음속에 새기고 살아간다. 그렇기에 사람을 대함에 있어 그 사람의 겉모습보다는 내면을 보려고 한다.

사주에 대한 생각은 한 날 한 시에 태어난 쌍둥이도 팔자가 다르다는 말이 있다. 그것은 몇 분 사이 시時가 틀려서 그렇다고 한다. 그래서 보통 사람들 사이에서는 시가 좋다는 말도 하고, 때를 잘 맞추어야 한다는 말도 한다. 시조를 하는 분들을 보면 과거에 선비들이 시조를 그냥 즉석에서 읊었듯이 지금도 그렇게 즉석에서 읊는 분들의 모임이 있는 것으로 알고 있다. 어떻게 그렇게 하느냐고 물어보니까 원래 시조時調란 때를 말하는 것이기에 즉석에서 느끼는 정취나 감흥을 그대로 읊을 수 있어야 된다고 한다.

사주에 관심이 많았던 영조대왕은 본인과 사주가 같은 사람을 찾았다고 한다. 시골에서 올라온 노인은 산속에서 벌을 치는 사람이었다. 그 사람을 본 영조대왕이 사주란 믿을 것이 못 되는구나, 나는 한 나라의 왕인데 저 노인은 산속에서 벌을 치면서 살고 있지 않느냐 이렇게 말했다. 영조의 이 말에 노인이 답하기를 임금께서 조선 8도를 다스리는 대신 저에게는 8명의 아들이 있으며 임금께 수많은 백성이 있는 것처럼 저에게는 수많은 벌들이 있다는 대답을 하였다. 이 말에 영조대왕이 무릎을 쳤다는 전설이 있다. 이러한 일들을 생각해 보면 결국 사주라는 것도 마음먹기에 달려 있는 것 아닌가 그런 생각이 든다. 그래서 팔자 길들일 탓이라는 말도 생긴 것 같다.

이번 산림조합 연수는 우리가 가꾸고 보존해야 될 산림자원에 대하여 모르는 것이 많았는데 조금이나마 배울 수 있었다. 그리고 나하고 동명이인인 분이 성실하게 열정을 가지고 사는 모습에 나 자신을 되돌아보며 다음 연수를 기다리게 되었다. 문제는 거기 참석한 많은 분들 연세가 연세인지라 다음 만남을 기약할 수 없는 아쉬움이었다.

이정이

창작 노트

산이 푸르고
강물이 흘러가고
아직도 코로나19는
끝나지 않았다
그래도
내일이 온다
아침이
붉은 해를 끌고 온다

무명씨

하늘 위 하염없이 만들어졌다가
흩어지는 뜬구름이 그랬을까
강 위를 휘몰아치다가 고요해진
강물이 그랬을까
산골짜기 산을 버텨주는
작은 바윗돌이 그랬을까
땅 위 작은 풀꽃
손짓들이 그랬을까
배를 끌고 다니는
지렁이의 배가 그랬을까
짐을 집으로 지고 다니는
달팽이의 더듬이가 그랬을까

한살이 삶이 고단하고 지치고
애달파

저 하늘 뭇별들
작은 별 하나

별똥별을 그리며
떨어지고

살다 살다 허기진
인생 하나 떨어진다

미미한

눈을 뜨고, 감아도
고요하다
보이지 않아 할 말이 없고
한 점 바람 소리에
나뭇잎 한 닢
윤기를 반짝이고
나무 이파리 사이
작은 틈으로
눈부신 하늘 햇빛을 우러러보며
숨결을 가다듬는다
기름지지만 아닌 듯

공중 나는 잠자리도 나비도
사랑스러운 날개짓
보이지 않는 듯 흐느적거린다
단조롭고 고요하다
요란한 빈 깡통이 아닌

근엄한 침묵의 시간이
우주를 움직이고

보이지 않아도 믿을 수 있다면
이것은 딴 게 아닌
천국의 숨소리
나뭇잎 떨어지고
사람은 가고, 명망도, 육체도
떨어지는 한 송이 꽃이요
지나가는 한 줄기 바람이어라

바람 들다

돌멩이 앉은 자리
한여름 뜨겁게 달궈져서 한증막
한겨울 차갑게 식혀져서 차가운 얼음덩이

돌멩이들 차곡차곡 쌓여가고
오랜 시간 햇빛 달빛 별빛 먹고 자라고
나무와 풀, 꽃과 벌레들 친구 되고
내피로 다져지고 응고되고
풍상에 깎여지고 일그러지고 부서지고
외로이 서서 고독과 싸우고
해와 눈, 비, 바람, 맞고 견디고
돌멩이 얹어놓고
돌멩이 쌓이고
아랫돌 위에 윗돌 올리고

속에 속 채우는 속채움돌
돌멩이가 둥글둥글 돌
아랫돌 지그시 눌러주는 묶음돌

기다란 돌

세움돌, 모서리돌, 틈막이돌, 덮개돌

와르르 무너지는 울울한 돌

각진 돌, 둥근 돌, 자잘한 돌,

납작하고 반듯한 돌, 못난 돌 잘난 돌

바람 든 돌담에 바람이 드나들고

세상 이야기 들려주고

잎이 날 때 연두색 잎의 꿈

꽃이 필 때 아름다운 꽃의 노래

견고하고 기다란 돌담에 바람 따라 낙엽지고

우수수 구멍 드나들고

푸석푸석 구멍 메우고

바람을 받아주고 보내주는 돌담

바람 든 돌담, 돌멩이는 작은 구멍에 코 박고

뻔뻔한 여유 부리고

검은 밭담, 뱀처럼 구불텅하게

황소바람 지나간다
바람 든 돌담 위 돌멩이
흑요석처럼 빛난다

아이들에게 길을 묻는다

손가락 길은 짚고 짚어도
알 수 없는 숫자들과
자음, 모음 나열 조합에
혼란스럽고
좌판에 손전화기에
아리랑 눈물고개보다
더 힘들고
씨줄 날줄 베틀보다
더 복잡하게 얽히고설키고

아이들이 손가락 춤을 추고
눈과 손가락이 재빠르게
쉭쉭 화면이 잘도 넘어가고

젊은 날
길을 묻는 아이들에게
하얀 가르마 같은
논두렁길을 오솔길을

손가락으로 가리켰건만
이제 아무도
그 길을 묻지 않고

얼굴도 정체도 모르는
생소한 것들이
판, 벌리고
인터넷이 씽씽
따따따 따다닥 잘도 넘어가고
언제까지 어디까지
빨리만 갈 건지!
이 길은 아이들을 따라가고
손가락 전쟁을 치르는
아득한 길

오른쪽 길

큰길로 가도 차는 왼쪽
내 길은 오른쪽이다
에스컬레이터에서도 내 길은
언제나 오른쪽으로 걷는다

오른손으로 수저를 잡으라고
오른손으로 연필을 잡으라고
바른길, 옳은 길로 다니라고
귀가 따갑도록 들었다

오른쪽은 낡고, 해지고
헐겁고, 삐걱거린다
삶의 무거움에 지쳤다

오른쪽 눈은 건조하고 침침해 눈꺼풀은 자꾸만 내려오고 잘 보이지 않
아 인공눈물이 필요하다 오른쪽 코뼈는 휘어지고 코는 통로가 좁아 숨을
못 쉬어 콧물 비염을 유발했다 오른쪽 어깨는 무거워 쳐지고 오른쪽 날갯
죽지는 등뼈가 지주가 되지 않으면 제 구실도 못한다 오른쪽 허리는 디스

크로 오른쪽 허벅다리의 신경을 누른다 오른쪽 발은 지쳐서 발목이 겹질러지고 엄지발가락은 무지외반증으로 오른쪽으로 구부러지고 뼈는 혹처럼 밖으로 돌출되었다 오른쪽 발바닥은 족저근막염으로 바닥을 디디면 아프다

옳은 길만 보는 삶
오른쪽 눈이 피곤하고
오른쪽 발이 피곤해
발걸음이 휘청거린다

오른쪽 숟가락도 무겁고
엄지와 검지 사이 끼인
연필도 버겁다
오른쪽을 좀 쉬게 하고 싶다

왼쪽 길을 보고 싶다
오른손이 못다 한 일을
왼손이 하고 싶다
왼쪽 길로 가고 싶다

똑바른 길이 아니어도
괜찮다
삐뚤삐뚤 걸어도
괜찮다
오른쪽 곁엔
다른 길이
왼쪽 길도 있다

■ 수필

호접란의 눈물

아침에 일어나니 베란다 유리창으로 넘어 온 볕살이 눈부셨다. 초록빛 식물들을 들여다봤더니 호접란 꽃대가 눈물을 흘리고 있었다. 꽃과 봉오리가 떨어져 나간 호접란 꽃대에 눈물방울이 맺혀 있었다. 슬퍼하는 꽃대를 보니 내 마음도 애잔했다.

얼마 전 겨우내 추워서 거실로 옮겨 놓았던 호접란이 꽃대를 올렸다. 꽃봉오리 2개가 맺혔다. 우리 집엔 우리 부부만 거주하고 있으니 봉오리 하나는 내 것이고, 하나는 남편의 것이다. 밤을 지나고, 호접란이 엷은 보라색을 머금은 진분홍색 꽃을 피웠다. 열대를 느끼게 하는 신비한 색깔의 꽃은 추운 겨울을 이겨내고 겨우 꽃 한 송이를 피워냈다. 우리 집의 호접란 꽃의 색깔은 연분홍 바탕에 호랑나비와 같이 진한 얼룩무늬가 들어 있는 색과 연분홍색과 진분홍색 등이 있다. 나는 꽃이 피어 있던 호접란 꽃을 애지중지하며 주야로 들여다보고 눈 맞춤을 했으니, 이 핀 꽃은 남편의 꽃이고, 봉오리는 남편이 수시로 정성으로 물을 주며 꽃이 피어나기를 기다렸으니 이 봉오리는 내 봉오리라고 생각했다.

우리 집 거실 바깥쪽인 실내 식물원에는 키가 큰 식물들이 안쪽에 있고, 키가 작은 식물들은 햇빛을 볼 수 있게 바깥쪽에 있다. 그래서 호접란은 베란다 쪽에 있고, 거실에서는 큰 키의 나무들에 가려서 꽃이 잘 보이지 않았다. 나는 꽃을 보고 싶은 마음에 호접란 꽃을 거실 안쪽으로 옮겼다. 남편이 거든다고 나서더니 잘못 건드려 피려고 하던 꽃봉오리가 떨어져 버렸다. 피지도 못한 꽃봉오리가 너무 애틋하고 아쉽고 안타까웠다. 낮이나 밤이나 들여다보며 예뻐하던 꽃 한 송이는 며칠 전 출가한 아이들이 몰려왔다 가더니, 또 어떻게 닿았는지 꽃이 똑 떨어져 있었다.

호접란 꽃은 호접몽 이야기로도 유명하다. 중국의 장자가 꿈에 호랑나비가 되어 즐겁게 놀다가 깬 뒤에 자기가 나비의 꿈을 꾸었는지, 나비가 자기의 꿈을 꾸고 있는지 알기 어렵다고 한 고사에서 유래한 말로, 자아와 외물은 하나라는 이치를 설명하는 말이다.

호접란 꽃은 3개의 진분홍색 꽃잎과 3개의 꽃받침으로 이루어져 있다. 3개의 꽃잎 중 1개는 설판으로 진화하였고, 2개의 꽃잎은 나비의 날개와 비슷하다. 원산지는 태국, 미얀마, 인도네시아, 대만 등의 열대 아시아와 호주 북쪽 등이며 추위에 약하다.

꽃말은 '당신을 사랑합니다', '행복이 날아온다, 축하, 축복, 매혹' 등이다. 꽃은 겨울에서 여름까지 시기와 큰 상관없이 꽃을 피워내니 이름만큼이나 기특하다. 호접란은 고결하면서도 씩씩한 꽃잎이 내면의 음울한 자아를 품고 있는 듯이 진분홍빛 꽃술의 모양은 특별하고 신비롭기까지 하다. 강렬한 꽃의 색깔은 꽃말대로 매혹적이라 뭇사람들의 시선을 끌어당긴다. 호접란은 여성스러운 겉모습과는 달리 무척 단단한 성질을 가지고 있다. 호접란은 부드럽고 우아하지만 내면은 단단한 외유내강형의 여성의 이미지다. 힘들고 답답하더라도 난은 의연하게 두꺼운 잎을 좌우로 펼치며 다짐한다. 마냥 움츠러들 것이 아니라 난의 생긴 모습처럼 당당하게 앉아서 꽃대를 쑥 올리며 꽃잎을 활짝 펼친 채 화사하게 주변을 밝히겠노라고.

호접란 꽃말이 '당신을 사랑합니다, 행복이 나비처럼 날아오른다'이니 이 꽃은 약한 듯하지만 강하여 승진, 집들이 축하용으로도 잘 팔려나가고, 사랑도 받는다. 이 꽃은 주변을 나비처럼 환하게 밝혀 준다. 그 꽃은 색깔도 화려하거니와 나비처럼 날렵하게 생긴 모습이 보기 좋아서 주위에서 꽃을 보는 사람을 기쁨에 들뜨게 한다. 그리고 오래도록 피어서 그 화려함이 돋보이고, 공기정화 식물로도 이용되고, 실내에 관상용과 침실에 두고 보는 꽃으로도 인기가 있다.

그러나 이 꽃은 화려한 외양과는 상반되게 순수하고 서러운 모습의 꽃으로 외로움을 속으로 고이 간직하는 아름다운 꽃이다. 여태 살아오면서 남편은 불뚝 성질이 있어 내게 상처를 주는 언행을 많이 했다. 젊은 시절의 남편은 길들지 않은 들판의 야생마 같았다. 나는 가정의 평화와 가족의 안위를 위해서 속앓이를 많이 했다. 나는 엄마로서 자식들이 잘 자랄 수 있게 밑받침이 되어야만 했다. 반면 남편은 피지도 못한 내 꽃봉오리를, 내 꿈을 앗아가 버린 무정한 사람이었다.

우리 부부는 젊은 시절 생활비를 버느라고, 아이들을 키우느라고 분주해서 주위 꽃들에 관심을 둘 수가 없었다. 이제 아이들이 출가해서 떠나고, 우리는 빈 둥지가 되어 이 꽃들을 자식처럼 들여다보게 되었다. 호접란 꽃은 화초로서 여린 모습 속엔 아린 촉촉함이 배었고, 삭힌 고독한 우울은 겨울을 겪어내며 어여쁜 꽃으로 피어올랐다.

나는 외양과는 달리 외유내강형의 단단함과 외로움을 간직한 상반된 호접란 모습이 좋았다. 그 모습은 삶의 궤적을 속에 넣고 삭혀온 나의 인생 같았다. 나도 호접란처럼 내면이 단단하고 의연하게 나를 숙련시켜 아름답게 변화되고 싶었고, 그나마 잎은 단단해서 호접란 꽃을 받쳐 주었다.

꽃 떨어진 호접란은 자기 신세도 가엾고, 주인도 가여워 소리 없이 눈물을 그렁그렁 머금고 있었을 것이다. 주인을 원망하는지, 서러워서인지도 모르겠다. 꽃을 잃은 꽃대의 눈물에 내 마음도 서러워졌다.

지난했던 삶의 서러움들이 꽃을 잃은 꽃대의 마음으로 물밀듯이 밀려왔다. 꿈 하나하나를 포기하며 살아온 세월을 꽃을 잃은 꽃대가 상기시켰다. 호접란 꽃의 운명은 내가 살아오는 동안 무거운 삶의 말발굽에 짓밟힌 꽃봉오리의 꿈이었다. 젊은 날 잃어버린 열정의 자아였고, 정체성이었다. 꽃봉오리의 꿈은 피어 보지도 못하고 떨어져 버린 내 슬픈 흑역사였고, 펼쳐 보지도 못하고 날아간 나비의 꿈이었다.

달빛 속 도자기

초저녁에 고단하여 잠깐 잠이 들었다가 한밤중에 깨었다. 조용하고 어두운 밤, 물을 먹으려고 식탁에 갔다. 식탁 위에 하얀 둥근 달이 떴다. 깜짝 놀랐다. 밖에도 둥근달이 떴다. 달은 2개였다. 아니, 달은 8개였다. 우리 집 식탁의 조명등 1개와 6개의 도자기, 그리고 진짜 달이 우리 집을 안팎에서 둘러싸고 있었다. 식탁 등은 불을 켜지도 않았지만, 달빛은 달처럼 하얗고 둥그렇게 생긴 그 등을 은은하게 밝혀 주고 있었다. 도자기 하얀 목으로 은은한 달이 빛을 내며 스며들었다. 인공과 자연이 조화로운 밤에 이들은 하얗게 은근히 빛을 내고 있었다.

도자기 중에서 고려청자가 가을 하늘을 담아놓은 마음의 그릇이라면 조선백자는 달밤을 담아놓은 영원의 그릇일 것이다. 달밤에 백자와 청자 도자기를 바라보며 지나간 날의 마음의 문을 열고, 그리움을 초청해 보았다. 이 도자기들은 눈부시지는 않았지만, 맑고 은은하게 달과 달을 닮은 식탁 조명등과 어우러져 내 마음까지도 비춰 주고 있었다. 백자는 달을 형상화시킨 것이라 말들을 하고, 도자기들의 곡선은 보름달의 곡선과 흡사했다.

나는 10년 가까이 이 도자기들을 예사로 보고, 장식품으로만 여겼을까 싶다. 도자기 속의 흙이 숨을 쉬며 달빛과 사람을 그리워하며 그들을 만져 주고, 닦아 주기를 기다렸을 텐데, 나는 그 많은 시간을 어디에다 허비했을까. 도자기 속의 소나무, 대나무, 매화, 모란, 난초꽃의 꽃냄새, 풀냄새가 나는 듯하더니 진짜 풀벌레 소리가 여름밤을 자욱하게 울렸다. 도자기는 달빛을 받아 목을 타고 오르는 입과 하얀 피부를 빛내 주었다. 백자는 하늘에도 땅에도 영원히 떠 있는 달이었다. 그 빛깔은 우리에게 달을 닮은 미소를 품게 하고, 자손을 품게도 하고, 우리의 밝은 미래를 꿈꾸게도 했다.

우리 집에는 6개의 도자기가 있다. 내가 쓸데없이 바빠서 여기저기 놓아 두기만 했기에 새삼스럽게 도자기에 미안한 생각이 들었다.

우리 집에서 첫 번째 큰 도자기는 내가 동네 통장을 그만두면서 기념으로 받은 도자기로 현관 출입구에 진열되어 있다. 내가 들기도 어려울 정도로 크고 둥글고 도자기 입구도 넓다. 도자기는 백자로 3면에 그림이 있고, 1면에는 통장이었던 나를 기념하는 글이 적혀 있다. 2면의 그림은 매화꽃이고, 3면의 그림은 난 줄기와 분홍색 꽃이 그려져 있고, 4면에는 대나무 무늬가 그려져 있다. 그분들과의 동료애를 생각하며 그날들을 기억해야 하나 과거의 한 날로 까맣게 잊고 지냈으니 새삼 그분들이 고맙고, 그립다. 나를 보내면서 그 공로와 기념으로 증정한다고 되어 있으니 자부심이 있었으나 잊고 있었다. 한 면들의 꽃과 말이 의미하는 바가 크니 그 면들을 돌려가며 한참을 보고 있다. 너무 커서 우람한 백자의 모습은 검은 고목의 가지 끝에 핀 연분홍빛 매화가 달빛을 머금고 겨울을 지나고, 봄을 만난 듯이 화사하다.

두 번째 중간 크기의 도자기는 진짜 달덩이만 하고, 달덩이처럼 생겼다. 이것도 현관 출입구에 진열되어 있다. 달빛이 물든 백자는 둥근 모양으로 도자기 입구가 넓고, 푸른 꽃잎에 붉은 모란꽃은 활짝 웃고 있는 듯하다. 이 꽃은 화려한 꽃이지만 도자기 속의 꽃은 사치스럽지 않고, 담백하다. 이 꽃은 왕중화로 꽃말이 부귀이니 의미하는 바가 클 것이다. 1면에는 모란꽃 그림이 있고, 2면에는 '당신의 향기'라는 남편을 기리는 동료들의 글이 적혀 있다. 교장으로 퇴직할 당시 같이 근무했던 교사들이 글까지 지어서 적어가며 맞춤으로 마련해 준 것이다. 문장들을 읽어보니 남편에 대한 동료들의 사랑과 존경이 넘친다. 19명의 이름까지 적혀 있으니, 옛사람의 좋은 인연의 향기가 도자기와 함께 마음에 남았다. 하지만 남편 또한 그분들을 잊고 살고 있다. 남편도 이 밤 깨어서 나와 같이 이 도자기와 교감한다면 그분들이 그리울 것이다.

세 번째 크기의 도자기도 현관 출입구에 진열되어 있다. 도자기 좁은 목선으로 달빛이 숨을 몰아쉬고, 하얀 피부는 둥그스름하고 기다란 달빛이 비쳤다. 도자기 바탕에는 죽죽 뻗은 직선의 대나무 무늬만 단순하고 산뜻하게 그려지고 새겨져 있다. 대나무 마디마디 푸른 댓잎이 공간을 만들고 달빛은 그 사이로 하얗게 스며들어 달항아리가 되었다.

네 번째 크기의 도자기는 작은 방에 있는데, 모양은 백자로 도자기 주둥이가 하얀 두루미 목같이 좁고 길어 처연했다. 검고, 운치 있는 소나무 가지에 푸른 솔이 걸려 있고, 달빛 속 푸른 솔은 무척 청정해 보였다.

다섯 번째 크기의 도자기는 둥근 모양의 파르스름한 청자로 도자기 입구가 넓다. 이 도자기는 길쭉한 푸른 댓잎을 둥글게 감아놓은 듯한 모양으로 달빛 속의 청자는 자기라기보다는 미술작품으로 보였다. 이 무늬는 자연스러움과 세련됨을 동시에 담고 있어 고전과 현대가 양립하는 듯한 느낌이 왔다.

여섯 번째 크기의 도자기는 하늘빛 청자로 동그랗게 작고, 도자기 주둥이가 호로병같이 좁고, 난초꽃이 고상하고 우아하게 그려져 있어 하얀 달빛은 파란 청자와 어우러져 한껏 청자의 멋을 살려 주었다.

도자기에 글씨가 쓰인 2개를 제외한 4개의 도자기는 언제 어떤 경로로 우리 집에 들어왔는지가 기억나지 않지만, 이 도자기들은 골동품들은 아니기에 값은 나가지 않을지 몰라도 선물한 사람들의 마음을 찾아가는 여백으로 그만한 가치는 있다. 이제 도자기를 한 번씩 들여다보고 닦아 주고 교감을 나누고 싶어졌다. 세상 무엇에 홀려 도자기를, 옛 추억을, 옛사람을 잊었단 말인가. 여유가 아쉬웠지만, 문화적 식견이 없어서이기도 했다. 도자기 6개는 개성과 모양이 다 다르지만, 그 나름대로 출중하다. 자세히 보니 하나하나의 색다른 매력들이 있어 은근히 끌린다. 이 재미에 선인들이 도자기를 사랑했으리라. 도자기의 둥그스름한 선이 진짜 달덩이 같다. 달그림자에 도자기의 소나무 대나무가, 매화와 모란꽃과 난초꽃이 살아있는 듯 꿈틀거린다.

고려청자는 청명하고 은은한 하늘처럼 깨끗한 마음의 그릇이고, 조선백자는 간결, 소탈하고 단정하고, 단순하다. 둥근 곡선의 도자기를 보노라니 삶의 여유와 유연함이 느껴진다. 백자의 빛깔에는 달빛의 명상과 고요가 담겨 있다. 우리 조상들이 백자를 사랑했던 것은 달빛처럼 정갈하고 깨끗한 삶을 살고자 했기 때문이리라.

조선 시대 조상들이 달을 바라보는 은근하고 소박한 삶의 미가 도자기의 정서와 더불어 역사를 따라 흘러옴이 자랑스럽다. 방안의 도자기를 근 10년 만에 은은한 달빛 아래서 은근하게 바라보며 말을 건넸다. 과거 문화의 흔적과 현대의 시간이 다투지 않고 서로 동거하게 하는 이 조명등으로 인하여 잊고 살았던 달빛을 우러러봤다. 달빛 속에서 도자기를 쓰다듬어 보며, 내 과거의 인연과 삶으로 되돌아가서 옛사람의 추억과 그리움에 잠겨 보는 은은하고 고요한 달밤이 하얗다.

이 정 자

창작 노트

고택사랑방에서
안주인이 나에게 조금 더 문가로 오라고
그래야 바람이 온다고 했습니다
"바람이 왜 바람이겠습니까?
이곳에도 옵니다."
내 말에 안주인이 미소를 지었습니다
바람처럼
나에게 오는 것
생각 그리고 글

경옥언니

교실에 들어서는
언니 머리에
연분홍 꽃잎 하나
붙어 있습니다

바람은
이 아름다운 꽃잎이 떨어질 때
어디로 보낼까
생각하다가
언니에게 보내기로 했나 봅니다

어린 나이에 전쟁을 겪고
북에 두고 온 고향
임진강에 가서
그 땅을 바라본다던 언니

암을 이기고
일흔 다섯에

문학공부를 시작한 언니

꽃잎 하나를 머리에 이고 있으니
언니가 꽃이 됩니다
수줍지만 당당한
아름다운 꽃
나에게는
시가 됩니다

징검다리에서

할아버지와 두 손자가
허리를 구부려
아래를 내려다봅니다
징검다리 돌 가장자리에는
아직 얼음이 두껍게 붙어 있습니다

물결을 타고
조금씩 조금씩 내려오던 봄은
얼음에 걸려 꼼짝달싹 못하고 있습니다

물!
돌 지난 작은손자가 소리를 지릅니다
얼음!
큰손자가 소리를 지릅니다

얼음은 깜짝 놀라
움켜잡고 있던 봄을 얼른 놓습니다
얼음이 떠내려갑니다

할아버지와 두 손자는
얼음을 향해 손을 흔듭니다

물이 돌돌돌 흐릅니다
봄봄봄 하면서 흘러갑니다

구부리고 물을 바라보고 있는
할아버지와 손자들의 어깨 위에
포근한 햇살이 내려와 토닥입니다

훈맹정음

사람들이 붐비는 늦은 저녁이었다. 청량리역에서 지하철을 기다리면서 의자에 앉아 있는데 시각장애인 한 분이 지팡이를 짚고 다가오고 있었다. 나는 얼른 일어났다.

"어르신, 여기 의자가 있어요. 앉으세요."

나는 큰소리로 말을 건네고 노인의 팔꿈치를 살며시 붙잡고 의자에 앉혀 드렸다.

십년 전 쯤에 나는 장애인센터에서 시각장애인 선생님으로부터 초급영어를 공부한 적이 있었다. 그때 그분이 말하길 일반 사람들이 시각장애인에게 어떤 도움을 주기 전에 말을 먼저 건네주어야 한다고 강조했다. 그냥 도와주고 싶은 마음이 앞서서 갑자기 불쑥 잡거나 하면 엄청 놀랜단다.

양복을 단정하게 입은 노인은 감사하다고 했고 그 후엔 말없이 앉아 있었다. 잠시 후에 기차가 달려오는 소리가 가까이 들리고 그 달리는 물체가 일으키는 바람이 손가락 사이를 스치며 지나갔다. 기차가 다가오고 있었다. 노인이 일어선 순간 나는 전철 문이라고 표시되어 있는 발밑에 쓰여 있는 숫자를 보고 이곳은 그분이 타기에 불편한 장소인 것을 알았다.

"여기는 경로석이 아니네요. 저쪽으로 조금만 이동해야겠어요."

나는 다시 그분의 팔꿈치를 잡고 옆으로 이동했다. 그리고 이 기차는 멀리 안 가는 전철이라고, 나는 의정부까지 가야 해서 다음 전철을 타야 한다고 안녕히 가시라고 인사를 했다.

몇 달이 흘렀다. 그날은 아침시간이었다. 청량리역에서 내려 뜀사랑으로 가려고 출구 쪽으로 가고 있는데 예전의 그 할아버지가 지팡이를 조심스럽게 짚으며 저만치 앞서서 가고 있었다. 그쪽은 높은 계단을 지나야 에스컬레이터를 탈 수 있었다. 나는 발걸음을 빨리했다. 그리고 그분께 가까이 가서 인사를 했다.

"안녕하세요. 지난번에 뵈었는데 또 뵙네요."

나는 노인의 팔꿈치를 살짝 잡았다. 출구로 나와서 한참을 같이 걸어가게 되었다. 방향이 같았기 때문이었다. 그날 길에는 커다란 수도 파이프가 몇 개나 나와 있었다. 아마 길에 묻혀 있던 수도가 고장이 나서 수도 공사를 하는 중인가 보다. 눈이 보이는 나조차도 커다란 수도파이프 몇 개를 넘기가 힘이 들었다. 나는 노인에게 앞에 굵은 수도 파이프가 나와 있으니 걸음 보폭을 크게 해야 한다고 말했고 노인은 내 말을 잘 듣고 발걸음을 옮겼다. 평상시에 늘 다니는 길이지만 이렇게 복병이 생기는 날은 고생한다고 했다. 어디까지 가시느냐는 내 말에 동대문 경찰서 근처에 있는 ○○철학관이 자신이 하는 것이라고 그곳에 출근하는 중이라고 했다.

"오늘은 일요일인데요?"

내가 반문했더니 직장 다니는 분들이 일요일에 오기 때문에 자신은 일주일 내내 출근을 한다고 했다.

그 후 출퇴근 시에 여러 번 그분을 볼 수 있었다. 그렇게 전철역에서 만났고 같이 길을 가면서 여러 가지를 알게 되었다. 그분은 자식들이 다 잘 컸다고 나에게 자랑도 했고 중학생 손주들 자랑도 했다. 사모님이랑 중매 결혼을 했냐고 했더니 연애결혼을 했단다. 사모님이 대단하시다고 자식들 잘 키우고 내조 잘해서 어르신이 오늘까지 온 것 아니냐고 했더니 기쁘게 행복하게 웃으셨다. 자신은 아주 어렸을 때 어딘가에서 떨어져서 시력을 잃었다고 했다. 철학 공부는 어떻게 했냐고 했더니 열 살이 조금 지나서 점자를 익혀서 점자책으로 했단다.

"점자책이 없었으면 내 삶은 불가능했지요."

그 말에 나는 갑자기 가슴 한켠이 뜨거워졌다.

《훈맹정음訓盲正音》!

시각장애인들을 위한 한글 점자. 나도 얼마 전에야 알았다. 일제강점기였던 1926년 송암 박두성 선생이 발표한 것이다. 박두성은 사범학교를 마치고 선생님이 되어 제생원 맹아부로 가게 되었다. 첫날 맹인 학생들을 보고 놀랐다. 땟국이 줄줄 흐르는 너덜너덜한 옷의 아이들을 보며 저 아이들이 사람대접을 받도록 열심히 가르치리라 결심을 했다. 일본어 점자를 가르치다가 아이들이 너무 어려워하기에 우리 아이들에겐 우리의 글인 한글 점자를 만들어 주기로 결심했다. 일제의 감시를 피해 박두성은 한글 점자 연구에 매달렸고 제자들과 한글 점자책을 만들어 보급하였다. 드디어 우리나라의 시각장애인들이 문맹을 퇴치할 수 있게 된 것이다.

"점자는 쉽고 간편하여 5분 동안이면 배우고 반날이면 쓰고 읽고 3—4일만 연습하면 빨리 쓰고 빨리 읽게 된다. 누구든지 못 배운 사람이 없다."

송암 박두성이 1926년 《맹사일지》에 이렇게 썼다.

세종대왕님이 한글을 만드신 뜻처럼 《훈맹정음》은 시각장애인들이 세상과 통하는 길을 열어준 것이다. 《훈맹정음》이 있었기에 눈이 불편한 많은 분들이 점자로 한글을 익혀 그 할아버지처럼 자신의 삶을 스스로 살게 되었으니 얼마나 다행한 일인가. 《훈맹정음》은 최근에 국가등록문화재로 지정이 되었다. 점자의 탄생과 점자책의 제작과정을 알 수 있고 시각장애인을 위한 고유의 언어이고 당시의 사회상을 반영해 주는 귀중한 자료이기 때문이다.

의정부에 있는 신숙주 묘소를 가 보았다. 묘소 앞에 한글학회에서 세운 한글창제사적비가 세워져 있었다. 역사에서 평가가 엇갈리는 신숙주이다. 그는 변절했기에 녹두 콩에서 나온 나물을 잘 쉰다하여 숙주나물이라 부르는 오명을 쓰고 있다. 그러나 한글 점자로 한글을 익혀 오랫동안 자신의 일을 해나가는 노인을 보면서 나는 생각을 달리하기로 했다. 세종의 뜻을 깊이 이해하여 《훈민정음》 음운제정에 가장 큰 도움을 준 인물이 신숙주였다. 《훈민정음》 실용화의 길잡이인 《동국정운》도 편찬했다. 한글이 없었다면 지금 우리나라가 누리고 있는 정보통신 강국과 세계 10대 경제대국은 있을 수 없을 것이라는 이야기를 들었다. 《훈민정음》이 없었다면 《훈맹정음》 또한 나올 수 없었을 것이다. 신숙주 묘소에서 감사의 묵념을 올렸다.

나는 내 인생, 너는 네 인생

추석날 차례를 지내고 친정에 갔다. 그 다음날 올 예정이었는데 강원도 어머니가 자리에 누웠다. 며칠이 지나자 점점 심해져서 식사는 물론이거니와 물조차 못 삼켰다. 그렇게 또 삼일이 지났다. 이웃 언니의 말이 생각났다. 의사였던 친척은 아픈 사람을 보고 언제쯤 돌아가실지를 예상했고 거의 맞아 떨어졌는데 언니는 어떻게 그것을 알 수 있는지 항상 궁금하단다. 나 또한 언니의 말을 듣고 참 궁금했다.

어느 날 우연히 동영상 강의를 들었다. 우리 선조들은 우리 몸속에 음식물이 서 말 다섯 되가 들어 있다고 생각했다. 하루에 소변으로 두 되 반, 대변으로 두 되 반, 총 다섯 되가 배출이 되는데 만약 물조차 못 마신다면 몸속에 있는 것이 다 소진되는 것이 딱 7일, 일주일이다. 그래서 물조차 못 마실 때 일주일 쯤 되면 죽음을 예상했고 거의 맞는단다. 그 말을 듣고 언니의 친척 의사분도 그런 방법으로 측정을 했겠구나. 이해가 되었다.

계속 누워만 있는 어머니를 보자 갑자기 두려운 마음이 팍 들었다. 일주일 중에 벌써 3일이 지난 것이 아닌가. 나는 잠들어 있는 어머니의 숨소리가 들리는지를 곁에 다가가 살피고 잠든 어머니의 손을 잡고 눈물을 흘렸고 신께 기도를 드렸다.

다음날 강원도에서부터 택시를 타고 서울 병원에 왔다. 병실을 잡지 못해 있을 때 아는 언니의 도움으로 병실을 옮길 수 있었다. 어머니가 입원한 첫날 나는 병실에서 잠을 잤는데 많은 지인들이 전화와 문자를 주었다. 집에 와 있으라고도 했고 맛있는 밥 사 주겠다, 맛있는 국수 사 주겠다고 연락을 해서 내가 얼마나 큰사랑 속에 살고 있는지 새삼 느꼈다. 병실 보호자 침대가 불편했는지 목이 아파 돌리지를 못할 지경이었는데 그분들의 사랑으로 아픈 목도 잊고 행복을 느꼈다. 내게는 나름 의미 있는 소중하고 귀한 시간이었다. 내시경 결과 어머니의 암은 흔적도 없이 깨끗해졌는데 식도암 수술 자리의 괄약근이 굳어져서 음식을 못 삼킨 것이라고 했다. 보톡스 주사 처방으로 식도를 넓혀서 어머니는 금방 회복이 되었다. 빨리 병원으로 모실 걸 내 미련함에 후회가 밀려왔다. 회복되자마자 어머니는 간호사와 다투었다고 한다. 환자복을 입는 것을 갖고 옥신각신했다. 간호사는 병실에서 환자복을 입어야 한다, 어머니는 작은 딸이 사온 바지를 입고 싶다고 했단다. 어머니 퇴원 길, 남동생이 운전해서 강원도로 가는 동안 나에게 그 상황을 이야기하면서 어머니 성격은 정말 아무도 못 말린다고 했다. 나는 남동생에게 어머니가 그런 성격이니까 이 첩첩산중 산골에서 자식 여섯을 다 대학을 시켰지, 아무도 꿈도 못 꾸던 일이잖아, 그렇게 남동생에게 대답을 해 주었다. 내가 대학을 다닐 때 집에 가면 아버지는 늘 툴툴거렸다. 여자가 고등학교만 나오면 좋은 직장 얼마든지 갈 수 있는데 왜 꼭 대학을 다녀야 해? 엄마는 일언지하에 아버지의 말을 잘랐다.

"내가 까막눈이라 애들만은 다 대학 보내야 해요."

어머니는 그렇게 한 고집했다. 자식 욕심도 그렇다. 나는 크면서 동생들이 많은 것이 정말 싫었다. 학교에서 동생 한 명 있는 사람 손들어 봐 하면서 가정 환경 조사를 시작하곤 했는데 두 명, 세 명, 네 명을 지나 다섯 명에 나는 손을 들었고 그때 나는 부끄러웠다. 왜 엄마는 그렇게 자식들을 많이 낳아야 했을까. 나중에 글공부를 하면서 알게 되었다. 한이 많아서라고……. 예전의 여인들은 한이 많아 자식을 많이 낳았다고 했다. 요즘의 젊은이들은 한이 없어 아이들을 적게 낳는다고 했다. 왠지 나는 그 말이 수긍이 갔다. 어머니 생각이 났기 때문이다.

지금은 동생들 많은 것이 정말 자랑스럽다. 동생들은 내가 만들 수도 없다. 오직 엄마만이 나에게 줄 수 있다. 어머니께서 동생들을 많이 낳아 주셔서 참으로 감사하다.

어머니 퇴원 후 나는 며칠 동안 강원도에 머물렀다. 그러나 나 또한 일이 있으니 와야만 했다. 내가 가야 하는데 혼자 계실 수 있겠어요? 내 물음에 어머니가 답했다

"나는 내 인생 살고 너는 네 인생 살아야지. 걱정 말고 가거라."

어머니는 항상 아침 6시면 삼거리 점방의 불을 켠다. 아무도 오는 사람은 없다. 가끔 길 물으러 오는 사람뿐이다. 동생들은 어머니가 가게 문을 열고 있는 것도 불만이다. 그러나 내가 그곳에 머무르며 지켜보니 어머니에게는 꼭 필요한 일이었다. 낮에는 동네 할머니 두세 분이 지팡이를 짚고 유모차를 끌고 우리 집으로 왔다. 문이 열려져 있는 삼거리 집에 그들은 항상 올 수 있는 것이다. 때로는 호박 하나를 들고 때로는 토마토 하나를 들고……. 그것을 나누어 먹으며 이야기꽃을 피운다.

음력 9월이 되자 제비들은 다 떠나고 처마 밑엔 다섯 채의 빈집만 남았다. 어머니는 내년에 올 제비들을 기다리며 땅 위에 떨어진 제비 똥을 치우고 있다.

버스에 올랐다. 어머니가 손을 흔들고 있었다. 어머니가 심은 꽃이 만발한 마당가. 그 가운데서 환하게 웃으면서 손을 흔든다. 어머니가 꽃이 되었다가 꽃이 어머니가 된다. 어머니는 고향 삼거리에서 어머니의 인생을 산다.

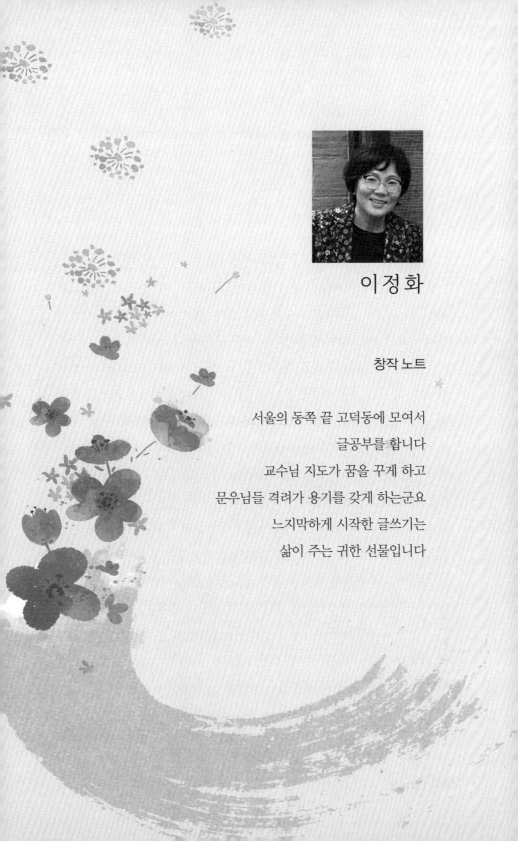

이 정 화

창작 노트

서울의 동쪽 끝 고덕동에 모여서
글공부를 합니다
교수님 지도가 꿈을 꾸게 하고
문우님들 격려가 용기를 갖게 하는군요
느지막하게 시작한 글쓰기는
삶이 주는 귀한 선물입니다

■ 수필

남편의 소망

　남편이 드디어 퇴직을 했다. 주위에서 "퇴직하고 뭐 할 거야?" 말을 건네면 "뭐 그냥……." 하면서 싱긋 웃고 말지만 남편의 마음속에 오랫동안 자리 잡고 있는 소망이 꿈틀한다는 것을 나는 안다. 남편의 오랜 바람은 시골에 소박한 농가 주택을 마련해서 마당에 진돗개나 래브라도 리트리버 같은 듬직한 개를 키우면서 사는 거다. 거기다 이런저런 화초와 작물도 키우고 한켠에 연못을 만들어 잉어 같은 물고기도 키우고 싶을 거다. 또 카나리아나 앵무새 같은 새를 키우는 모습도 상상하고 있을 것 같다.

　하지만 꿈이 언제 이루어질지는 본인도 나도 모르겠다. 전생에 아마 농부로 살았을 것 같은 남편의 취미 중 하나는 뭐든 키우는 거다. 결혼 초기에 18평 좁은 아파트였지만 베란다는 동양란들의 푸르른 기운으로 가득 찼고 거실 한켠을 차지한 커다란 어항에는 형광빛 푸른 줄무늬를 자랑하는 열대어 디스커스가 손바닥 크기의 타원형 몸을 우아하게 살랑거리며 어항 속을 천천히 유영하였다. 바쁜 직장 생활과 멀리 다니느라 항상 늦은 시간에 퇴근했지만 세심하게 물고기를 돌보는 것은 잊지 않았다. 덕분에 키우기가 꽤 까다롭다는 디스커스였지만 우리 집에서는 무럭무럭 잘 자랐고 나중에는 어렵다는 부화도 성공했다. 자신감이 붙은 남편은 점차 구피, 네온테트라, 플래티 등 여러 종류의 작고 앙증맞은 열대어들을 키웠다. 아이들이 어릴 때라서 가족들 모두가 다양한 물고기가 가득한 어항을 지켜보면서 열대어의 아름다움과 생명의 신비로움에 푹 빠졌다. 작고 앙증맞은 구피의 생동감 있는 몸놀림도 예쁘고 빨간색 파란색의 줄무늬가 있는 네온은 선명한 색채로 우리들을 한동안 매혹시켰다. 다양한 형태의 몸통에 저마다 신비롭고 화려한 문양과 색채를 뽐내는 물고기를 한참이나 지켜보고 있으면 마치 TV 다큐멘터리 방송에서 보았던 폴리네시아 섬 바다 속을 보는 듯했다.

아이들이 초등학교에 다닐 때는 베란다에 거북이도 자랐고 한동안은 새하얀 털이 탐스러운 토끼도 무럭무럭 자랐다. 아이들이 풀을 구해오는 등 정성을 쏟던 토끼는 너무 커버려서 도저히 베란다에 키울 수가 없었다. 남편은 아파트 구석진 화단에 토끼집을 만들고 아이들이 오가면서 먹이를 줬는데 어느 날 토끼가 사라져 버렸다. 아이들은 동네 친구들과 밤이 이슥하도록 아파트 단지를 샅샅이 살피면서 찾았지만 끝내 찾지 못해 안타까웠던 기억이 있다.

조금 넓은 아파트로 이사를 가면서 베란다도 널찍하니 남편의 취미 공간도 넓어졌다. 남편은 베란다 한편에 카나리아를 키우기 시작했다. 남편의 정성과 함께 카나리아 식구들이 대거 늘어났고 앵무새와 금정조도 새로 터를 잡았다. 아침마다 카나리아 지저귀는 소리는 맑고 상쾌했지만 30마리도 넘는 새들이 지저귀니 혹시 이웃집에 민폐가 되지 않을까 걱정도 되었다. 남편은 키우기에 확실히 소질이 있어서 우리 집에서는 무엇이든 잘 자랐다. 베란다 한쪽, 커다란 어항에서 키우던 잉어는 쑥쑥 잘 자라 더 이상 어항에서 키울 수가 없어서 40센티나 되는 잉어를 플라스틱 통에 담아 한강에 방생하러 갔던 적도 있었다.

지금 우리 집에는 초롱초롱 눈망울의 말티즈 강아지가 거실을 뛰어다니고 어린 디스커스 7마리가 커다란 어항 속을 유영하고 있다. 베란다에는 200여 종의 다육식물이 자라고 있다. 여러 중생들이 살아가는 집은 좀 어수선하고 열대어 발전기 돌아가는 소리로 다소 소음이 존재한다. 남편의 취미 생활 때문에 정돈되고 조용한 집은 어느 정도 포기해야 한다. 그러자니 가끔씩 잔소리가 튀어나오지만 남편은 멈추지 않는다.

이제 퇴임을 했으니 남편은 오랜 꿈을 찾아 당장 전원으로 이주하고 싶지만 꿈을 실현하기에는 여의치가 않다. 아직 딸이 집에서 출퇴근을 하고 있으니 딸을 달랑 서울에 두고 부부가 내려가는 것은 남편으로서는 편치가 않은 생각이다. 더구나 나로서는 전원생활이 아직은 부담스럽다. 고즈넉한 전원에서 며칠 머물거나 한적한 자연을 즐기며 여행을 하는 것은 좋지만 일상을 시골에서 지낸다는 것은 자신이 없다. 나는 평소 혼자서도 시간을 잘 보내는 편이지만 전원생활을 하기에는 그 적적함을 견디기 어려울 것 같다. 남편과 달리 나는 키우는 것에 취미도 없고 그 노동이 나에게는 부담스럽다. 아는 사람 하나 없는 곳에 마치 유배온 듯 쓸쓸하고, 무료해서 우울증에 빠지지는 않을까? 그렇다고 남편 혼자서 내려가는 것도 쉽지 않은 일이다. 내가 "시골에 자그마한 농가 주택을 마련해서 당신은 거기 살고 나는 일주일에 2,3일정도 내려가면 어떨까?"하고 제안하지만 사실 남편도 나도 쉬운 일이 아니다. 남편은 이런저런 상상만 하다가 더 이상 진도를 못나가고 있다. 머릿속에서 쳇바퀴 도는 그의 소망이 안타까워서 나도 살짝 양보를 하고 전원생활을 해 볼까 하는 생각도 때때로 한다. 가끔은 번잡한 도시를 벗어나 고적하고 평화롭고 한가한 전원이 그립기도 하다. 그럼에도 서울의 다이내믹함과 활력, 그리고 편리함을 포기할 수가 있을지 모르겠다.

하지만 언젠가는 남편의 소망이 이루어질 거라고 생각한다. 생활 환경과 여건도 바뀌고 생각도 항상 같지는 않으니까 말이다. 아마 내가 나이를 조금 더 먹으면 전원의 아름다움과 한가함을 더 편안해 할 것 같다.

봄이 오는 언덕에서

폭죽처럼 꽃망울들이 터지고 있다. 코로나로 마음은 여전히 무겁지만 봄날 대기는 한없이 가벼워지고 있다. 기다림에 지친 사람들의 염원에 부응하는 걸까? 올해 봄은 특이하게도 여러 꽃들이 동시에 만개하고 있다. 지나간 봄들을 생각해 보면 꽃들은 제각각 자기 차례가 되어 꽃을 피웠다. 겨울 한기가 여전히 옷깃을 여미게 할 때, 앙상하고 메마른 가지를 빨갛게 물들이며 매화가 꽃망울을 터뜨리는 것을 보면 사람들은 불현듯 겨울 삭풍이 이제 물러가고 있다는 것을 느낀다. 2월 초순쯤 제주에 가면 매화가 첫 함성을 터뜨리기 전에, 낮은 키의 소담한 수선화가 옹기종기 모여 노란색 하얀색 꽃송이로 이른 봄 인사를 한다. 하지만 서울에서는 수선화가 그리 눈에 띠지 않는다. 붉은 매화가 얼어붙었던 마음에 한줄기 빛을 던지고 가면 목련이 채비를 서둘렀다. "생명의 등불을 밝혀든다" 한동안 많이도 불렀던 노래의 가사처럼 목련이 주위를 밝히면 지난 계절의 어둠이 물러가는 것을 실감한다. 다음 차례는 개나리와 진달래다. 덕풍천 둑을 따라 개나리의 눈부신 노란빛 폭포가 쏟아지는 것을 보노라면 내 마음도 환한 시냇물이 되어 콸콸 흐르는 듯하다. 언덕배기 산그늘의 수줍은 진달래가 분홍, 연보랏빛 수채화 물감으로 투명하게 대기를 물들이면 내 얼굴과 손도 연보랏빛이 묻어나는 것 같다. 그 다음 순서는 벚꽃이다. 벚

꽃은 오솔길을 따라, 대로를 따라 아니 온 천지를 핑크빛으로 물들인다. 그야말로 봄의 절정이다. 사람들은 모두들 바깥으로 나와서 분홍빛에 젖는다. 우윳빛 분홍 구름이 내 머리맡으로 내려온 듯하다. 내 몸이 갑자기 가볍게 두둥실 뜨는 것 같다. 샤갈의 그림 속 인물들처럼 분홍빛 안개 속을 이리저리 날아다니며 몽롱한 봄날, 꿈을 꾸는 듯하다. 불현듯 짧은 단꿈을 깨면 벚꽃은 꽃비 되어 대기 속을 흩날린다. 핑크빛 아지랑이가 사라져갈 때면 이제 선홍빛 철쭉들이 서서히 무대로 올라온다.

그러나 올해는 어찌 된 셈인지 봄날 들판의 오케스트라는 축제의 팡파르를 일제히 다함께 울리고 있다. 고덕산 둔덕에는 게으른 매화가 아직도 늑장을 부리고 있고 개나리도 진달래도 목련도 산자락을 여기저기 듬뿍 채색하고 있다. 때 이른 벚꽃도 화사하다. 말 그대로 축제의 시간이다. 자연이 아니 우주가 또는 신이 베푼 축제를 즐기지 않는다면 불충을 범하는 것이다. 천상병 시인은 삶은 소풍이라고 했다. 소풍 온 아이처럼 기쁘게 신의 선물을 감사히 받을 뿐이다

봄 언덕을 이리저리 산책하다 보면 그늘진 곳에는 아직도 봉오리를 뾰족하게 오므린 채 마른 가지에 빼곡하게 앉아서 절정의 순간을 기다리는 목련이 있다. 봉오리가 북쪽을 향한다고 해서 목련을 북향화라고도 하는데 일제히 북쪽을 향한 목련 봉오리들을 보면 마치 본향을 향해 떼 지어 날아가다 잠시 나뭇가지에 앉아서 쉬고 있는 작은 하얀 새들처럼 보인다. 막 피어난 목련의 순백하고 풍만한 자태는 그 어느 꽃보다 우아하고 귀태가 나서 단연 사람들의 탄성을 자아내게 하지만 저렇게 꽃이 피기 전 개화의 순간을 기다리는 모습은 신비로워서 엄숙하기조차 하다. 언젠가 우연히 지질학 강의를 들은 적이 있는데 강사가 지구상에서 가장 오래된 꽃

이 목련이라고 했다. 약 1억 3500만 년 전부터 6500만 년 전을 일컫는 중생대 백악기부터 존재했다고 한다. 지구상에 벌과 나비도 출현하지 않았던 시절이라 목련은 딱정벌레가 가루받이를 해 주었다고 한다. 대략 20만 년 전에 인류가 출현했다고 하는데 인간도 존재하지 않던 중생대, 공룡들이 어슬렁거리던 먼 시원의 대지에 목련은 이미 순백의 꽃을 피우고 있었다고 하니 너무나 아득하기만 하다. 지금 아파트 단지의 작은 정원에서 내가 보고 있는 눈부신 순백의 목련은 저 아득한 시간의 지층을 지나온 꽃이란 말인가? 티라노사우러스, 스피노사우러스같이 무시무시한 공룡들도 이미 멸절되어 버렸는데 저 여리고 우아한 목련은 어떻게 살아남아 봄마다 꽃을 피우는지…….

지금이야 우리나라 어딜 가나 볼 수 있는 흔한 봄꽃이었지만 어릴 적 부산에서는 도대체 목련은 실제로 마주치기 어려운 귀한 꽃이었다. 난방이 제대로 안 되는 옛날 일본식 집에 엄마는 외풍을 막느라고 겨울날이면 항상 방에 병풍을 쳤다. 그 병풍에는 우아하고 탐스런 자태의 목련이 수놓아져 있었는데 어린 여자아이의 눈에도 하얀 목련은 아름다워서 지금도 목련이 있던 병풍을 또렷이 기억할 수 있다. 목련이 실제로 나에게 다가온 것은 여고 교정에 피었던 꽃이었다. 3월 달 막 입학을 하고 마지막 삭풍이 부는 교정에는 순백의 신부처럼 화사하고 우아한 목련이 꽃봉오리를 터뜨리고 있었다. 내 앞에서 처음 만나는 목련은 눈이 부실 만큼 환하게 빛나고 있었다. 새로운 환경에 낯설고 추웠던 나를 따뜻하게 밝혀주며 위로하는 듯했다. 그 봄날 여자아이들은 음악시간에 배운 〈목련〉 노래를 부르고 다니면서 저마다 베르테르의 편지를 꿈꾸곤 했다.

아파트 단지에는 새초롬한 봉오리가 막 절정을 기다리고 있는 목련도 있고, 풍만하고 화사한 귀부인같이 봄날 미풍에 한껏 피어난 하얀 꽃잎을 살랑거리며 빛나는 순간을 자랑하는 꽃도 있다. 파란 하늘을 배경으로 순결한 백색은 어느 색채보다도 더 화려하다. 그러나 절정의 시간은 한 순간, 지나가면 그뿐이랴. 이미 떨어진 꽃잎은 땅바닥에 갈색으로 짓이겨지고 흉물스러워서 지나가는 사람들은 밟지 않으려고 이리저리 피해 다닌다. 순식간에 고결하고 귀한 자태가 저리도 처참해지다니 아름다웠던 선망은 허무하게 끝나버린다. 하지만 살랑거리는 봄바람에 만개한 벚꽃이 꽃비 되어 우수수 날릴 때 우리는 다시 꿈에 젖는다. 핑크빛 카펫이 대지에 슬그머니 깔릴 때 거기 누워서 나른한 봄날 오수를 즐기고 싶다.

인선민

창작 노트

가을이다
어느 덧 한 해를 마무리해야 할 시점이다
인생이 책의 챕터 넘기듯 딱 떨어진다면
어떨까
주변에 서성거리다 흩어질 이야기들을 엮는 것
지구에 사람이 존재하는 한 계속 이어질 것
그것이 소설이다.

미루안

　엘리베이터 문이 열리자 수많은 눈동자가 몰려들었다. 비집고 탄다 해도 사람들 틈에 끼어 알맹이 빠진 포장지처럼 구겨진다고 생각하니 벌써부터 숨이 막혔다. 재빨리 에스컬레이터 쪽으로 가다가 에스컬레이터는 2층까지만 운행하기 때문에 거기서부터는 엘리베이터나 비상계단을 이용해야 한다는데 생각이 미쳤다. 비상구를 찾아 눈을 돌리니 멀지 않았다. 비상구 문을 열고 올라갔다. 중환자실은 5층이었다. 5층은 계단으로 올라가기에는 버거운 높이였다. 게다가 빠른 걸음 내지는 뛰다시피 하기에는 더욱 그랬다. 뛰다 걷다 하며 5층에 다다랐다. 비상구를 열고 발을 내딛는데 숨이 가빴다. 뛰다시피 해서이기도 하겠지만 중환자실에 가까워지면서 심장이 빠른 펌프질로 오그라드는 것 같았다.

　아이가 물에 빠졌다는 연락이었다. 시어머니의 다급한 목소리로 봐서는 최악의 상태가 예상되었다. 게다가 중환자실이라니. 그리고 애 엄마를 좀 달래 달라니. 선생님이 오셔서 애 엄마를 좀 달래 달라는 시어머니의 목소리는 아이가 물에 빠져서 생사의 기로에 놓여 있는 절체절명의 순간을 맞이한 할머니의 것이기도 했고, 곧 닥쳐올 폭풍 전야의 두려움의 것이기도 했다. 대체 왜 나한테 이런 다급함을 알린 것일까? 아이는 어쩌다가 물에 빠졌을까? 가족들은 뭘 하고 있었을까? 중환자실에 있는 아이의 엄마를 무슨 수로 달랠 수 있을까? 아이가 살아날 것이니 걱정하지 말라고 안심시켜 달라는 것도 아니고 달래 달라고 했다. 정작 중환자실에 있어야 할 건 며느리의 마음일지도 몰랐다. 엄마의 마음도 중환자실에 누워 있어야 했다. 중환자실은 비상구에서 왼쪽에 있었다. 그 앞에 등받이 없는 의자들이 굴비 엮듯이 엮여서 말 잘 듣는 학생처럼 나란히 있었다. 눈을 감고 하나의 점으로 소멸할 것처럼 위태로이 그녀는 앉아 있었다.

그녀를 처음 만난 건 시어머니의 손에 이끌려 센터로 교육 신청을 하러 왔을 때였다. 160센티미터인 내가 45도 쯤 내려다 봐야 눈이 마주치는 키에 만삭이 아니었다면 40킬로그램도 안 되어 보이는 왜소한 체구의 그녀였다. 깊은 우물 속 같은 표정은 긴 속눈썹으로 짙게 그늘진 큰 눈 때문인지 풀어 헤치면 허리까지 치렁거릴 것 같은 검게 빛나는 머릿결 때문인지 알 수 없었다. 보는 방향에 따라 한국인으로도 베트남인으로도 보이는 경계인의 외모인 그녀는 시부모의 농장에서는 나름 작은 안주인이었다. 작은 안주인이면 작은 안주인답게 시어머니가 자리를 비웠을 때 일용직으로 고용된 일꾼들을 다스려야 하는데 한국말을 모르니 한국말을 하루라도 빨리 배워야 한다는 게 시어머니의 주장이었다. 하지만 일용직 일꾼들은 태국인과 베트남인이라서 그녀는 시어머니가 주장하는 이유로는 한국어를 빨리 배울 필요가 없었다. 오히려 그녀의 모국어가 더 쓸모 있었다. 그런데도 시어머니는 마을버스 종점에서도 건장한 남자의 키도 훌쩍 뛰어넘는 비닐하우스를 양쪽으로 끼고 한참을 걸어 들어가야 하고, 자동차 한 대도 간신히 들어갈 수 있는 길 끄트머리에 있는 곳에 한국어 교사를 보내달라고 요청했다. 며느리에게 한국어를 가르치고자 하는 순수한 이유도 있겠지만 교사를 자신과 말 안 통하는 며느리 사이의 프락치나 하소

연 대상으로 삼을 요량이 더 크다는 짐작은 이 바닥에서의 오랜 경험이 준 확신이었다.

그곳은 도시의 끝자락에 눈물처럼 매달려 있는 곳, 십여 가구가 모여서 하우스 농사를 짓고 있는 곳, 아파트에 밀려 뒷걸음을 치고 있는 곳, 더 이상 물러날 데가 없는 그런 곳이었다. 그곳에는 비닐하우스 수십여 동이 있는데 군데군데 검은 막으로 덮여 있는 비닐하우스가 있었다. 그곳에서 하우스에서 일하는 농장 주인들이 살기도 하지만 주로 외국인 노동자들이 거주한다고 그녀의 시어머니가 수업 첫 날 알려 주었다. 그녀가 사는 비닐하우스도 검은 막으로 뒤덮여서 밖에서 보면 사람이 사는지, 농작물이 자라는지 구분할 수 없었다. 무덤을 떠오르게 하는 입구를 통과할 때면 블랙홀로 빨려 들어가는 것 같았다. 어느 판타지 소설에서 아이들이 옷장을 통해 환상의 나라로 빨려 들어가듯이 나도 하우스에 들어갈 때마다 내가 여기를 다시 나올 수 있을까? 생각했다. 입구를 통과해서 하우스 안으로 들어가면 하우스 밖과 별 차이 없는 울퉁불퉁한 땅 표면을 외줄 타듯 조심조심 디뎌야 했다. 몇 걸음 가면 깊이와 넓이를 알 수 없는 웅덩이가 있는데, 입구는 널빤지로 가로세로 대어 있어서 겉으로 보기에는 정사각형으로 어른 한 명이 들어가고도 남을 충분한 크기였다. 웅덩이 입구가 열려 있을 때도 있고 널빤지로 덮여 있을 때도 있었는데, 열려 있던 어느 날, 그 옆을 주춤거리며 걸음 옮기는 나를 보더니 그녀의 시아버지가 선생님, 깊지는 않지만, 그래도 잘못 디디면 빠질 수 있으니 멀찍이 떨어져서 가라고 말했다. 웅덩이를 지나 몇 걸음 가면 그녀가 살림하는 작은 컨테이너로 된 공간이 있고, 그 공간은 이 대 일의 비율로 나뉘어져서 넓은 쪽은 주방 겸 공동 공간이고, 작은 쪽은 방이었다. 여름에는 쏟아지는 태양열로 한증막을 방불케 하고 겨울에는 몰아치는 냉기를 막을 길이 없을 것 같았다. 여기까지 걸어 들어오는데도 열기와의 사투였는데 신발을 벗고 들어서자 공간에 갇혀 있던 열기가 사방에서 몰려들며 아우성이었다. 선풍기가 돌아가고는 있었지만 먼지로 더께가 앉은 선풍기 날개가 만들어내는 바람은 오히려 온몸에 습도만 높일 뿐이었다. 안에는 그녀와 그녀의 시어머니가 앉아 있었다. 그녀들은 인기척에 돌아보더니 시어머니는 오른손으로 오른 쪽 무릎을 짚으며 일어섰고, 그녀는 한 손으로는 더욱 묵직해진 배를 받치고 다른 손으로는 허리를 잡고 일어섰다. 안녕하세요, 안녕하세요 해야지. 시어머니는 그녀에게 센터에서 한 번 봤지 않느냐면서 앞으로 너를 가르쳐 줄 선생님이니, 인사하라고 한국말로 말했다. 그녀의 시어머니는 손짓 발짓을 해가며 말했지만 외국인에게는 음소거한 인형극일 뿐이었다. 시어머니가 그녀에게 예의범절이라고 알려 주는 그 말 속에서 별 볼일 없는 알량한 우월감이 읽혔다. 그 나라는 어른이 들어오고 나가도 누워 있는 버릇없는 문화라고 누군가 알려 주었을 것이다. 시어머니는 어디서 주워들은 얄팍한 정보로 그녀를 재단해서 가두었고, 그것은 그녀에게 한국 문화라는 이름의 허울 좋은 감옥이었다. 그녀가 분명히 알아듣지 못했겠지만 그럼에도 나는 꽤 민망하고 미안했다.

　―선 생 님, 안 녕 하 세 요.

　그녀의 눈동자가 선풍기 바람에 흔들렸다. 그녀는 한 글자 한 글자를 제각각 독립적으로 발음하며 인사했지만 익숙하지 않은 언어의 불안으로 발음이 불규칙하게 떨렸다. 어디에 앉아야 할지 두리번거리는 내게 시어머니는 여기에 앉으라며 선풍기 앞자리를 가리켰다. 하우스까지 걸어오느라 땀으로 흥건하게 젖은 블라우스는 등에 달라붙어 있고 땀에 젖은 얼굴에는 머리카락이 붙어 있는지 근질근질했다. 머리카락을 떼어 내려고 얼굴을 더듬어도 머리카락은 좀체로 떨어지지 않았다. 얼굴에 붙은 머리카락처럼 그녀도 떼어 버릴 수 없는 존재가 될 것을 그때는 몰랐다.

　—아이고, 선생님 땀 많이 흘리셨네.

　시어머니는 그제야 에어컨을 켜면서 '요'가 빠진 반 토막 높임으로 말했다. 선생이 땡볕에 양쪽으로 비닐하우스를 끼고 한참을 걸어와야 하는 걸 알고 있으면서도 미리 냉방을 해 놓지 않은 시어머니의 예의도 만만치는 않았다. 그녀는 한 손으로는 터질듯 한 배를 받치고 한 손으로는 종이컵에 커피를 타 왔다. 일 년에 몇 번씩 할인 행사를 하거나 서비스로 이삼십 개를 얹어 주는 믹스커피였다. 뜨거운 믹스 커피의 프림이 입에 쩍쩍 들러붙었다. 앞으로 이들과의 관계가 이처럼 뜨겁게 쩍쩍 들러붙을 것 같았다. 첫 방문에서 그들과 맺어질 관계를 가늠하곤 하는데 대체적으로 빗나가지 않았다. 이번은 쩍쩍 들러붙는 뜨거운 끈적임이다. 마지못해 커피를 다 마시고 종이컵을 내려놓는데 그녀의 남편이 왔다.

　—인사해야지.

　인사해야지? 마흔이 가까이 되어 보이는 건장한 남자에게 할 말은 아니었다. 그녀의 남편은 엉거주춤하게 빙긋 웃더니 물만 마시고 다시 나갔다. 시어머니가 내게 가까이 오더니 엄지와 검지로 2센티미터 정도의 간격을 만들며 속삭였다. 시어머니의 입김이 귀에 화구를 들이댄 듯 뜨거웠다.

　—쟤가 좀 그래요.

　'그래요'가 품고 있는 여러 의미 중에서 시어머니의 의미는 '모자라다'일 것이다. 엄마가 자기 아들을 천박한 동작으로 좀 그래요, 라고 표현했다. 그것도 우리 아들이 아닌 3인칭 불특정 다수에게 두루 쓰이는 쟤라고 했다. 그녀는 알고 있을까? 자신의 남편이 좀 '그래요'의 영역에 속함과 동시에 쟤인 것을.

나는 그녀 옆에 앉았다. 위태로이 앉아 있던 그녀는 인기척을 느꼈는지 고개를 들었다. 많이 울어 퉁퉁 부어 있을 거라 생각했던 그녀의 얼굴은 단단했고, 그늘진 눈은 허공을 맴돌았다. 내가 그녀의 손을 잡으려 할 때 오히려 그녀가 내 손을 잡았다. 그녀의 손은 바위 같은 모습과는 달리 어둡고 습한 동굴 속처럼 깊고 깊었다.

—선생님, 나는 괜찮아요. 나는 알아요. 우리 민서 안 죽어요.

그녀의 손이 내 손을 더욱 꽉 잡았다. 그때 그녀의 남편이 다가왔다. 그 뒤로 남편의 이복 여동생인 그녀의 시누이가 멍청아 라고 부르며 오빠를 뒤쫓아 오다가 나를 발견하고 멈칫했다. 그랬다, 그녀의 남편은 그녀의 시어머니와 이복 시동생들에게는 그들만의 이름으로 불리고 있었다. 내가 들었을까 봐 주춤대는 시누이 뒤로 시어머니가 시아버지를 부축하며 왔다. 시아버지는 미루안보다 더 죽은 낯빛으로 하루 이틀 사이에 종잇장이 되어 있었다. 시어머니는 시아버지를 기대고 앉을 수 있도록 의자 끝에 앉혔다. 그녀의 남편은 그녀의 왼쪽에 앉았다. 그녀의 시누이는 그들과 좀 떨어져서 벽에 비스듬히 기대고 있었다. 각자의 공간 속에서 그들은 침묵했다. 시어머니는 무슨 할 말이 있는 듯 손바닥을 맞대고 비비며 안절부절 못했다.

—어떻게 된 거예요?

나는 미루안의 손을 잡은 채로 시어머니에게 물었다.

—선생님, 그게 저, 아유 이 일을 어째, 내가 그러기에 애를 좀 잘 보라니까. 아유, 이를 어째.

시어머니는 평상시와 달리 저자세로 미루안의 눈치를 보면서 말을 이었다.

―선생님, 저…….

시어머니의 눈은 복도 끝을 가리켰다. 나는 미루안의 손을 놓고 시어머
니가 앞장 서는 대로 복도 끝으로 발걸음을 옮겼다. 복도 끝에 다다르자
시어머니는 내 오른손을 두 손으로 잡았다. 시어머니의 손은 지나온 세월
이었다. 두껍고 거칠고 투박했다. 가뭄의 논바닥처럼 갈라진 틈이 영원히
지워지지 않는 인장처럼 찍혔다.

―선생님 아시죠. 애 할아버지가 귀가 잘 안 들리는 거요.

마을버스를 내려 하우스 길을 걸어 들어가다 보면 노래 소리가 들릴 때
가 있다. 무덤처럼 엎어져 있는 하얀 비닐하우스 어딘가에서 누군가 일하
고 있다는 것을 알면서도 선득할 때가 있는데, 노래 소리가 들리면 선득
함이 사라지곤 했다. 주로 7080이라 불리는 익숙한 가요들이어서 노래를
따라 흥얼거리기도 한다. 그날도 노래를 따라 흥얼거리면서 그녀의 거주
용 하우스 앞에 도착했는데 저만치 그녀의 시아버지가 보였다. 그는 하우
스 앞에서 호스를 잡고 있었는데 뿜어나가는 물줄기는 한 방향으로만 줄
기차게 뻗어나가고 있었다. 그의 얼굴은 호스를 잡고 있는 방향과는 다른
방향을 향하고 있었다. 멀리서 들려오는 차 소리 말고는 개 짖는 소리조
차 없는 적막을 깨며 미루안의 시어머니가 나타나서 시아버지가 들고 있
던 호스를 낚아챘다.

―아이고, 내가 미쳐. 그놈의 귀는 왜 점점 먹어 가냐고. 물 좀 골고루
뿌리라고 몇 번을 말해요. 이러니 내가 소리소리 안지를 수가 있냐고. 남
들 보면 남편 잡는다고 나만 나쁜 년이지. 한시라도 쉴 수가 있냐고. 도대
체 어디를 보고 있는 거냐고.

그녀의 시어머니는 자신이 왜 항상 미친년처럼 소리를 지르면서 말하는지, 왜 억척스럽게 일을 하는지, 그게 다 저놈의 영감 때문이라고, 영감 귀가 먹어가기 때문이라고, 신세한탄을 한 적이 있었다. 하우스 입구에서 시아버지를 마주칠 때도 있었고, 수업하고 있으면 물을 마시러 오거나 커피를 마시러 수시로 드나드는 다른 가족들이나 일꾼들처럼 시아버지도 종종 드나들었다. 그럴 때마다 인사를 해도 듣는 둥 마는 둥 하는 고개를 갸웃거리게 하던 시아버지의 행동이 잘 들리지 않는 귀 때문이라는 걸 시어머니의 푸념으로 알았다. 미루안의 아이가 기어 다니며 공부를 방해 할라치면 시아버지가 봐준다며 데리고 나가기도 했다. 그러나 얼마 안 가서 아이 우는 소리가 들리곤 했다. 그럴 때마다 애를 왜 또 데리고 나와서 울리느냐는 시어머니의 억센 말투는 시어머니의 인생에 차곡차곡 쌓인 더께 때문이었다. 그때 하우스 안쪽에서 그녀가 호박이며 가지며 야채를 한바구니 들고 나왔다. 그녀는 검은 머리를 위로 묶어서 한줄기로 치렁치렁했고, 후줄근한 냉장고 바지에 헐렁한 민소매 셔츠 밑으로 부드럽고 날렵한 허리가 드러났다. 그녀에게 따라붙던 시아버지의 눈길은 시어머니와 부딪치자 호스의 물줄기와 함께 하우스 안으로 사라졌다. 시아버지로 향하던 시어머니의 눈은 그녀에게로 옮아 붙어 또 다른 악다구니로 흩어졌다.

─저거 저거 또 한바구니 따다가 도대체 어딜 내다 파는 거냐고. 몇 푼 된다고 저걸 내다 판다고 저 난리야. 농사일도 바쁜데 저거 키운다고 저러고 있으니 나만 이리 뛰고 저리 뛰고 바쁘지. 저, 저 허리통 다 나온 것도 모르고, 옷이나 좀 여미라고.

시어머니는 자신의 웃옷을 내리는 시늉을 했다. 미루안은 한 손으로는 바구니를 들고 다른 손으로는 시어머니를 따라 웃옷을 내렸다. 하지만 짧기도 짧은데다 바구니를 드느라 한쪽으로 쏠린 웃옷은 배꼽을 중심으로 가슴 아래까지 허리통을 내놓은 채로 꼼짝하지 않았다.

―엄마, 이거 놓다. 나 일해요.

미루안은 시어머니의 말을 뒤로 하고 바구니를 들고 거주용 하우스로 들어갔다. 미루안을 따르는 시아버지의 눈, 그런 시아버지를 따르는 시어머니의 눈, 멀리서 이들을 지켜보는 나의 눈에 묵과되는 실체는 무엇인가.

어린 시절 나를 따라붙던 시선, 방문 틈으로 대문 틈으로 온갖 틈 사이로 그림자처럼 따라붙던 시선. 아버지가 사다 주었던 과자처럼 싸고 또 싸서 깊이 묻어 놓아도 일정한 시간이 지나면 떠올라서 잘라 내버리고 싶은 기억을 발가벗겼던 시선. 아버지는 출장이 잦았다. 아버지가 출장을 가면 할머니와 둘이 남겨졌다. 미안해서였는지 아버지는 포장이 알록달록한 과자들을 사다 안기곤 했다. 할머니는 그런 과자는 입에만 좋지 이빨 썩기 딱 좋다며 부엌 찬장 높은 곳에 올려놓고는 밥을 다 먹은 후에 하나씩 주었다. 나는 과자를 못 먹게 하는 할머니가 몹시도 미웠다. 나는 아빠가 나 먹으라고 사다 준건데 할머니가 왜 간섭이냐고 패악을 부리며 의자를 밟고 올라가 과자 상자를 내려 보란 듯이 몇 개씩 한 번에 먹곤 했다. 할머니는 볼이 부풀어 오를 대로 부풀어서 입을 다물지도 열지도 못하고 있는 나를 보며 징하게 고약한 년이라고 했다. 입 안에 욱여넣은 과자인데도 맛은 포장지만큼이나 알록달록 해서 눈물이 났다.

그날도 나는 하교 후 집으로 갔다. 전날 아버지가 사다 놓은 과자를 먹을 생각에 집으로 가는 발걸음은 날아갈 듯 했다. 집에 가니 할머니는 없었다. 나는 마루에 가방을 던져 놓고 부엌으로 가서 발돋움으로 찬장을 열고 간신히 과자를 꺼냈다. 과자 봉지를 들고 마루에 앉아서 봉지를 뜯으려고 안간힘을 써도 평상시에는 잘 뜯어지던 봉지가 요지부동이었다. 땀 때문인지 손에 힘을 줘도 손가락 사이로 미끄러져 나가기만 했다. 그 순간 공기를 타고 전해지던 미세한 움직임을 나는 놓치지 않았다. 내가 도와줄까? 집이고 방이고 놀리면 망가진다고 노래를 하던 할머니는 옆집 할머니가 소개해 준 서울로 유학 온 참한 학생에게 세를 주었다. 그 참한 학생의 시선은 참하지 않아서 그 학생이 머물렀던 몇 개월을 나는 해저 깊이 봉인했다.

　―이렇게 해야지.

　오빠는 내 뒤로 오더니 두 팔을 뻗어 순식간에 나를 안는 자세가 되었다. 마루에 앉아 있는 나를 등 뒤에서 감싼 엉거주춤한 자세였다. 오빠의 손이 내 손을 덮쳤고, 내 등에 붙은 오빠의 가슴이 축축했고, 그 아래로 기분 나쁜 이물감이 느껴졌다. 밀쳐내고 싶었지만 온몸이 굳어진 채로 내 눈과 손은 과자 봉지에만 집중해 있었다. 시간이 멈춘 것 같은 숨 막히는 순간, 세상에서 모든 것이 정지되었고 느껴지는 것이라고는 등의 축축함과 딱딱한 이물감뿐이었다. 오빠의 손에서 뜯어진 과자 봉지는 내 손에 들려졌고, 오빠의 손이 닿아서는 안 될 것 같은 나의 몸 은밀한 부분들을 파고들었고 내 귀에 닿아 있는 오빠의 입에서 새어나오는 점점 거칠어지는 숨소리, 그때 대문을 두드리는 소리가 났다. 늪과 같은 꿈속을 헤매었다. 지영아, 지영아. 시간이 얼마나 흘렀는지 할머니가 부르는 소리에 묵직한 눈꺼풀을 들어 올렸을 때는 열린 마루문으로 멀리 저녁놀이 온 세상을 물들이고 있었다.

　―옷도 안 갈아입고. 여기 이러고 자빠져 자고 있으니까 문을 두드려도 모르지 이것아. 석이 할머니가 문을 몇 번이나 두드렸는지 모른데. 잘 거면 방으로 들어가서 자든가 하지. 기집애가 마루에서 이게 뭐여.

할머니는 나를 일으켜 앉히며 타박을 했다.

—이 땀은 또 뭐여. 어디 아픈 겨?

나는 할머니에게 그게 아니고 할머니라고 말문을 열었다. 그 말문은 열리자마자 다시 닫혀야 할 말문인 것을 나는 몰랐다. 미루안을 쫓는 시아버지의 시선이 봉인된 나의 기억을 해제시켰다.

—선생님, 선생님도 아시잖아요. 애 할아버지 귀 먹어가는 거.

그녀의 시어머니는 나의 대답을 얻지 못하자 다시 동의를 구했다. 나는 중환자실 쪽을 보며 최소한으로 고개를 끄덕였다.

—선생님, 애 할아버지가 민서를 데리고 놀다가 그만······.

시어머니는 기어이 옷소매로 눈가를 닦더니 말을 이었다.

—애가 물 저장소에 빠졌어요. 할아버지가 애를 앉혀 놓고 돌아서서 잠깐 뭘 했는지 다시 돌아보니까 애가 없더라는 거예요. 한창 걸음마 떼고 걸어 다닐 때니까 애가 할아버지 손에서 벗어나자마자 일어나서 몇 발짝 가다 빠진 모양이에요.

내가 대답이나 반응이 없이 듣기만 하자 더 눈치를 보며 시어머니는 말을 이었다.

—할아버지가 귀가 잘 안 들리니까 애가 빠지는 소리를 못 들었나 봐요. 돌아서니 애는 없고, 그새 방에 갔나 싶어서 방에 갔다가 입구 쪽으로 나오는데 물속에서 뭐가 떠오르는데 애가 엎어진 채로 떠오르더라는 거예요.

애가 엎어진 채로 물 위로 둥둥 떠오르는 모습을 상상하자 나도 모르게 몸을 떨었는지 시어머니는 내 팔을 잡았다. 나는 중환자실 앞에 있는 미루안을 보았다.

—그럼 미루안 씨는 뭐하고 있었대요. 애가 그렇게 됐는데.

—요즘 한창 바쁠 때라……건너편 하우스에서…….

나는 중환자실 앞에 앉아 있는 미루안에게 두었던 시선을 돌려 시어머니를 보았다. 시어머니는 마지막 카드를 뒤집는 비장한 표정으로 말을 이었다.

—애가 물에 빠진 걸 애 엄마한테 말 안 하고 병원으로 온 거에요. 애 엄마가 알면 너무 놀라기도 하고 어떻게 나올지 좀 겁도 났구요.

—그렇다고 어떻게 미루안 씨한테 먼저 알리지 않을 수가 있어요. 엄마한테 먼저 알렸어야죠.

그녀의 시어머니가 며느리가 아이를 잃을 수 있는 순간까지도 자신의 안위만 챙기는 잔인한 이기심이 오래전에 묻어 두었던 또 다른 얼굴을 떠오르게 했다.

내가 말문을 열자 할머니는 마루에 털퍼덕 주저앉아서 잠시 넋을 놓았다. 그러더니 검지 손가락을 세워 내 입에 갖다 대었다. 그만해라. 이만하길 다행이다. 더 큰일 안 당했으니 다행이다. 아무리 아빠라도 기집애한테는 흉이니까 아빠한테는 말하지 말라고 내게 엄포이자 당부를 한 할머니는 세 든 학생을 조용히 내보내는 걸로 일단락 했다. 그 이후로 할머니도 나도 기억상실증 환자들처럼 일정한 기간을 잘라냈다. 독자의 상상에 맡긴 맥락 없이 줄거리를 건너 뛴 소설 같았다. 할머니는 스무 살이 되어 대학교 기숙사에 들어갈 때까지 나를 거의 혼자 둔 적이 없었다.

그녀의 시어머니는 아이가 중환자실에 들어가는 걸 보고 바로 아들과 미루안에게 알렸다고 했다. 하지만 그녀의 시어머니가 두려워하고 우려

했던 일, 미루안이 그동안 받은 무시와 홀대에 대한 감정의 폭발이나 책임 소재를 따지는 일은 일어나지 않았다. 낯선 이곳에서 남편의 가족들과 관계를 이어주고 있는 유일한 끈인 아이를 잃을 수도 있는데 그녀는 아이가 죽지 않을 거라는 확신을 했다. 민서는 이곳과의 끈이기도 했지만 베트남과 연결된 끈이기도 했다. 사고에 대한 서슬 퍼런 비난의 화살을 시어머니에게 돌릴 마음 따위는 미루안에게 없었을 것이다. 봉인이 해제된 나의 기억이 시어머니에게 오버랩 되려는 순간 중환자실 쪽에서 다급한 분위기가 느껴졌다. 시어머니와 나는 동시에 중환자실로 뛰었다.

　―우리 애는요. 의사선생님, 우리 애는요.

　시어머니가 다급하게 물었다. 의사는 다급히 묻는 시어머니의 시선을 외면하고 미루안을 보았다. 그녀의 시누이는 어디로 갔는지 보이지 않고 미루안과 반대편 끝에 앉아 있는 시아버지는 푹 꺾여 있던 고개를 들었다. 그녀의 남편은 평소의 그 답지 않게 몹시 경직되고 긴장한 표정으로 의사가 비관적인 말을 한마디라도 던지면 곧 울기라도 할 것 같았다. 여전히 미루안에게 눈길을 주면서 아이는 아직 의식이 없다고 의사가 말했다. 나는 아직 의식이 없다는 의사의 말이 곧 의식이 돌아올 수도 있다는 말로 들렸다. 그녀의 시어머니가 의사의 팔을 잡고 그럼 우리 민서는 어떻게 되는 거냐고 했다. 글쎄요. 최선을 다해 봐야 알겠지만 의식만 없을 뿐이지 다른 신체 증상은 괜찮습니다. 의사는 각자의 해석을 불러일으키고 중환자실로 들어갔다. 툭, 의사의 말을 한 마디도 알아듣지 못해 나름대로 해석할 길 없는 미루안의 얼굴에서 흐르는 눈물을 그녀의 남편이 두 손으로 닦았다. 그녀의 시어머니는 쓰러지듯 바닥에 주저앉았고, 그녀의 시아버지는 고요 속에서 울려 퍼진 의사의 말을 알아들었는지 그의 고개가 다시 푹 꺾었다.

―나 때문이여. 내가 죽일 놈이지. 내가 죽어야 되는데.

그녀의 시아버지는 두 손으로 무릎을 부서질 듯 쥐며 말했다.

―그래요. 당신이 죽어야지. 왜 이제 돌 지난 민서가 죽어야 되냐고. 늙은 당신이 죽어야지. 정신을 어디다 두고. 허구한 날 젊은 년들 속살이나 쳐다보더니, 내 언젠가 경을 칠 줄 알았다고. 시어머니는 비밀의 문을 열어젖히고 그동안 쌓여 있던 더께를 닦아내듯 그녀의 남편을 향해 소리를 질렀다.

―어머니, 우리 민서 안 죽어요. 안 죽어요.

―아이구, 말 안 통해서 속 터지게 하더니, 지 자식 죽는다는 말은 알아듣네.

그때 중환자실 문이 다시 열리더니 간호사가 나왔다.

―여기서 뭐 하시는 거예요. 조용히 좀 하세요.

미루안의 남편이 엉거주춤 일어서더니 허리를 반으로 접으며 알았다고 조용히 하겠다고 했다. 평소에 빙긋 웃기만 하던 미루안의 남편은 그의 계모이자 미루안의 시어머니인 그녀가 손짓까지 해가며 모자람을 강조했던 모습은 아니었다. 아들이고 손자인 두 살배기 아기의 죽음으로 이어질 수 있는 이 상황을 직면하고 있는 이들 사이에서 떠도는 진실과 거짓은 열리지 말았어야 하는 봉인된 문이었던가. 나는 이들로 인해 열린 나의 봉인된 기억을 받아들여야 하는가. 나는 허락 없이 내 몸 구석구석을 훑던 손보다 더 기억하고 싶지 않았던 할머니의 함구령 내리던 목소리를 다른 방으로 넘어가기 위한 문턱쯤으로 여기고 이제는 그 문턱을 넘어서야 했다. 이 외진 곳으로의 내 발걸음에 굳이 명목을 붙이자면 봉인 해제였다.

그녀의 시어머니는 수업이 거의 끝나갈 때쯤 어김없이 나타나서 선생님 커피는 드셨느냐고, 쟤가 커피는 타 드렸느냐고 상 위에 있는 믹스커피의 흔적이 있는 종이컵을 보면서도 꼭 물었다. 속으로는 쟤가 아니라 저것이었을 수도 있다는 생각이 들었다.

그날은 선선한, 그늘에 서면 쌀쌀하다고 느껴질 만한 날이었다. 한국어 발음을 공부하던 중이었다. 외국인들은 낱자로 배운 대로 발음하기 때문에 국물을 음운변화 없이 국, 물이라고 읽는다. 국물은 국, 물이 아니라 궁물로 발음해야 한다고 알려 주었다. 미루안이 갑자기 선생님, 궁물도 없어! 궁물도 없어? 라고 했다. 나는 미루안이 궁물을 제대로 발음하는 것도 놀라웠지만 궁물도 없어! 에 더 당황했다. 궁물도 없어, 라는 말의 이중적 의미를 미루안은 알고 말하는 건지 누군가 그녀에게 하는 말을 그대로 옮기는 것인지 의아했지만 물론 전자는 아닐 거라고 생각했다.

—미루안 씨, 누가 미루안 씨에게 궁물도 없어, 했어요?

—엄마, 엄마가 해요.

—아아, 그래요? 궁물, 잘 했어요. 맞아요. 궁물.

시어머니에게 궁물도 없는 미루안은 시어머니와 이복 시동생들에게 그녀의 남편과 한 세트로 '좀 모자라다'와 '궁물도 없다'였다.

더위가 한 풀 꺾인 어느 날 하우스 방에 들어서는데 마침 그녀의 시어머니가 당시 본방송이 이미 완료되었는데도 아침마다 몇 회씩 재방송을 하고, 재방송을 놓친 사람들은 무료서비스를 통해 정주행으로 몇 번이고 다시보기를 한다는 드라마를 보고 있었다. 내가 들어서자 선생님 오셨느냐며 점심 먹고 잠깐 본다는 게 아직 이러고 있다고 하면서도 티브이에서 좀처럼 눈을 못 떼더니 아쉬운 듯 티브이를 껐다. 미루안이 마침 아이를 작은 방에 재우고 나와서 공부할 때 사용하는 밥상의 네 다리를 하나하나 폈다. 미루안이 상을 펴는 동안 그녀의 시어머니는 일하러 나갈 채비를 하며 주섬주섬 모자와 장갑을 챙기더니 매실을 담갔는데 알맞게 맛이 잘 들었다며 매실차를 한 잔 타 왔다.

　—더위가 많이 가서 선생님 오시기가 그래도 좀 낫지요.

　그녀의 시어머니가 내 앞으로 매실차를 탄 머그컵을 밀어 놓으며 말했다. 머그컵은 묵은 때로 거뭇해서 가장 안전해 보이는 부분을 찾아 한 모금 마셨다. 맛이 괜찮다는 대답을 기다리는 표정인 시어머니에게 맛이 잘 들었다고, 나는 시어머니가 어서 일어나기를 바라며 대답했다. 하지만 나의 대답을 신호탄으로 그녀의 시어머니는 애를 데려오느라고 돈을 얼마나 썼는지 아시냐며 뜬금없이 미루안의 한국 입성기를 풀기 시작했다. 선생님도 눈치 채셨겠지만 애 남편은 그녀의 친아들이 아니다. 애가 조금 모자라다. 이십 대에는 회사에도 다니고 했는데 사람들하고 적응을 못해서 이 회사 저 회사 몇 달 못 다니고 그만두었다. 집에 와서 농사일 좀 거들라고 해도 밖으로 나돌더니 몇 년 전부터 농사일을 거들고 있다. 애가 마흔인데 한국 여자와 결혼은 꿈도 못 꾼다. 그래서 미루안과 결혼시켰다. 미루안 밑으로 돈 이천 들었다. 나는 시어머니의 신세한탄을 듣는 동안 미루안이 신경 쓰여도 애써 아닌 척 했지만, 이 대목에서는 그녀에게 가는 시선을 참을 수 없었다. 마침 말소리에 잠이 깼는지 방에서 칭얼거리는 소리가 나서 방으로 들어가는 미루안의 등에 나의 시선이 꽂혔고 시어머니의 이야기는 아랑곳없이 계속되었다. 여자 고르려고 베트남에 가서 여러 여자들의 사진을 보고 골랐는데 아들은 미루안이 좋다고 했다. 그런데 시어머니는 미루안의 눈이 크고 검어서 내키지 않았다. 미루안의 고향은 베트남 남쪽 껀터에서도 몇 시간을 들어가는 아주 오지이다. 차를 많이 안 타 봤는지 미루안은 멀미가 심하다. 그녀의 엄마도 멀미가 심하고 눈도 잘 안 보여서 껀터까지 나오지도 못한다. 그러니 한국에는 아예 올 생각도 못한다. 미루안을 한국에 데려와서 시댁 식구가 사는 아파트에서 같이 살자고 했더니 싫다고 했다. 미루안은 여기가 더 좋다고 했다. 애가 살갑지가 않고 고집도 세고 속에 무슨 생각을 하는지 모르겠다. 처음에는 베트남으로 도망갈까 봐 노심초사했다. 그런데 저들끼리는 좋은지 잘 산다. 둘이 똑같다. 농사일을 눈치껏 알아서 물 댈 때 물 대고 옮겨 심을 때 옮겨 심고 팔 때 팔아야 하는데 한 가지를 시키면 그것만 한다. 하나는 덜 떨어져서 그러고, 하나는 게을러서 그런다. 내가 속이 터진다. 목소리가 커질 수밖에 없다. 하루 종일 나 혼자 이리저리 바쁘다. 일꾼들도 말이 안 통해서 미루안이 제 역할을 잘하면 좋은데 그렇지가 못하니 답답할 뿐이다. 여기저기 빈 땅만 있으면 호박, 가지, 오이, 여주 같은 채소를 심어서 내다 판다. 몇 푼이나 받는다고 저런다. 그거 심어서 내다 파는 시간에 농장 일을 더 도와주면 얼마나 좋으냐. 시어머니는 이제 공부하시라고 하면서도 한 번 풀어놓은 말을 거둘 줄을 몰랐다. 시어머니가 신세한탄의 마지막에 끼워놓은 채소들을 미루안이 검은 봉지에 담아서 내 손에 들려 주기도 했었다. 선생님 드세요. 검은 봉지 속에 말갛게 들어 있는 채소들 중에서 하나를 가리키며 이게 뭐냐고 물었더니 여주라고, 베트남 사람들은 여주를 요리해서 먹는다고 했다. 집에서 미루안이 알려 준 대로 여주를 요리해서 맛을 보았는데 입에 넣자마자 뱉어 낼 정도로 썼다. 다음 수업 때 미루안이 물었다. 선생님, 여주 맛있어요? 나는 그렇다고 대답했다. 이후로 여주가 집에 쌓여 갔다. 초록색으로 싱싱한 여주는 어두운 쓴 맛이었다.

중환자실 앞에는 나와 미루안만 남았다. 그녀의 시아버지가 더 이상 앉아 있다가는 손자 옆에 할아버지도 눕게 될 지경일 거라며 시어머니는 남편을 집에 데리고 가야겠다고 했고, 미루안의 남편은 택시만 잡아 주고 온다고 했다. 나는 미루안의 옆에서 한동안 말이 없었다. 나는 그녀를 둘러싼 달무리 같은 상황들을 끝내 지나치지 못했다. 그녀의 시어머니는 아이는 또 낳으면 된다고 최악의 상황을 대비해서 자위인지 미루안을 향한 일말의 미안함을 그렇게 표현한 건지 혼잣말을 했다. 하지만 내게는 세상에서 아이를 잃은 엄마에게 하는 최악의 말로 들렸다. 아이를 또 낳는다 해도 그 아이가 이 아이가 될 수는 없다. 아이가 깨어나지 못 한다 해도 시간이 지나면 상처의 흔적은 남겠지만 잊힐 것이고 아이는 또 태어날 것이다. 하지만 이 아이는 반드시 깨어나서 미루안에게 안겨야 할 것이다. 나는 바위처럼 앉아 있는 미루안의 어깨에 손을 얹었다. 단단한 바위 같아 보였던 그녀는 푹석하게 내려앉았다.

—선생님, 나 선생님한테 많이 고마워요.

나는 미루안의 손을 잡고 나도 고맙다고 민서는 살아날 거니까 걱정하지 말라고 했다.

—선생님, 베트남 엄마 눈 괜찮아요. 수술 잘 했어요. 선생님, 도와줬어요. 민서도 안 죽어요. 나 한국에서 민서하고 살아요. 선생님하고 공부해요.

—선생님, 도와주세요.

언젠가 수업을 하면서 응급 상황이 일어났을 때를 대비해서 구조 요청 방법을 알려주었는데, 그날 수업 중에 미루안의 난데없는 도움 요청에 나는 적잖이 당황했다. 나는 습관적으로 미루안의 몸을 여기저기 훑어보았다. 지난 수업 때와 별다른 차이가 없었지만, 불안하게 흔들리는 그녀의 눈동자는 무언가를 말하고 있었다. 미루안은 다시 분명하게 말했다. 도와주세요. 뭘 도와줄까요? 무슨 일이 벌어질 건지 아니면 이미 벌어졌는지 심상찮음이 감지되었다. 미루안은 짧은 한국어로 표현하려고 말을 고르는지 잠깐 침묵이 흘렀다. 그리고 눈은 문을 향한 채 말했다.

─은행 가고 싶어요.

은행이라니. 내 머리에는 은행에 가야 할 단 한 가지 이유가 스쳤다. 베트남에 돈을 보내는데 나와 동행하겠다는 건가, 송금을 하려면 한국인의 도움이 필요한 건 당연한 거고 미루안은 그 대상을 나로 지목한 것이다. 베트남에 송금을 하려면 최우선으로 가족에게 도움을 요청해야 하는데 그녀는 나에게 손을 내밀었다. 가족들 모르게 본국에 송금을 하겠다는 것은 결코 좋은 의도는 아니라는 데 생각이 미쳤다. 시어머니의 의심이 적중한 건가. 나의 의심쩍은 눈을 읽었는지 미루안이 말했다.

─아니요. 나 베트남에 안 가요. 엄마 수술해요. 엄마 눈 수술해요. 나 돈 있어요. 엄마한테 보내요. 베트남에 보내요. 선생님, 은행 같이 가요. 나 은행 몰라요.

그제야 틈나는 대로 채소를 키워서 내다 판다는 시어머니의 신세한탄이 생각났다. 몇 달 전 마을버스를 타고 수업하러 올 때 종점 세 정거장 전에 있는 아파트 단지 정거장에서 미루안이 탔다. 수업인데 어디를 갔다 오느냐고 물으니 아파트 단지에 사는 베트남 친구를 만났다고 했다. 손에는 빈 바구니를 들고 있었고, 머리는 틀어 올려서 핀을 꽂았지만 흐트러져 있었다. 하지만 표정은 만족스러웠다. 선생님, 미안해요. 나 안 늦어요. 선생님 와요. 나 알아요. 그때 미루안은 시어머니가 말한 호박이며, 가지며, 여주 같은 채소들을 팔고 오는 길이었던 것이다. 아파트 단지 앞에 있는 노상에서 할머니들 틈에 끼어 바구니에 채소를 놓고 팔았을 것이다. 빈 바구니와 만족스런 표정은 채소를 다 팔아서였다. 그렇게 한 푼 두 푼 모은 돈을 엄마 수술비로 송금하겠다는 것이 미루안의 의도라는 걸 알고는 순간적인 의심이었지만 미안했고, 의심을 읽은 미루안에게 부끄러웠다. 미루안은 문 쪽을 흘깃 보더니 낮은 목소리로 분명하게 다시 말했다.

—엄마 수술해요. 눈 수술. 나 돈 보내요 엄마 수술 돈.

—미루안 씨. 돈 있어요?

—호박, 여주 팔아요. 베트남 사람 여주 좋아해요. 아파트 친구 팔아요.

하우스와 하우스 사이에 작은 텃밭에서 키우던 채소들이 미루안의 뒷주머니 역할을 하고 있다. 나에게서 도와주겠다는 대답을 듣지 못하자 미루안은 어눌하지만 최선으로 자신의 마음을 말했다. 시어머니가 자신을 싫어한다. 베트남 갈까 봐 걱정한다. 시어머니 진짜 엄마 아니다. 시어머니와 시동생이 남편한테 멍청이라고 한다. 하지만 남편은 좋은 사람이다. 멍청이 아니다. 남편은 머리가 아프다. 남편은 약을 먹는다. 괜찮다. 그리고 남편을 사랑한다. 시아버지의 시선도 안다. 시아버지 나쁜 사람 아니다. 하우스에서 민서 키우면 안 좋다. 그녀의 이야기는 이런 내용이었다. 그렇게 생각한다기보다는 생각해야만 여기서 살아남을 수 있다고 스스로에게 세뇌를 시킨 것 같았다. 나는 그러겠다고 대답했다. 미루안은 나의 도움으로 무사히 베트남에 송금했고 그녀의 엄마는 수술을 했지만 한 차례로 끝나는 수술이 아니었기에 우리의 공모는 그 후에도 두 번이나 더 있었다. 그녀의 공범이 된 나는 그녀보다 더 정체성의 혼란을 느꼈다. 나를 혼란스럽게 만든 작은 체구의 이제 스물 두 살인 그녀는 나보다 단단하고 강했다. 나는 어린 시절의 그림자를 이십 년이 지난 지금에도 질질 달고 다닌다. 때로는 인생의 변곡점이나 인생이 변주될 때 그것으로 방패를 삼아 숨어 버리곤 했다. 비겁해지고 비굴해질 때도 그것을 변명의 도구로 삼았다. 세상을 향한 마음 한켠을 닫고 싶을 때 나를 합리화 시킬 수 있는 조악한 이유였다. 그런데 세상을 향해서 늘 시위를 당기고 있는 내가 인생의 변주를 준비하고 있는 그녀에게는 출구이고 통로였다. 그녀 역시 나에게는 새로운 세상으로의 출구이자 입구이다.

중환자실의 문은 아직 열리지 않았다.

—미루안 씨, 어쩌면 아이가 영원히 깨어나지 않을 수도 있어요. 그렇 더라도 그것이 미루안 씨가 이 세상에서 살지 못할 이유가 될 수는 없어요. 하지만 나는 민서가 꼭 깨어나길 바라고 반드시 깨어날 거라고 믿어요.

나는 미루안의 눈을 보며, 그리고 그녀의 검은 눈동자 속에 비친 나를 향해 말했다.

정 달 막

창작 노트

창밖의 초록 잎들이
익어가고 있습니다
단풍을 넘어 낙엽의
길목에서

아침문학 지도 교수님 아래
훌륭하신 문우님들을 만나
무지렁이 제가
아침문학 출판에 참여함이
더없는 영광입니다

능소화

발길 끊긴 용포 한 가닥
일생을 놓지 못하고

외진 담장 밑
까만 씨앗으로 버려져

그리움 마디마디
주황의 등불을 매달았습니다

더위에 다들 고개가 기울어도
오직 한 사람을 향한 심지는
영롱합니다

뭇사람이 던지는 수많은 말보다
이 계절에 만나는

그대 침묵에서 번진 전설에
마음을 다스려봅니다

기다림이 벌이 된
가슴앓이 꽃
우아한 능소화가 높은 담장
치렁치렁 눈물입니다

구봉사 독경 소리

도봉산을 노래하는
구봉사 계곡물도
얼면 멈추고
녹으면 흘러가듯

우리들의 인생사도
무엇이 다르랴?

산 너머 구름이
한 말씀 던지시네

집마다
먼지 없는 창문은
없다고

임이시여
무엇을 찾으려고

풍경도 울어대는 산사에
잿빛 몸이 홀로이

독경 소리
목탁 소리
도봉산을 울리시나

젖은 미로迷路

우산 끝에 떨어지는 빗물이
바짓자락을 적신다.

이윽고 바람에 찢어지던
남루한 비닐우산

사랑도 젖고 있었다.

가벼울 수 없었던 눅눅함의 무게에
우중충한 기억들

빗물보다 더 많던 눈물을
시간에 말리면서
혼자에 익숙할 수밖에 없었던
날들을

한 번쯤
비가 되어 바람이 되어

그대 잠든 창을 흔들면

하얀 그 손
내밀며 반기려나
아직도 가슴은 떨리고 있는데.

노적사 가는 날

하늘이 높아라 바람도 불어라
노적봉 구름아 너도 흘러라

이 한 생이 다 가도록
사성제四聖諦 고집멸도苦集滅道
마음속에 못 세워도

노적사 가는 길은
더 없는 설렘이라

산중의 계곡물은
비구니 절도節度인 듯
맑게도 흐르고

법당 앞 돌계단을
구르는 독경 소리는
북한산도 숨을 죽이는데

우뚝 선 미륵보살 미소가
날 부르는 것 같아

도솔천 그리며 두 손 모아 합장이니

산새들 지저귐에 푸르름 짙어가고
노적사에 노을이 더없이 고와라

가을

창공이
저토록 파랗고
잎새가 저렇게 붉어도

아름다울수록
슬퍼지는 것은

싸늘하게 돌아서던
그날의
그대 뒷모습에

이 가을이
베이는 이유입니다

정 선 화

창작 노트

아스트라제네카 백신 접종을
2차까지 마쳤습니다
비대면의 시기에 홀로 대면하여 주고받아
웅성거렸던 말
올립니다

상사화

홀로 보실까

바람 머뭇거려
떠날 채비 마치고도 되밟아 부는 작은 소란
눈에 익어 바랜 풀잎 사이
외연히

여밈의 물빛이 올리는 기단 높은 수심
오래 흔들렸다가
거기 호수로

수면의 우글거리는 침묵을
담백하게 여는 꽃

진다는 것은 먼저 안 마음일까

보고 싶다는 말이 지나간 자취에는
누군가 그리움을 만나러 들어가 아직

오지 않은 소식같이

멈칫, 멈칫 눈부셔
지는 잎 보실까

제라늄

기억하지 못 한다 먼 이야기

가물었다가 쏟아지는 국지성 소나기로
뿌리를 덮은 흙이 송두리째 패였다
진흙더미 밀려서 쓰러졌다

환절기
빛의 풍요 속
어느 행성을 떠돌았기에 물은 아래로 먼저 내려가
물의 깊이에서 물의 모습을 밀어 올려주는 것일까

물방울
맺혀 머물다 떨구어서
바람도 없을 적에 홀로 허문 바위가
흘러가는 물결 가운데 모래섬으로
멀어져 가는 물소리 삭혀 드는 것 같아

골목서 만난 이웃과 그날, 그날 허물없는 이야기도
헤어져 오며 되새기면 삶은 전신이 향기를 지녀서
순수의 행성으로 다시 바라보게 하는 면역력

무한히 드는 빛에
흔들렸던 파도로 부딪쳐 스스로 허무는 귀는 닳아서
물의 무늬 온 단풍잎

빛이 잘 드는 창가
제라늄 화분이 놓여 있다

노각나무가 있는 강 풍경

막 쪄낸 감자같이
내 한껏 다 드려도 좋을 강돌
해오라기는 긴 목으로 하늘을 구부렸다가 폈다
구불구불 돌아온 내력 환한 치부의 표지 넘겨
밑줄 있는 페이지에서 읽다가 놓치는 양떼구름
도저히 잡을 수 없어 묵독으로

울어도 누구 하나 달려 나올 어른 없는 아이
외 돌려놓듯 하늘은 가없어 드려지는 마음 더 드려
달구어진 밤은 두께로 달빛에 꽂으시길

구름을 애써 나와도 구름으로 들어가
체온이 떨어진 가로등 불빛
몹시 당황하여
풀잎 끝에는 이슬로 새벽을 읽는다

가본 길 같아도 가보지 못하여 되돌리는
허기의 하루는 지루하고 바람은 휙휙 지나가

마디다는 목질

더딘 불찰을 우는 계절은 눈물도 많아
불어난 강물이 휩쓸어가고 또 밀려와서
모래에 세운 재활의 병동에서는
습습한 홑깃 털어내어

노각나무는 흰 꽃을 피웠다
숱 많은 머리에 꽂은 고아의 상장처럼
불안이 무거워서 간결하고 후덕한 잎 사이
울창한 한계도 설레어

아름답지 않을 수 있을까 여기 무한히 바라보는 일
햇살로 닦인 여름의 이마에 고즈넉한 고독이 서 있다

아침문학회 연혁

2005년
- 유한근 교수 지도 아래 문학동아리 '글벗문학회' 결성
- 초대 회장으로 김혜순 수필가 선임
- 김귀옥 수필가 《한국수필》 수필 등단
- 유민자 수필가 《한국수필》 수필 등단
- 동인지 제1호 《글벗》 발간

2007년
- 글벗문학회 회장으로 이미랑 수필가 선임
- 동인지 글벗문학 2호 《푸른 휴식》, 신우출판사 발간
- 이정자 수필가 《한국수필》 수필 등단

2008년
- 동인지 글벗문학 3호 《봄길》 발간

2009년
- 글벗문학회 회장으로 주예선 수필가 선임

2010년
- 글벗 문학회 회장으로 유민자 수필가, 총무 조정희 선임
- 동호회 명칭 변경(5.18), '글벗문학회'에서 '아침문학회'로 변경
- '아침문학' 카페 개설(5.20)(cafe.daum.net/munchang2010)

2011년
- 동인지 글벗문학 4호 《아침문학》 발간
- 유민자 수필가, 수필집 《내일은 괜찮을 거야, 라온하제》, 책나무출판사 발간
- 박현규 수필가, 월간 《수필과비평》, 10월호, 수필 등단

2012년
- 동인시집 《아침시詩》, 도서출판 10시 발간
- 지도: 유한근 교수
- 수록 회원: 김귀옥, 김현주, 박미숙, 박소영, 박정숙, 박현규, 안현진, 유민자, 이만길, 이영숙, 이영주, 이인환, 이자명(이노나), 이정자, 조정희, 지미혜자, 차경애, 최은주, 하순희(19명)
- 이인환 수필가, 월간 《수필과비평》, 2월, 수필 등단
- 유민자 수필가, 월간 《수필과비평》, 문학평론 등단
- 이노나 시인, 계간 《연인》, 여름호, 시인 등단

2013년
- 아침문학회 회장으로 김귀옥 수필가, 총무 차경애 선임
- 동인지 5호 《아침문학》, 인간과문학사 발간

지도: 유한근 교수

수록 회원: 강미희, 김귀옥, 김도형, 김재근, 김중섭, 박현규, 신용기, 안현진, 유민자, 이경구, 이만길, 이병애, 이언수, 이영국, 이인환, 이자명(이노나), 이정자, 차경애, 최성순, 최은주, 하순희, 황미영, 지미혜자(23명)
- 이정자 수필가, 수필집 《나는 빨강이 좋다》, 인간과문학사 발간
- 안현진 수필가, 월간 《수필과비평》, 수필 등단
- 박미숙 시인, 《한국문인》, 4월, 시인 등단

2014년
- 아침문학회 회장으로 이정자 수필가, 총무 강미희 수필가 선임
- 김귀옥 수필가, 수필집 《행복한 사진첩》, 인간과문학사 발간
- 김재근 수필가, 월간 《수필과비평》, 3월, 수필 등단
- 강미희 수필가, 계간 《인간과문학》, 겨울호, 수필 등단

2015년
- 아침문학회 회장으로 이인환 수필가, 총무 박미정 선임
- 동인지 6호 《아침문학》, 인간과문학사 발간

지도: 유한근 교수

수록 회원: 강미희, 김귀옥, 김재근, 김효경, 김효선, 박미정, 이경선, 이언수, 이인환, 이자명(이노나), 이정자, 이헌정, 정선화, 최광명, 최성순, 최은주, 하순희, 지미혜자(18명)
- 하순희 수필가, 계간 《인간과문학》, 겨울호, 수필 등단
- 박현규 수필가, 격월간 《문학광장》, 7.8월호, 시인 등단
- 이정자 수필가, 수필집 《위로》, 인간과문학사 발간
- 유민자 수필가 겸 평론가, 수필집 《안녕, 시간여행》, 인간과문학사 발간
- 유민자 수필가 겸 평론가, 제2회 '인간과문학인상' 수상, 《인간과문학》 주관

2016년
아침문학회 회장으로 김재근 수필가, 총무 하순희 수필가 선임
- 시화전 개최(고덕평생학습관 로비, 6.1-15)
- 서울 평생학습축제 작품전시회 참가(올림픽공원, 10.14-16)
- 이언수 시인, 계간 《인간과문학》, 겨울호, 시인 등단
- 김효선 수필가, 계간 《인간과문학》, 겨울호, 수필 등단
- 김재근 수필가, 에세이집 《걸으며 생각하며》, 인간과문학사 발간

2017년

- 시 낭송회 개최(고덕 평생학습관, 2.22)
- 시화전 개최(고덕 평생학습관 로비, 3.1-5.31)
- 이정자 수필가, 수필집 《수를 놓다》, 인간과문학사 발간
- 이노나 시인, 격월간 《K-스토리》, 통권2호, 소설가(필명 이봄) 등단
- 김재근 수필가, 계간 《인간과문학》, 가을호, 시인 등단
- 이인환 수필가, 수필집 《각질》, 인간과문학사 발간
- 동인지 7호 《아침문학》, 인간과문학사 발간

지도: 유한근 교수

수록 회원: 곽경옥, 김귀옥, 김도형, 김병무, 김재근, 박연희, 봉영순, 이경선, 이언수, 이인환, 이자명(이노나), 이정자, 인선민, 정선화, 정진이, 최은주, 하순희(17명)

2018년

- 아침문학회 회장에 이언수 시인, 총무에 인선민 소설가 선임
- 김병무 시인(김태현), 계간 《인간과 문학》, 봄호, 시인 등단
- 이승현 소설가, 격월간 《K-스토리》, 3월호, 소설 신인상 등단
- 임만규 수필가, 격월간 《여행작가》, 5.6월호, 수필 신인상 등단
- 박연희 수필가, 격월간 《여행작가》, 9.10월호, 수필 신인상 등단
- 김재근 수필가 겸 시인, 시집 《형태소》, 인간과문학사 발간
- 동인시집 《아침시詩》, 인간과문학사 발간

지도: 유한근 교수

수록 회원: 곽경옥, 김귀옥, 김도형, 김재근, 김태현, 박연희, 봉영순 설권우, 신동현, 이나경(이정자), 이노나, 이승현, 이언수, 이을기, 이인환, 이정이, 이준국, 인선민, 임만규, 정선화, 정진이, 하은(하순희)(22명)

2019년

- 정달막 시인, 계간 《인간과문학》, 봄호, 시인 등단
- 임만규 시인, 계간 《시조문학》, 봄호, 시조작가상 등단
- 신동현 시인, 계간 《서울문학》, 봄호, 시인 등단
- 이노나 시인, 시집 《마법 가게》, 인간과문학사 발간
- 김재근 시인, 제2회 '더좋은문학상' 수상, 인간과문학 작가회 주관
- 봉영순 시인, 계간 《인간과문학》, 가을호, 시인 등단
- 신동현 수필가, 계간 《서울문학》, 가을호, 수필가 등단
- 곽경옥 수필가, 계간 《서울문학》, 가을호, 수필가 등단
- 이정이 시인, 계간 《인간과문학》, 겨울호, 시인 등단

– 이인환 시인, 계간《인간과문학》, 겨울호, 시인 등단

– 동인지 8호《아침문학》, 인간과문학사 발간

지도: 유한근 교수

수록 회원: 곽경옥, 김귀옥, 김상옥, 김재근, 김태현, 박연희, 봉영순, 신동현, 윤균철, 이노나, 이승현, 이언수, 이영옥, 이인환, 이정이, 이정자, 이정화, 인선민, 정달막, 정선화(20명)

2020년

– 이정이 시인, 시집《외딴섬》, 인간과문학사 발간

– 이정이 수필가, 에세이《푸른 기와집》, 인간과문학사 발간

– 박연희 수필가, 계간《인간과문학》, 겨울호, 수필가 등단

– 김재근 시인, 시집《문사동問師洞 가는 길》, 인문엠앤비 발간

– 동인지 9호《아침문학》

지도: 유한근 교수

수록 회원: 곽경옥, 김귀옥, 김상옥, 김재근, 김희숙, 박연희, 봉영순, 신동현, 이노나, 이승현, 이언수, 이영옥, 이인환, 이정이, 이정자, 이정화, 인선민, 정달막, 정선화(19명)

2021년

– 아침문학회 회장에 이정이 시인, 총무에 이영옥 수필가 선임

– 이정자 수필가, 에세이《뜸들이다》, 인문엠앤비 발간

– 김재근 수필가, 에세이《사람은 길을 내고 길은 역사를 만든다》, 인문엠앤비 발간

– 이노나 시인, 시집《골목 끝 집》, 인문엠앤비 발간

– 박연희 수필가, 에세이《검은 솥》, 다름북스 발간

– 곽경옥 수필가, 계간《인간과문학》, 겨울호, 수필가 등단

– 이영옥 수필가, 계간《인간과문학》, 겨울호, 수필가 등단

– 이정화 시인, 계간《인간과문학》, 겨울호, 시인 등단

– 동인지 10호《아침문학》

지도: 유한근 교수

수록 회원: 곽경옥, 김귀옥, 김상옥, 김재근, 김희숙, 박연희, 봉영순, 신동현, 이노나, 이승현, 이언수, 이영옥, 이인환, 이정이, 이정자, 이정화, 인선민, 정달막, 정선화(19명)

아침문학회원 명부(가나다순)

번호	이름	장르	주소	이메일
1	곽경옥	수필	강동구 상일로 25길, 8-18	kyoungok6272@daum.net
2	김귀옥	시·소설·수필	강동구 구천면로 557, 1동 605호 (명일 중앙하이츠아파트)	kgo1225@hanmail.net
3	김상옥	시·수필	강동구 고덕로 333, 105동 2401호(그라시움아파트)	
4	김재근	시·수필	중랑구 신내로 21길 16, 517동 502호(묵동, 신내 두산아파트)	jkimea@hanmail.net
5	김희숙	시	강동구 고덕로 360, 317동 1004호(고덕아르테온)	soogi52@gmail.com
6	박연희	수필	경기도 하남시 미사강변한강로 158번길 7, 302호(망월동)	eekswl@daum.net
7	봉영순	시	광진구 광장동 아차산로 70-61, 504동 1401호(현대아파트)	bys072020@daum.net
8	신동현	시·수필	성동구 마장로 37길 7, 101동 1302호(대성유니드아파트)	Dhs8246@daum.net
9	원준희	시	경기도 하남시 미사강변북로 25, 406동 103호(리슈빌)	wonjunny@naver.com
10	이노나	시·소설	종로구 북촌로4길 19, 404호(신영빌딩)	inmoonmnb@hanmail.net
11	이승현	소설	강동구 고덕로62길 76, 6동 305호(우성아파트)	ggumdaero@naver.com
12	이언수	시	중랑구 신내로 21길 16, 526동103호(묵동, 신내 두산아파트)	soooleee@hanmail.net
13	이영옥	시·수필	강동구 고덕로 80길 134번지, 105동 1603호(고덕숲아이파크)	305200@hanmail.net
14	이인환	시·수필	송파구 양재대로 1218, 322동 1101호(올림픽아파트)	vnddkghl@hanmail.net
15	이정자	시·수필	경기도 의정부시 능곡로8, 404동 906호(푸르미아파트)	dia9203988@hanmail.net
16	이정화	수필	강동구 명일로 376, 701동 1407호(삼익그린 11차아파트)	ljhjoy1@naver.com
17	이정이	시·수필	강동구 성안로 25길 6, 101동 401호(삼성아파트)	leejh@hanmail.net
18	인선민	소설	강동구 양재대로 134길 87, 102동 310호(현대아파트)	ism43@hanmail.net
19	정달막	시	도봉구 우이천로20길 7, 101동 701호(건영아파트)	dalm46@hanmail.net
20	정선화	시	경기도 하남시 덕풍북로 99번길1, 2층	qlcrhkrmflawkcs@hanmail.net
21	지도교수 유한근	문학평론가	종로구 삼일대로32길 36, 305호 (익선동, 운현신화타워) 인간과문학사	inmun2013@hanmail.net

편집후기

　코로나19로 숨을 쉬기조차 힘이 들었고, 마음대로 활동할 수 없도록 어려웠던 한 해였습니다. 그렇지만 우리는 문학의 길을 쉬지 않고 걸어왔습니다. 열정과 노력의 덕분입니다.

　막연하게 허공에서 뜬구름을 잡듯이 감정을 언어로 표현해서 시, 수필, 소설을 글로 만들어내었고, 인내와 노력의 결과로 각자의 체험을 통해 얻은 진정한 예술품이 완성되었습니다. 진흙 속에 묻혀 있던 진주알을 하나씩 엮어서 진주 목걸이를 만들어내듯이 단어, 문장을 모아서 귀한 보석 보따리를 만들었습니다.

　깊은 겨울잠을 자고 있던 문학이라는 단어를 일깨워 주시고 기지개를 펼 수 있도록 힘과 용기를 주시어서 이렇게 커다란 축제의 시간에 이르기까지 지도해 주신 유한근 교수님께 진심으로 감사의 말씀을 드립니다.

　《아침문학》 발간에 고생해 주신 이노나 대표님께도 감사드립니다.

　일주일에 한 번씩 만나서 열심히 문학의 길을 함께하는 문우님들께도 감사드리며 창작의 길을 오래도록 함께하기를 기원합니다.

이영옥
(아침문학회 총무)

글을 쓰는 이유
아침문학

초판 인쇄 | 2021년 12월 14일
초판 발행 | 2021년 12월 21일

지은이 | 이정이 외 18명
펴낸이 | 이노나
펴낸곳 | (주)인문 엠앤비

주 소 | 서울특별시 종로구 북촌로4길 19, 404호(계동, 신영빌딩)
전 화 | 010-8208-6513
등 록 | 제2020-000076호
E-mail | inmoonmnb@hanmail.net

값 12,000원
ISBN 979-11-91478-08-2 03810

저자와 협의, 인지는 생략합니다.
잘못된 책은 바꿔 드립니다.

Printed in KOREA